Hélène Legrais

Hélène Legrais est née à Perpignan et habite aujourd'hui dans les Pyrénées-Orientales. Après une licence d'Histoire, elle intègre l'École supérieure de journalisme de Lille. Elle débute à France Inter, avant de rejoindre la rédaction d'Europe 1 fin 1986 en tant que grand reporter. Puis elle se tourne vers l'écriture de romans historiques : *La Demoiselle d'Aguilar* paraît en 1996, et *La Chamane aux yeux bleus*, en 1999. *Le Destin des jumeaux Fabrègues* (2004), *La Transbordeuse d'oranges* (2005), *Les Herbes de la Saint-Jean* (2006), *Les Enfants d'Élisabeth* (2007), *Les Deux Vies d'Anna* (2008) et *Les Ombres du pays de la Mée* (2008) sont publiés aux Presses de la Cité.

LA CROIX DES OUTRAGES

HÉLÈNE LEGRAIS

LA CROIX DES OUTRAGES

Production Jeannine Balland
Polars de France

PRESSES DE LA CITÉ

Le papier de cet ouvrage est composé de fibres naturelles, renouvelables, recyclables et fabriquées à partir de bois provenant de forêts plantées et cultivées durablement pour la fabrication du papier.

ISBN : 978-2-266-20258-9

A l'ami Jordi, « Georges » Barre,
pour qui « Cotlliure sera sempre Cotlliure »

Il marmonna entre ses dents une phrase décousue où il était question de sa curiosité devenue gênante, ou quelque chose d'approchant, mais elle l'entendit à peine, fascinée qu'elle était par ce visage qu'elle ne reconnaissait pas.

Ses traits s'étaient durcis, figés jusqu'à en devenir presque minéraux. Un masque de pierre d'une fixité dérangeante, peut-être plus effrayante encore que l'arme qu'il tenait dans sa main, pointée sur elle.

Le canon du pistolet la regardait de son œil noir et rond, sans ciller, comme s'il ne l'avait jamais vue auparavant. Indifférent.

Un relent aigre lui brûla la gorge.

Le doigt se crispa sur la détente.

1

Mars 1966,
quelques mois plus tôt…

La serpillière, d'un gris indéfinissable à force de séjourner dans l'eau de Javel, accéléra son va-et-vient sur le carrelage. Dans le couloir, c'était plus facile. Dans l'atelier en revanche, avec ces foutues entrailles d'anchois, ça collait de partout. Il fallait y aller au grattoir et terminer au jet !

Réprimant une grimace de douleur, Luce se pencha pour effacer de l'ongle une trace rebelle. Elle pesta entre ses lèvres serrées : cet exercice n'était décidément plus de son âge. Elle aurait dû laisser filer. Qui aurait remarqué cette tache minuscule qui se confondait presque avec le grain des carreaux ? Mais c'était plus fort qu'elle, il fallait que tout soit impeccable. Se résoudre à la pauvreté après avoir connu le confort et l'opulence était déjà suffisamment humiliant, pas question en plus de bâcler son travail. Elle se releva en se tenant les reins. Que dirait la famille, *la seva gent*, si elle la voyait ainsi accroupie, tel un gros crapaud, en train de lessiver le sol de l'usine d'un de ces damnés saleurs ? *Quina vergonya !* Rien que d'y penser, la honte lui mettait le rouge aux joues. A moins que ce ne fût une nouvelle bouffée de chaleur. Revenant dans l'atelier, elle posa le balai-brosse contre la grande table autour de laquelle les ouvrières s'affairaient du matin au soir et qu'elle avait déjà lavée à grande eau. Luce passait six heures par jour au milieu d'elles à étêter et éviscérer les anchois ; ses doigts noués par l'arthrite n'étaient plus assez agiles pour disposer les petits poissons argentés en rangées régulières dans les bocaux de verre. C'était sans doute à cause de cela, et aussi de ses remarques souvent acerbes, que le patron lui avait « demandé » de s'occuper du nettoyage. Comme si elle avait le choix ! Alors elle partait plus tôt et revenait à l'usine, une fois les autres ouvrières parties, se battre avec ses balais et ses chiffons.

La vieille femme passa sa mauvaise humeur sur la serpillière qu'elle essora avec vigueur. Si elle s'écoutait, elle tordrait bien le cou de la même manière à Camps et à ses semblables, ces fossoyeurs de la pêche à Collioure.

Machinalement, elle jeta un coup d'œil par la baie vitrée. La nuit était tombée. Une nuit noire et tourmentée, pleine d'ombres et de ressauts. De l'autre côté de la cour, la fenêtre éclairée du bureau du patron découpait dans l'obscurité un rectangle jaune bien net. Camps avait la réputation d'être un bosseur. Ne passait-il pas, en plus des journées, la plupart de ses soirées à l'usine ? Tu parles ! Et les silhouettes féminines qui se glissaient subrepticement dans les couloirs après la fermeture et dont on entendait claquer les talons sur le carrelage, c'était peut-être pour l'aider à classer ses dossiers ?

Luce en aurait eu à dire sur les « heures supplémentaires » que faisait le patron, et certains seraient tombés de haut. Mais la maigre retraite de pêcheur de René ne suffisait pas à les faire vivre, et elle avait trop besoin de son travail de femme de ménage pour boucler les fins de mois. Alors, elle gardait le silence sur les bonnes fortunes de Camps. Du moins pour l'instant.

Un grondement sourd et prolongé interrompit ses pensées vengeresses. Ça y était : l'orage éclatait et la pluie n'allait pas tarder à s'abattre sur Collioure. Tout à l'heure, en venant prendre son service à l'usine de salaison d'anchois, Luce avait longé le Boramar, où le cabestan achevait de rouiller et les dernières barques de pourrir, échouées sur le gravier de la plage, et comme à chaque fois son cœur de fille et petite-fille de patrons pêcheurs s'était serré devant une telle désolation. Froid ou tristesse, un frisson avait parcouru son dos épais, et elle avait resserré autour de son corps usé et sans grâce le gilet de grosse laine tricotée qu'elle enfilait par-dessus son tablier de nylon à fleurs aux couleurs passées pour ses heures de ménage. Par réflexe, elle avait plissé les yeux pour regarder l'état de la mer. Comme du temps de son enfance, où les *sardinals* déployaient tous les soirs leurs grandes voiles latines triangulaires dans la baie et, doublant la jetée, s'égaillaient vers le large telle une volée de papillons blancs. Ou même après la Libération, quand les lamparos avaient détrôné les barques traditionnelles et que, mère de famille, elle s'attardait à regarder les bateaux s'éloigner en file indienne, traînant après eux le canot porteur du double fanal qui dansait comme un bouchon dans leur sillage. De toute façon, aujourd'hui, les barques, quelles qu'elles fussent, seraient restées sur la plage. L'eau de la baie était plate, lourde, comme engluée. Même pas un ourlet d'écume au droit du *cap pelat* [1], le rocher sous-marin à une vingtaine de mètres du clocher, si dangereux pour ces plaisanciers d'opérette qui envahissaient la baie l'été. Luce savait ce que cela voulait dire : dans une demi-heure tout au plus, ce serait la tempête. Elle ne s'était pas trompée.

La serpillière tomba sur le carrelage avec un bruit écœurant de ventouse et la vieille femme reprit son balai, satisfaite d'elle-même. Le Parisien à cheveux longs qui s'obstinait à barbouiller encore au crépuscule la silhouette phallique du clocher de Notre-Dame-des-Anges, son chevalet dressé sur le quai au bord du Douy, avait eu tort de rire en la voyant presser le pas, son grand parapluie serré sous le bras : Luce Colomine avait la mer dans le sang et elle savait anticiper ses humeurs et ses coups de gueule !

1. Tête chauve.

L'ampoule du plafonnier s'éteignit d'un seul coup. Saisie, Luce fit un faux mouvement, la semelle de ses espadrilles imbibée d'eau glissa sur le carrelage mouillé et elle se retrouva sans savoir comment les quatre fers en l'air. Des étincelles colorées crépitèrent un instant devant ses yeux aveugles. Elle avait chuté lourdement et elle était un peu sonnée. Elle se maudit intérieurement : la lumière avait vacillé à plusieurs reprises et elle n'aurait pas dû se laisser surprendre aussi bêtement. Elle ne s'était pas montrée très maligne sur ce coup-là !

Une langue mouillée vint lécher ses mollets. Et en plus, le seau s'était renversé. Elle allait devoir éponger l'eau sale partout !

Luce prit appui sur le pied de la table pour se relever, non sans difficulté. Elle avait des contusions partout : sa hanche, son coude, sans oublier son derrière, étaient douloureux. Boitant bas, elle s'approcha de la fenêtre. Dehors, la lueur jaune sale des réverbères faisait luire le trottoir mouillé de pluie ; la panne ne touchait que l'usine. Un bruit de pas. Monsieur Camps ! Elle l'avait complètement oublié ! La vieille femme appela mais seule sa voix, renvoyée par le haut plafond du couloir, lui revint en écho. Elle clopina jusqu'au bureau. Vide.

Un nouveau bruit, une sorte de frôlement, en provenance de la réserve où étaient stockés les sacs de sel cette fois. C'était donc là qu'il faisait ses cochonneries ! Une porte qui claque. Le patron venait sans doute de faire sortir par là son « assistante » du soir. Luce appela à nouveau.

Silence. Elle commençait à ne plus trouver la plaisanterie drôle du tout. A quoi jouait-il, ce *barbantane*, ce m'as-tu-vu sans cervelle ? Cherchait-il à lui faire peur ? *Collo*, il allait voir de quel bois elle était faite ! A tâtons, trébuchante mais décidée, elle se dirigea vers la réserve. Si au moins elle savait où Camps gardait allumettes et bougies...

Les relents de saumure la prirent à la gorge lorsqu'elle franchit la porte. La pièce était silencieuse. Bras tendus, elle avança précautionneusement. Pas assez cependant pour éviter à son genou d'entrer violemment en collision avec le fût où on confectionnait la saumure. Le choc la fit basculer en avant mais quelque chose de mou amortit sa chute. Ses doigts rencontrèrent le tissu d'un pantalon. Elle s'évanouit.

A quel moment avait-elle repris connaissance ? Comment avait-elle réussi à quitter la pièce dans le noir ? Etait-elle sortie chercher du secours ou des gens étaient-ils accourus en entendant ses cris ? Elle n'en gardait aucun souvenir. Tout ce qu'elle savait, c'est qu'à présent la lumière du plafonnier était allumée. Donc l'électricité était revenue. Des visages anxieux étaient penchés sur elle. On lui tapotait les joues, on lui rafraîchissait les tempes avec un mouchoir mouillé. On parlait au-dessus d'elle mais les voix se fondaient en un brouhaha confus et elle ne comprenait rien de ce qui se disait. La tête lui tournait encore. Elle referma les yeux et se laissa aller contre le dossier du siège sur lequel on l'avait installée. Le contact du cuir sur sa nuque lui rendit d'un coup toute sa lucidité. Le fauteuil du patron. Et lui, le patron, où était-il ? Elle repoussa l'homme qui voulait l'empêcher de se lever – Francis le buraliste, reconnut-elle, celui qu'on appelait le *nap* parce qu'il était à peine plus haut que son comptoir – et se précipita vers la réserve aussi vite que le lui permettaient son corps endolori et ses jambes flageolantes.

Le spectacle qu'elle découvrit ne la surprit pas vraiment. Il ne faisait que confirmer les impressions qu'elle avait enregistrées sur l'instant et que son cerveau avait reliées entre elles pendant qu'elle était inconsciente. On avait retiré le corps de Guy Camps du tonneau dans lequel il était enfoncé, tête la première, presque jusqu'à la taille. On l'avait allongé sur le carrelage, les bras le long du corps, sur le sac de jute, vide à présent, qu'on suspendait au bord du fût pour que le sel se dissolve lentement, sans se déposer au fond. Son visage livide ruisselait de saumure et une âme charitable lui avait fermé les paupières, blanchies de sel. Au pied du tonneau, une pomme de terre toute ratatinée, celle qu'on plongeait dans la solution salée et qui, lorsqu'elle remontait à la surface, prévenait que la saumure pour les anchois était prête. Et une lanterne, aussi. Une sorte de lampe-tempête. Eteinte. Les nouveaux venus l'avaient-ils apportée avec eux lorsqu'ils étaient entrés dans l'usine ? Apparemment non...

— Vous pensez qu'il est venu chercher cette lampe et que, dans le noir, il n'a pas vu le tonneau et s'est noyé dedans ? interrogeait cet incapable de Riri, le cantonnier.

Le docteur Manya, à genoux près du corps qu'il était en train d'examiner, dispensa Luce de répondre à de telles *carallades* :

— Il y a une trace suspecte autour du cou. Faite par un lacet, ou peut-être du fil de pêche. Camps a été étranglé avant d'être plongé dans la saumure, conclut-il en se relevant.

— Alors, c'est un crime ?

René Ramona, le maire de Collioure, venait de faire son entrée. Magistrat à Marseille, il était rarement dans sa ville, certains le lui reprochaient d'ailleurs assez ; c'était une chance qu'il soit chez lui ce soir. On voyait qu'il avait enfilé à la hâte son pardessus lorsqu'on était venu le prévenir. Il n'avait pas non plus pris le temps de nouer une cravate et son col de chemise bâillait. La mort d'un patron saleur du village valait bien qu'on quitte la table du dîner en laissant la soupe refroidir.

— Il semblerait, oui. Je crois qu'il faut appeler la police…

Les deux hommes sortirent de la réserve pour aller téléphoner dans le bureau. Le front soucieux, conversant à voix basse, ils passèrent devant Luce, sans même paraître remarquer sa présence. Elle en fut ulcérée.

Luce s'arrêta un instant à mi-pente pour reprendre haleine. La pluie avait cessé et les galets qui pavaient la ruelle escarpée étaient glissants. De derrière le vieux rempart qui bordait le quartier du Mouré s'élevait le mugissement saccadé du ressac se fracassant sur les rochers. L'hiver s'attardait. Il avait été froid mais heureusement pas autant que celui de 1891, de triste mémoire : les vieux affirmaient que la température était descendue jusqu'à moins 11 en janvier et que le Douy était resté gelé seize jours.

La lumière brillait au premier étage de la petite maison biscornue de la rue du Miradou. A l'heure qu'il était, *Renat* [1] devait finir son dîner, assis seul à la table en formica recouverte de toile cirée, son journal plié en deux appuyé contre la bouteille de vin. Comme tous les soirs. Avant de repartir au travail, elle lui avait préparé un *salpiquet de monges* qu'elle avait laissé au chaud sur le bord du poêle à bois. Son mari adorait les haricots blancs. Et il jurait que c'était encore meilleur réchauffé.

Sa hanche était de plus en plus douloureuse mais Luce refusa que le buraliste l'aide à gravir l'étroit escalier aux marches inégales. Après avoir enfin daigné l'examiner, le docteur Manya avait demandé à Francis de raccompagner « cette malheureuse madame Colomine » jusqu'à chez elle et sur le coup ce semblant de sollicitude de la part de ce sémillant trentenaire aux faux airs de Gilbert Bécaud – c'était la boulangère qui

1. « René » en catalan.

l'affirmait – l'avait flattée, mais si elle perdait l'équilibre dans ce satané escalier, ce n'était pas ce *nap* haut comme trois sardines qui allait la retenir ! Elle préféra s'appuyer de la main contre le mur bosselé à la peinture crevée et écaillée par endroits.

Renat ne leva même pas les yeux de son journal à son entrée dans la cuisine. Comme d'habitude. Et comme d'habitude, elle n'attendit pas d'avoir enlevé son gros gilet de laine pour commencer à lui raconter ce qui venait de se passer. De toute façon, il était sourd et elle n'attendait de lui aucune réponse. Tout en suspendant son chandail humide près du poêle, elle soliloquait sur la frayeur qu'elle venait d'avoir.

— *Mira*, je suis trempée ! Mais ce n'est rien à côté de monsieur Camps, le pauvre...

Qu'on n'aille pas imaginer que la tragédie rendait Luce sentimentale ! Elle n'éprouvait aucun accès soudain d'affection pour ce « profiteur » qu'elle rendait responsable, lui et ses semblables, de la mort de la pêche à Collioure. En terre catalane, quand on disait de quelqu'un « le pauvre », c'était tout simplement qu'il était mort. Peu importait la grosseur de son compte en banque ou les mérites dont il avait fait preuve sa vie durant...

— Quand je me suis cognée dans le noir contre ce foutu tonneau, poursuivait-elle en fourgonnant dans le poêle pour ranimer les braises, j'ai senti ce tissu sous ma main. Je l'ai tout de suite reconnu... Tu le sais, j'ai toujours été très observatrice !

Elle s'interrompit avec un grognement sourd. Elle avait oublié son coude ! Il avait violemment heurté le carrelage mouillé quand elle était tombée au moment de la coupure de courant. Et elle avait dû sûrement se l'esquinter encore lorsqu'elle s'était évanouie près du fût. Elle remonta la manche de son pull. Tiens, qu'est-ce qu'elle disait ! Une marque violette ombrait le dessous de son bras. Le docteur Manya lui avait manipulé le coude dans tous les sens et assuré qu'il n'y avait rien de grave, mais pour plus de sûreté elle irait voir le rebouteux demain.

— Tu imagines le choc que ça m'a fait ! reprit-elle en rabattant sa manche et en saisissant de l'autre main le *tupi* [1] où le *salpiquet de monges* frémissait à petits bouillons. De saisissement, j'en suis tombée dans les pommes. C'est bien la première fois de ma vie que ça m'arrive...

Un froissement de papier. Le Renat dépliait le journal pour changer de page. L'ampoule nue au plafond faisait briller son crâne dégarni.

Le buraliste était resté sans savoir que faire sur le pas de la porte de la cuisine, son parapluie mouillé à bout de bras gouttant sur les tomettes ébréchées ; personne ne l'avait invité à entrer. Il avait assisté sans mot dire à l'étrange manège de la vieille Luce prenant à témoin le poêle à bois, la marmite, les vieilles photos jaunies encadrées sur le buffet, tandis que son mari faisait mine de relire

1. Petite marmite.

encore et encore les petites nouvelles du jour, qui faisaient bien pâle figure à côté du crime qui s'étalerait à la une le lendemain matin. L'envie d'intervenir, de perturber la pièce de théâtre bien rodée que le vieux couple se jouait depuis des années, le démangeait. Et puis, cette affaire l'excitait trop pour qu'il puisse garder encore pour lui ses commentaires. Il fit un pas en avant.

— Vous vous rendez compte, Luce, que l'assassin était peut-être encore là quand vous avez découvert le corps ? Qu'il vous guettait, tapi dans le noir ?

Au son de sa voix, René Colomine leva enfin les yeux de son journal. Il n'était pas si dur d'oreille après tout. Il avait la surdité sélective, comme disait le docteur Manya. Une infirmité partagée par une bonne partie de la population masculine âgée de Collioure ! Elle dispensait de répondre et assurait paix et tranquillité à la maison.

Encouragé, le buraliste entra franchement dans la pièce.

— Il aurait même pu vous tuer pendant que vous étiez inconsciente !

Il eut la satisfaction de voir René repousser sa chaise pour se tourner vers lui afin de mieux l'écouter.

— Ne dis pas ça, Francis, tu me donnes la chair de poule…

Joignant le geste à la parole, Luce frottait son avant-bras fripé mais on la sentait déstabilisée. Le *salpiquet* réchauffé embaumait à présent toute la petite cuisine. Le buraliste prit une chaise de l'autre côté de la table et s'assit à califourchon, les bras croisés sur le dossier comme il l'avait vu faire aux flics au cinéma. Le *nap* adorait les histoires policières.

— En fait, si on y réfléchit bien, c'est peut-être votre évanouissement qui vous a sauvée. Si vous l'aviez vu, il aurait été obligé de vous tuer !

— Mais qui, « il » ? questionna René, qui avait un peu de mal à entrer dans cette histoire extraordinaire qui venait brutalement chambouler sa vie jusqu'ici bien réglée.

— Mais l'assassin de Guy Camps, bien sûr ! s'impatienta le buraliste. Il devait croire le reste de l'usine vide, mais si votre femme lui était tombée dessus sans crier gare, il lui aurait fait subir le même sort, vous pouvez me croire !

Il avait accompagné sa prédiction d'un geste évocateur, les deux mains grandes ouvertes serrant son cou de poulet. Le vieux pêcheur le regardait, les yeux écarquillés. Il ne pensait plus du tout à son journal.

Un clappement de langue.

— Tout ça, c'est des *bestieses* ! les interrompit vigoureusement Luce.

Le charme était rompu. Les deux hommes se tournèrent vers elle. Le buraliste n'avait plus la main.

— J'ai entendu la porte se refermer avant d'entrer dans la réserve. Le type s'était déjà enfui et donc il n'était plus là quand j'ai perdu conscience !

Elle les dévisageait, bras croisés sur sa robe-tablier, sourcils froncés, les mettant au défi de venir la tuer ! Luce détestait qu'on lui fasse peur, et plus encore se sentir vulnérable. Les quelques minutes où elle était restée inconsciente lui pesaient. Il fallait qu'elle reprenne le contrôle.

— Francis, il se fait tard, annonça-t-elle en fixant la pendule d'un air féroce. Tu devrais rentrer chez toi.

Le buraliste eut l'air déçu. Il se voyait déjà passer la soirée à échafauder des hypothèses dans cette cuisine dont les murs peints en vert clair leur donnaient un teint d'endives. Peut-être Luce se souviendrait-elle de quelque chose, un détail qui leur permettrait de résoudre le mystère ce soir même autour de cette vieille toile cirée et de narguer la police !

— Vous êtes sûre, Luce, que vous êtes tout à fait remise ? Après ce que vous avez subi…

Mais la vieille femme ne se laissa pas prendre à cette pitoyable tentative de gagner du temps. Ce n'est pas à un vieux singe qu'on apprend à faire des grimaces !

— Justement : je suis fatiguée. Je vais me frictionner avec de l'arnica et me mettre au lit. Au revoir, Francis.

Du menton, elle lui indiquait fermement la porte restée ouverte. Son mari, un peu gêné de la voir ainsi congédier comme un malpropre celui qui l'avait si obligeamment raccompagnée, se leva avec effort pour aller serrer la main du buraliste. Depuis qu'il ne sortait plus en mer pour pêcher, les années semblaient peser deux fois plus sur ses épaules.

— Merci de ton aide, Francis…

— Pas de quoi, René, bredouilla ce dernier, le pied sur la première marche. Mais vous ne devriez pas rester seuls tous les deux cette nuit. Votre fils n'est pas là ?

Le vieux pêcheur eut un geste désabusé.

— Gérard ? Comme tous les soirs, il traîne à la Coba...

— En semaine ? Pourtant on n'est que début mars, je croyais que la boîte était fermée...

— C'est exact, mais Gérard a ses entrées. Il y retrouve ses copains pour « jouer de la gratte », comme il dit. Il revient au petit jour, ses vêtements puant la cigarette, et il dort jusqu'à midi... Sa mère lui serine de trouver du travail mais il paraît qu'on ne comprend rien, qu'on n'est pas « cool » !

— Les petits derniers sont toujours un peu gâtés, tenta de philosopher le buraliste, qui était fils unique et n'avait pas d'enfants.

René eut un haussement d'épaules las en le précédant dans l'escalier :

— Vivement qu'il parte faire son service... Ça lui apprendra un peu la vie !

Le *nap* hésita un instant avant de suivre le Renat. Il se dévissa la tête, le visage tourné vers le rectangle de lumière de la cuisine qui constituait le seul éclairage de la cage d'escalier. On entendait Luce s'affairer, ouvrir un tiroir, le refermer.

— De toute façon, on se voit demain, lança-t-il dans sa direction. Je suppose que la police va nous convoquer pour recueillir notre témoignage.

Les bruits cessèrent. Cette perspective semblait la faire réfléchir. Enhardi par ce silence, le buraliste remonta une marche et lança, à voix suffisamment haute pour qu'elle l'entende :

— Fermez bien votre porte surtout, Luce. L'assassin ne tardera pas à apprendre que vous étiez sur place. Il ignore ce que vous avez vu et, dans le doute, il pourrait venir vous faire taire…

La flèche du Parthe. Il eut la satisfaction d'entendre la vieille femme étouffer un juron, là-haut, au-dessus de sa tête. Précédé par René, il dévala les dernières marches jusqu'à la rue.

Luce laissa tomber un comprimé d'aspirine dans un verre d'eau. Un mal de tête insidieux lui enserrait à présent le front et les tempes. Quel *pioc*, ce buraliste ! Toujours à faire son intéressant ! S'il croyait lui faire peur, cet imbécile…

Néanmoins, elle tendit l'oreille pour s'assurer que Renat, en bas, fermait bien la porte au verrou. Gérard n'aurait qu'à frapper à son retour. Ça lui apprendrait à faire la fête pendant que sa mère manquait de peu de se faire assassiner !

2

— Alors, madame Colomine, racontez-nous ce qui s'est passé hier soir...

Luce se carra au fond de son siège, à la recherche d'une position plus confortable. Son postérieur lui faisait toujours mal. Peut-être s'était-elle cassé l'os Bertran [1] ? Elle avait aussi un énorme bleu sur la hanche.

L'inspecteur de Perpignan s'était assis avec désinvolture sur le coin du bureau, une jambe ballante, et Luce se dit que monsieur Camps aurait détesté ça. Elle faillit en faire la remontrance au policier. Etait-ce une tenue dans le bureau d'un mort, puisse-t-il être au ciel, le pauvre ? Mais après tout, le patron ne pouvait plus s'offusquer de rien et, contrairement au maire et au docteur, l'inspecteur, lui, semblait vraiment désireux d'entendre ce qu'elle avait à dire. Malgré sa nonchalance apparente, il lui réservait toute son attention et le stagiaire, derrière sa machine à écrire dans le coin,

1. Le coccyx.

attendait, les mains levées au-dessus du clavier, pour noter sa « déposition », comme ils disaient.

— Cela fait longtemps que vous revenez le soir faire le ménage à l'usine ?

L'inspecteur... il s'était présenté comment, déjà ? Bosc. L'inspecteur Bosc donc se penchait vers elle, amical, charmeur. Il n'était pas vilain garçon. La fine moustache bien taillée qui ourlait sa lèvre supérieure lui donnait un air légèrement ironique qui devait plaire aux filles. Machinalement, Luce porta la main à ses cheveux gris artistiquement ondulés pour vérifier le bon ordonnancement de sa mise en plis. Elle regrettait de ne pas s'être fait faire un Régé, qui aurait donné à ses mèches anémiées un bleuté distingué.

Ce matin, lorsqu'elle avait ouvert les yeux – à six heures tapantes comme d'habitude, pas besoin de réveil –, elle avait eu l'impression d'émerger d'un cauchemar. Cette panne de courant subite dans l'usine. Ce cadavre grotesque, les jambes en l'air, dans le tonneau de saumure. La lanterne éteinte. Ça n'avait pas de sens. Mais à peine avait-elle posé le pied par terre que la douleur à la hanche et son coude ankylosé s'étaient chargés de lui prouver qu'elle n'avait pas rêvé. Elle avait bousculé René pour qu'il se dépêche de finir son bol de café et aille acheter le journal chez Conil qui tenait « Toute la presse » rue Pasteur. Depuis qu'il ne travaillait plus, son mari traînait souvent le matin avant d'aller rejoindre ses anciens camarades de pêche, désœuvrés comme lui, sur le banc des « sénateurs », face à la baie. Mais pour une fois, il ne s'était pas fait prier ; s'il n'avait écouté que d'une oreille distraite les explications décousues de sa femme, les prédictions alarmistes du buraliste lui avaient trotté dans la tête toute la nuit. Lui aussi avait hâte de découvrir tous les détails dans *L'Indépendant*.

Il fut déçu : l'article, rédigé sur le fil, avant le bouclage du journal, se contentait d'évoquer une « mort suspecte » à l'intérieur de l'usine, ajoutant que « la police n'excluait aucune hypothèse ». S'ensuivait une biographie détaillée du patron assassiné, dont le journaliste affirmait qu'« on ne lui connaissait pas d'ennemi ».

Luce soupira, maugréa, ironisa que l'auteur de l'article aurait pu économiser du papier en avouant qu'il ne savait rien, mais au fond elle était ravie : pour l'instant elle était encore la seule à savoir quelque chose. Elle en connaissait quelques-unes qui allaient en faire une jaunisse !

Gérard lui-même daigna sortir de sa chambre vers huit heures – c'est-à-dire l'aube pour lui – pour venir s'enquérir des événements de la veille dont il avait eu vent en quittant la Coba. Un des joueurs de belote, rentré chez lui se coucher, était revenu inopinément, tout excité, les joues gonflées de la nouvelle de la fin tragique du saleur. Voilà qui changeait du conflit qui pendant des semaines avait déchiré en deux clans les vignerons de la cave coopérative « Les Dominicains », à grands coups d'insultes et de menaces de mort ! Du coup, tous en avaient oublié cartes et guitares pour commenter fiévreusement le peu de détails parvenus jusqu'à eux. Et Gérard s'était bien juré de soutirer le reste à sa mère promue « témoin numéro un de l'affaire ». Affalé sur la table de la cuisine, une main fourrageant dans sa chevelure hirsute, l'autre soutenant sa joue grise de barbe sur laquelle l'oreiller avait laissé un pli, il multipliait les questions, certaines parfaitement farfelues – l'imagination ne lui avait jamais fait défaut ! –, d'autant plus farfelues que pour une fois sa mère ne l'envoyait pas sur les roses, alors autant en profiter. Sans montrer aucun signe d'impatience, Luce racontait, répétait complaisamment, peaufinant son récit, corrigeant un mot, cherchant l'image juste, l'élément qui lui aurait échappé sur le moment, préparant ainsi la déposition que la police ne manquerait pas de lui demander.

Elle en était à sa cinquième version quand on frappa à la porte donnant sur la rue, au rez-de-chaussée. Elle résista à la tentation de descendre ouvrir elle-même. N'était-elle pas la vedette du jour ? A ce titre, c'était aux autres de venir à elle et non l'inverse. Et puis elle sentait des élancements dans sa hanche rien qu'à penser à la volée de marches abruptes à descendre et à remonter. Elle envoya donc René, lequel, connaissant désormais l'histoire par cœur, s'était replongé dans son journal, s'enquérir du visiteur matinal. Il disparut dans l'escalier en traînant les pieds, afin de bien montrer sa désapprobation, mais réapparut très vite, un peu essoufflé, une enveloppe à la main. C'était Germinal, le garde champêtre, qui venait de la lui remettre : la police convoquait Luce à l'usine en début d'après-midi.

— Figure-toi qu'il voulait monter boire un café et « bavarder un peu », ricana René en reprenant son journal. Depuis quand un homme monte-t-il « bavarder » à la cuisine ? Ce Germinal, une vraie pipelette ! Il voulait essayer de te tirer les vers du nez, *raï*...

C'est à ce moment-là qu'elle avait décidé d'aller immédiatement se faire faire une mise en plis. Ce n'était pas son genre, le salon de coiffure la voyait rarement : pour Noël et Pâques, une invitation à un mariage ou un baptême, bref les grandes occasions... D'ordinaire, elle n'avait pas de mots assez durs pour ces « petites madamettes » perchées sur leurs hauts talons qui passaient sous le casque toutes les semaines. Des aguicheuses et des paresseuses. Ah c'est sûr, le toit de leur maison ne risquait pas de leur tomber sur la tête ! Ça devait être beau chez elles... Luce n'avait pas de temps à perdre en de telles futilités, elle !

Pourtant, aujourd'hui, elle allait jouer à son tour les « petites madamettes ». D'abord parce qu'elle voulait se montrer à son avantage devant ces messieurs de la police. Et ensuite parce qu'elle avait besoin d'un public. Etre le centre d'intérêt de tout Collioure, ça se savourait, non ? Elle avait donc laissé sur la patère de l'entrée sa robe-tablier fatiguée et son chandail informe pour sortir de l'armoire son manteau pied-de-poule noir et blanc avec son col en fausse fourrure et nouer sous son menton le foulard à motifs géométriques que ses enfants lui avaient offert pour Noël. Elle descendit l'escalier avec difficulté – sa hanche protestait vigoureusement – mais refusa avec hauteur que René l'accompagne. Elle voulait traverser la ville seule, comme une reine. Au moment de sortir, elle se ravisa et se saisit de la canne que son mari utilisait quand ses rhumatismes de vieux pêcheur le tourmentaient. Et c'est appuyée dessus, boitant bas, qu'elle s'éloigna dans la rue du Miradou, en descendant vers l'église, exhibant à chaque pas les stigmates douloureux du drame de la veille.

Son entrée « Chez Monique » fit sensation. C'était la première fois qu'elle pénétrait dans ce salon de coiffure moderne, avec des sièges orange et des casques-séchoirs chromés, qui faisait l'angle de la rue de la Convention, face à l'antique tour d'Avall, en bordure de la plage du Faubourg. Mais c'était celui que fréquentaient les femmes des notables. Et puis, de la Faneille au port d'Avall, le trajet lui avait permis de se faire voir du plus grand nombre de Colliourencs : elle avait longé le Boramar puis, dédaignant la chaussée qui faisait le tour du château des templiers, juste au ras de l'eau, en suivant le pied des murailles – pourtant le chemin le plus court jusqu'au faubourg –, elle avait remonté le cours du Douy. A cette saison, les larges terrasses qui surplombaient le lit à sec étaient désertes mais les salles des cafés étaient pleines. Une bouffée de nostalgie avait fait un instant oublier à Luce les regards curieux, interrogateurs ou excités qui la suivaient et qu'elle s'appliquait à ignorer afin d'entretenir le mystère : il n'y avait pas si longtemps, les vendredis comme aujourd'hui, les pêcheurs au retour de leur sortie en mer investissaient qui le café des Sports, qui le Grand Café ou le café Sola, pour se partager leur semaine. Au milieu de la table, la part pour le bateau et puis la double part pour le capitaine, la part de chacun des marins et la demi-part du mousse. Au vu et au su de tout le monde. Et chacun était fier de pouvoir nourrir sa famille, persuadé de le faire longtemps.

Aujourd'hui, ils étaient serrés autour des mêmes tables de café mais c'étaient des cartes qu'ils se distribuaient, la cigarette au bec, désœuvrés, en ressassant le souvenir des journées fastes où les barques rentraient les filets pleins et où les saleurs payaient leurs prises un bon prix. C'était avant. Avant que ces fichus patrons, à l'entre-deux-guerres, n'aillent chercher une partie de l'anchois à traiter dans leurs ateliers en Algérie, sur la côte oranaise, à Benissaf ou Nemours, parce qu'il leur revenait moins cher que celui pêché dans les eaux catalanes. Le père de Luce et ses collègues colliourencs avaient eu beau, de colère, jeter à la mer les premières charrettes apportant les tonneaux de poissons tout juste débarqués du bateau, rien n'y avait fait.

Et avant que les pêcheurs pieds-noirs, chassés par les « événements », ne traversent la Méditerranée avec leurs gros bateaux, dans lesquels ils avaient entassé familles et biens, pour se chercher un avenir sur la Côte Vermeille.

Avant que la pêche ne déserte quasiment Collioure pour la voisine Port-Vendres et son port en eau profonde.

Avant que la plupart des lamparos ne rouillent et que les barques ne meurent, abandonnées sur la plage de sable et de gravier mêlés.

— C'est vrai, Luce, que c'est vous qui l'avez trouvé ?

Perdue dans ses souvenirs, elle n'avait pas entendu approcher *Cagaresta*[1]. C'était un ami de René, un pêcheur comme lui. Enfin, un ancien pêcheur. Il avait un visage étrange qui l'avait toujours dérangée : des petits yeux qu'on voyait à peine sous des paupières lourdes et tombantes, et un menton en galoche qui rejoignait presque son nez fortement busqué. Peut-être à cause de sa physionomie, il n'était pas très causant et se contentait d'ordinaire d'un signe de tête pour la saluer de loin. Qu'il ait osé lui adresser la parole disait assez combien il était intrigué. Luce s'appuya plus lourdement sur la canne de René et prit un air dolent :

— Excuse-moi de ne pas te serrer la main, mais j'ai été blessée. Il y avait une panne de courant et dans le noir…

Elle laissa délibérément sa phrase en suspens pour lui laisser imaginer la suite. Une suite qu'elle ne voyait elle-même pas très clairement d'ailleurs.

Cagaresta frotta l'aile de son nez crochu en émettant un léger sifflement modulé.

— Eh bé, *collo* !

1. Littéralement : Chie-arêtes.

Pour lui, c'était un long commentaire. Luce hocha douloureusement la tête et reprit son chemin, boitant plus bas que jamais. Le vent avait tourné. Le *llevan*[1] chiffonnait les nuages qui collaient aux montagnes cernant le village. La tour de Madeloc émergeait comme un phare d'une mer de coton gris.

« Chez Monique », les interrogations des « petites madamettes » ne furent pas aussi laconiques. Luce n'avait bien évidemment pas pris rendez-vous, mais elle ne doutait pas que la coiffeuse s'empresserait de libérer un bac et un fauteuil pour elle, sans que cela soulève la moindre protestation. Effectivement, elle fut aussitôt prise en main, entourée, débarrassée de son beau manteau des dimanches, invitée à s'asseoir. On lui offrit même un café, dans une tasse orange à gros pois blancs assortie au salon. Etre ainsi le centre de toutes les attentions comblait Luce, qui s'offrit le luxe de souffler sur le breuvage brûlant, autant pour le refroidir un peu que pour prolonger ce moment béni de douce revanche. Elles étaient toutes suspendues à ses lèvres. Les notables, les riches, les coquettes, toutes celles qui d'ordinaire ne lui accordaient pas un regard. Qui ne savaient pas qu'elle existait. Et Monique elle-même, avec ses cheveux impeccablement crêpés et ses ongles laqués, lui adressait son plus beau sourire commercial tout en dents blanches.

1. Vent d'est.

— Comme vous avez dû avoir peur, madame Colomine !

C'est elle qui avait lancé l'offensive dès la tasse vide reposée sur la tablette surmontée d'une grande glace ovale. Les « petites madamettes » s'étaient aussitôt engouffrées dans la brèche. Elles voulaient tout savoir : l'heure, l'endroit exact, la nature des bruits qu'elle avait perçus – une porte qui claque, elle était sûre ? – et même la position du corps de Guy Camps dans le tonneau. Elles affichaient des mines horrifiées, la main devant la bouche pour réprimer un cri ou esquissant un signe de croix, mais la gourmandise qui faisait briller leurs yeux démentait la répulsion qui crispait leur visage. Luce en disait le moins possible, affectant de retenir des informations qu'elle ne détenait pas mais qu'elle prétendait avec aplomb devoir réserver à la police. La perspective de l'interrogatoire de l'après-midi avait suscité une nouvelle surenchère d'exclamations émoustillées tandis que Monique, des piques en plastique au coin de ses lèvres pincées, enroulait avec dextérité autour des bigoudis les maigres mèches striées de gris de la vieille femme.

— C'est un travail pénible, je suppose.

L'inspecteur Bosc ne manifestait aucun signe d'impatience. Il fixait Luce comme si elle était la seule personne qui comptât pour lui sur cette terre et elle se retrouva sans savoir comment à lui raconter son triste quotidien et la déchéance de sa famille.

— Quand j'étais jeune fille, j'étais très courtisée, vous savez, se surprit-elle à minauder. Mon père, Aimé Noell, armait trois barques et il était élu à la Prud'homie. J'étais un beau parti ! Mais la pêche a périclité, le prix du poisson n'a cessé de chuter et nous avons tout perdu. Heureusement que mon pauvre père est mort, sinon me savoir employée à l'usine de salaison l'aurait tué !

— C'est effectivement une situation délicate et je devine votre rancœur, madame Colomine…

Luce eut un haut-le-corps indigné.

— Vous n'allez tout de même pas croire que je l'ai tué !

Il eut un sourire amusé.

— Je ne vous soupçonnais pas, rassurez-vous ! D'ailleurs pour soulever le corps inerte d'un homme dans la force de l'âge comme Camps et le plonger dans un fût de saumure, il faut beaucoup plus de force que n'en a une dame comme vous. Le coupable est sans doute un homme…

Elle avait oublié son indignation et réfléchissait à haute voix, les yeux plissés :

— Un rôdeur ?

L'inspecteur entra dans son jeu. Fini l'interrogatoire, ils discuteraient comme deux « collègues » partageant leurs remarques.

— Peut-être, concéda-t-il. Nous n'excluons aucune hypothèse. La gendarmerie et les CRS ratissent le secteur. Ce matin, le spécialiste de l'Identité judiciaire a relevé les empreintes dans le magasin de sel, et le comptable de monsieur Camps doit venir tout à l'heure pour faire l'inventaire des valeurs contenues dans ce bureau. Vous voyez, nous ne négligeons rien...

Luce eut un clappement de langue sardonique.

— Le patron avait des amis bien placés !

Bosc ne releva pas l'allusion ; il suivait son idée :

— Mais ce que vous m'avez dit tout à l'heure sur l'antagonisme entre les pêcheurs et les saleurs m'a beaucoup intéressé...

Elle le coupa sèchement :

— Otez-vous cette idée de la tête : aucun pêcheur ne ferait ça !

L'inspecteur lissa sa moustache, dubitatif. Il lui fallait plus qu'une affirmation péremptoire pour le convaincre.

— Vous ne connaissez pas Collioure, reprit-elle avec une petite moue un rien méprisante. Mon père et ses collègues étaient des jardiniers de la mer : ils en prenaient soin et prélevaient juste ce dont ils avaient besoin. Et leurs filets de coton avaient de grosses mailles pour laisser passer les poissons les plus petits, trop jeunes pour être pêchés. Mais le temps n'est plus au jardinage. Nous sommes à l'ère de l'industrie, des gros bateaux avec des filets aux mailles serrées qui ratissent tout. Pour essayer de lutter, nous avons monté une coopérative. Ensemble, on est plus fort. Mais ça n'a pas suffi. Comme dit mon fils Gérard, on n'arrête pas le progrès... Tout ça pour vous dire que nous ne sommes pas du genre à recourir au meurtre. Nous mourons, mais avec dignité !

Bosc résista à la tentation de relever ce « nous » par lequel la vieille dame venait de se réclamer résolument du camp des pêcheurs. Il ne voulait surtout pas l'interrompre dans son élan ; ils n'avaient pas encore fini de tirer tous les fils de la pelote.

— Peut-être un acte de désespoir ? poursuivit-il calmement. On vient demander des comptes, le ton monte, l'altercation dégénère...

Elle secoua la tête avec impatience. Il ne comprenait décidément rien !

— Je n'ai entendu aucun éclat de voix. Il n'y a pas eu de dispute.

La machine à écrire crépitait dans son coin. Un rythme saccadé, irrégulier. Le stagiaire s'essoufflait à suivre le rythme des explications de Luce. Bosc prit un air déconfit :

— Vous avez raison, madame Colomine, je ne connais pas Collioure aussi bien que vous, c'est pourquoi votre témoignage est si précieux.

Le petit futé. Il savait s'y prendre avec les femmes ! Elle n'était pas dupe mais décida de le laisser faire. Dire qu'il s'imaginait sans doute la manœuvrer !

— Eclairez-moi, s'il vous plaît, insista-t-il avec l'air faussement innocent d'un *gafet* [1] qui pense pouvoir mener en bateau l'adulte en face de lui. Les usines de salaison ont l'air florissantes. Les enjeux financiers sont importants. Y a-t-il une rivalité entre les saleurs ?

1. Gamin.

Luce hésita une fraction de seconde. Ce n'était pas l'envie qui lui manquait de se venger de ces damnés patrons, mais au diable, ils étaient colliourencs ! Elle émit un rire un peu contraint :

— Oh, les Camps, Roque, Desclaux et consorts savent très bien s'entendre pour se partager le gâteau, vous pouvez me croire ! Et c'est un gros gâteau. Dans mon enfance, Collioure comptait plus de vingt-cinq saleurs. Aujourd'hui, ils sont moins de quinze alors que le tonnage d'anchois traité est beaucoup plus important qu'avant. Leurs camions attendent l'arrivée des bateaux directement sur le quai à Port-Vendres et raflent tout le poisson. A l'automne dernier, Camps envisageait même d'acheter un bâtiment, du côté des écoles, pour ouvrir un nouvel atelier. Mais les sardiniers se sont ligués pour le lui souffler sous le nez !

Et cette fois, son rire n'avait plus rien de forcé.

— Les sardiniers ?

L'inspecteur Bosc se pencha brusquement en avant et le crépitement agaçant de la machine à écrire s'interrompit, comme si elle retenait son souffle. Luce jubilait intérieurement de les sentir ainsi suspendus à ses lèvres.

— Les saleurs de sardines. C'est le même principe que pour les anchois. Mais comme je viens de vous le dire, ils ont bien d'autres moyens de tenir la concurrence en respect.

Bosc n'insista pas ; Luce Colomine semblait savoir de quoi elle parlait. Il n'en ferait pas moins toutes les vérifications nécessaires, bien sûr, mais il était curieux de savoir où elle voulait l'emmener.

Il compta sur ses doigts :

— Résumons-nous : selon vous, ce ne peut être ni un pêcheur ni un autre saleur, qu'il soit d'anchois ou de sardines. L'affaire ne s'annonce pas facile. Lorsqu'il est venu nous accueillir tout à l'heure, le maire a dit au commissaire Richard que Camps était quelqu'un d'apprécié à Collioure, de respecté. Il avait beaucoup développé son entreprise à force de travail. Ironie du sort, c'est ce qui l'a tué : s'il n'était pas resté tard à l'usine pour travailler…

Luce se redressa contre le dossier de sa chaise, tripota le fermoir de son gros sac de cuir noir et lâcha :

— Si vous le dites…

Elle le fixait sans rien ajouter mais son regard l'encourageait : elle avait encore quelque chose à dire. Bosc connaissait bien ces vieilles biques. Il avait une tante qui ressemblait à cette Luce Colomine. La tante Marguerite était persuadée avoir toujours raison. Et le plus souvent c'était vrai, surtout en ce qui concernait la vie de son village. Si elle vous disait qu'une telle était « dans une situation intéressante » alors même que sa taille était fine et son ventre plat, qu'un tel à qui on aurait donné la pièce à la sortie de l'église avec sa veste en velours râpé et ses vieux pantalons « rapetassés » aux genoux avait mis « à gauche un vrai magot », vous pouviez la croire sans hésiter. Elle savait beaucoup de choses et devinait le reste. Et quand elle avait une idée en tête, rien ne pouvait l'en faire démordre. Mais bien sûr, elle n'aurait jamais contredit directement un homme représentant l'autorité : maire, docteur, instituteur ou policier, sans parler de monsieur le curé. Question de génération. Elle le laissait argumenter jusqu'au bout, hochant la tête comme si elle approuvait, jusqu'à ce que survienne le fatidique « Je n'en disconviens pas mais... ». Car il y avait toujours un « mais » qui annonçait mine de rien, et avec toute la diplomatie nécessaire, du moins c'était ainsi qu'elle voyait les choses, l'estocade, la révélation sans appel qui emporterait la décision. Et c'était ce « Je n'en disconviens pas mais... » que Bosc lisait en ce moment dans les prunelles noires et luisantes comme des olivettes qui le fixaient sous les paupières fripées à demi baissées. Luce attendait qu'il pose la question. La bonne, bien sûr. Mais laquelle, *bon Deu* ?

Elle le fixait toujours, les mains sagement croisées sur son sac. Il pouvait voir les sillons sombres qui crevassaient le bout de ses doigts abîmés par la saumure et l'eau. De là où il était, il percevait l'odeur d'anchois qui s'en dégageait. Légère mais facilement identifiable. Luce Colomine aurait beau se récurer les mains jusqu'au sang, après tant d'années à étêter et éviscérer des anchois, elles resteraient imprégnées de cette odeur qui flottait dans tout Collioure. Les gens du cru y étaient si habitués qu'ils ne la sentaient sans doute même plus, mais lorsqu'on arrivait comme lui de Perpignan, elle vous sautait au nez.

Il essaya de se concentrer. Voyons, quelle était la dernière chose qu'il avait dite et qui avait fait réagir la vieille femme de ménage ?

— Il travaillait souvent tard ? Il n'avait pas de famille ?

Il avait lancé sa ligne un peu au hasard et scrutait le visage de Luce pour savoir s'il avait visé juste. Elle esquissa un sourire, apparemment satisfaite :

— Sa femme est morte il y a cinq ans, ils n'avaient pas d'enfants. Monsieur Camps était donc seul, libre.

Elle avait accentué le dernier mot, délibérément, et s'en tint là. Elle attendait de voir s'il réagissait. Il ne se fit pas prier :

— Avait-il une maîtresse ?

Elle haussa un sourcil.

— Une ?

Un seul mot et tout était dit. Ça tenait du chef-d'œuvre. Il se retint pour ne pas applaudir.

— Nous dirons donc que monsieur Camps avait des liaisons.

Elle inclina légèrement la tête pour l'inciter à poursuivre.

— Dois-je comprendre qu'il recevait ses bonnes fortunes le soir, à son bureau ?

Cette fois, elle se détendit complètement. Il était arrivé là où elle voulait l'amener.

— Souvent ?

Elle parut hésiter. Arrivée à ce point, elle ne pouvait plus se contenter d'allusions pour le guider. Elle allait devoir parler. C'était le moment délicat. Elle mourait d'envie de déballer tout ce qu'elle savait, mais le rôle de vieille dame discrète et digne qu'elle avait résolument endossé la retenait. Elle se tortillait sur sa chaise.

— Je ne voudrais pas que vous imaginiez que j'aime médire…

Tu parles, et plutôt deux fois qu'une ! Cette vieille commère était décidément impayable. Il écarta les mains grandes ouvertes, et se récria :

— Il s'agit d'aider la police à résoudre un meurtre, madame Colomine !

Elle n'attendait que ce feu vert pour se lancer. Elle hocha la tête :

— Vous avez raison, il est de mon devoir de parler…

Dans son coin, le stagiaire plaça une nouvelle feuille de papier dans le rouleau de sa machine à écrire. Les déclarations de la vieille dame risquaient d'être longues et détaillées.

— Bien sûr, je ne peux citer que celles que j'ai aperçues le soir, se glissant subrepticement dans son bureau.

— Bien sûr, acquiesça-t-il avec complaisance en notant mentalement qu'il y en avait donc d'autres dont Luce avait entendu parler par ailleurs.

Il faudrait l'inciter à compléter la liste.

— Les candidates ne manquaient pas. Un riche veuf, vous pensez ! Plus d'une rêvait de se faire passer la bague au doigt. Par exemple la petite Corinne, vous savez, l'apprentie de la coiffeuse. Combien de fois est-elle venue ici, sous les prétextes les plus variés, exhiber sous son nez un décolleté qui ferait rougir n'importe quelle honnête femme, cette dévergondée ? Une fois c'était pour des billets de tombola, une autre pour une montre qu'elle prétendait avoir trouvée dans la rue...

— Et elle a réussi ?

Luce eut un rictus triomphant :

— Pensez-vous, monsieur Camps n'était pas si bête !

Bosc eut du mal à garder son sérieux. Ces vieilles peaux ne pardonneraient jamais leur jeunesse et leur beauté à toutes les Corinne de la terre !

— En fait, le patron préférait les femmes mariées. Celles qui avaient tout autant intérêt que lui à faire dans la discrétion, si vous voyez ce que je veux dire !

Et d'énumérer avec une délectation manifeste la femme du notaire, de celle d'un fonctionnaire aux Affaires maritimes, sans oublier l'épouse d'un de ses concurrents saleurs. Après chaque nom, elle se taisait un instant, lèvres crispées, comme si elle regrettait d'en avoir trop dit et voulait s'arrêter là, mais on sentait bien qu'elle se régalait et que rien ne pourrait l'empêcher d'aller jusqu'au bout.

— Toutes en même temps ? s'étonna l'inspecteur.

— Non, bien sûr. L'une après l'autre.

Ma parole, il aurait juré avoir perçu une note de regret dans sa voix !

— Fort bien, nous vérifierons. Discrètement, bien sûr. Quelle était la dernière en date ?

— La femme du charcutier de la rue Neuve, répondit-elle sans hésiter. Je l'ai croisée par hasard dans le couloir de l'usine la semaine dernière et elle n'a pas eu l'air ravie de me voir !

— Elle avait peut-être une raison tout à fait innocente de rendre visite à monsieur Camps.

— En bas nylon et hauts talons en pleine journée ? Sans oublier le rouge à lèvres. Ah, les clientes de son magasin auraient été bien surprises de la voir attifée ainsi !

Le pire était que Luce Colomine voyait sûrement juste. Comme pour les femmes enceintes de la tante Marguerite. Il soupira.

Ça tenait presque de la caricature : la femme, le mari, l'amant, des portes qui claquent comme au théâtre. Mais cette fois le vaudeville se serait terminé en tragédie ? Après tout, ce ne serait pas la première fois que la réalité dépasserait la fiction !

Le stagiaire s'échinait à taper avec deux doigts de chaque main. Bosc se releva en rajustant sa cravate.

— Je vous remercie de votre collaboration, madame Colomine. Je vais aller rendre visite à ce charcutier, afin de me rendre compte s'il est du genre mari jaloux...

Elle eut l'air déçue d'en avoir déjà terminé. Le rôle de « co-enquêtrice » qu'il avait bien voulu lui laisser quelque temps lui plaisait bien et elle aurait volontiers continué. Mais elle ne pouvait poursuivre sans passer définitivement pour la commère impénitente qu'elle était. Elle renoua dignement le foulard censé protéger des rafales de vent sa précieuse mise en plis et se leva de son siège non sans faire mine de réprimer une grimace de douleur. Elle avait rendossé son rôle de témoin héroïque.

3

Gérard maugréait entre ses dents. Tous les quatre pas, il remontait la bassine qui avait tendance à glisser d'un coup d'épaule tout en continuant à vitupérer à voix basse. Il marchait à grandes enjambées rageuses et Luce avait du mal à le suivre dans la rue qui montait vers la gare.

— Ne va pas si vite, protesta-t-elle. Tu veux la mort de ta mère ou quoi ?

Il secoua la tête en marmonnant de plus belle mais ne ralentit pas le pas. Il était vraiment furieux de devoir lui porter son linge. Déjà il n'avait pas apprécié qu'elle l'oblige à se présenter chez l'épicier qui cherchait un manutentionnaire : c'était bien la peine qu'il décroche son bachot si c'était pour trimballer des cagettes de légumes ! Seulement il n'allait pas rester à rien faire en attendant de partir à l'armée, quand même. Elle avait passé beaucoup de choses à son petit dernier. Trop sans doute. Eliane et Catherine, ses filles aînées, le lui reprochaient assez d'ailleurs. Gérard était né plus de quinze ans après elles, après plusieurs fausses couches. Fils unique trop longtemps espéré. Une génération plus tôt, sa vie aurait été toute tracée : quelques mois comme mousse histoire d'apprendre l'humilité, puis marin, second de son père et enfin patron pêcheur. Ah, il en aurait connu des nuits blanches à la belle saison, mais en mer à traquer les bancs d'anchois. Et il serait rentré au matin, épuisé mais le cœur satisfait du travail accompli au lieu de s'écrouler sur son lit, tout habillé, après des heures de parlotes à comparer les mérites de ses idoles chevelues qui criaient au lieu de chanter. D'accord, Luce l'avait soutenu contre René qui voulait le mettre au travail à quatorze ans : la pêche ne nourrissait plus son homme, il fallait bien se rendre à l'évidence, Gérard serait donc le premier Colomine à faire des études. Ils s'étaient saignés aux quatre veines pour l'envoyer en pension au lycée à Perpignan, et voilà la récompense qu'ils en avaient ! Au lieu d'entrer comme receveur à la Poste ou de trouver une bonne place dans une banque, monsieur avait décrété qu'il lui fallait « trouver sa voie », c'étaient ses mots. Quelques jours de vacances, Luce n'avait rien contre : Gérard avait travaillé dur pour décrocher son diplôme. Mais là, il exagérait ! Il était plus que temps de lui serrer un peu la vis. Les grasses matinées à se prélasser jusqu'à dix heures, ses disques qu'il faisait tourner jusqu'à les user, ça ne pouvait plus durer. *A la taula i al llit, al primer crit, i per a traballar, deixa cridar* [1] ! Il chercherait

1. « A la table et au lit au premier appel, et pour travailler laisse appeler. »

sa « voie » en travaillant chez l'épicier. Porter des cagettes n'avait jamais empêché personne de réfléchir, au contraire ! Quand il en aurait assez de se casser le dos pour trois francs six sous, il trouverait un emploi plus digne de lui. En attendant, il apporterait enfin son écot aux finances étriquées de la famille.

Les bâtiments clairs de la gare se profilaient en haut de la rue mais Gérard avait résolument pris à droite vers la masse carrée du lavoir d'où s'élevait un bourdonnement confus de conversations. Le temps qu'elle arrive à la porte, en traînant la jambe, il en ressortait, allégé de son fardeau.

— J'ai posé ta bassine de linge à ta place habituelle, bougonna-t-il. Je reviendrai la chercher dans deux heures.

Il s'éloigna sans attendre un merci qui ne viendrait de toute façon pas, les mains dans les poches, fredonnant un air anglais. Enfin, ce qu'il affirmait être de l'anglais. Pour Luce, ce n'était qu'une bouillie de sons incompréhensibles émaillée de « yé yé » répétitifs. Comment pouvait-on apprécier une chanson dont on ne saisissait pas un traître mot ? La seule qu'elle tolérait, c'était « Michelle » des Beatles… au moins là elle comprenait le refrain ! De toute façon, elle se méfiait de tout ce qui venait d'outre-Manche. A part Churchill et la jeune reine Elizabeth. Et aussi la princesse Margaret au regard si triste, dont elle suivait les peines de cœur dans les magazines que sa voisine lui prêtait une fois lus.

Son fils avait disparu, toujours chantonnant, dans le virage, Luce passa la haute porte du lavoir.

Les conversations moururent à son entrée. Elle s'accorda le temps de passer en revue les visages qui se tournaient vers elle : celui de la Fine, envieux comme à son habitude, l'air faussement indifférent de la Mimi du Mouré que trahissaient ses lèvres pincées, le regard dévoré de curiosité, encore agrandi par les verres épais de ses lunettes, de Janette, l'œil bovin de Marinette et le sourire sans arrière-pensée de la placide Marie du Rimbau. Il y avait plus de trente ans qu'elle avait quitté ce hameau perdu dans les collines, au milieu des rochers, où elle avait grandi, pour s'installer avec son mari dans une petite maison derrière le cimetière de Collioure, mais tout le monde continuait à l'appeler Marie du Rimbau, ce dont cette heureuse nature ne s'offusquait pas. Toujours les mêmes. Le progrès amenait de plus en plus de femmes à déserter le lavoir, mais celles-là continuaient à se retrouver au moins une fois par semaine autour du bassin. Luce aussi. Ses filles avaient tenu à lui offrir une machine à laver l'année passée ; le mari d'Eliane était représentant en électroménager et il avait pu l'avoir pour pas cher. Luce, qui n'avait rien demandé, voulait bien lui laisser son petit linge de tous les jours comme les tricots de corps de René ou les blouses en nylon qu'elle mettait à l'usine. En essayant de ne pas se tromper de bouton. Mais il y a des choses qu'elle ne lui aurait confiées sous aucun prétexte, comme la nappe damassée qui lui venait de sa mère et qu'elle ne sortait que dans les grandes occasions. Ou les draps de son trousseau, dont elle avait brodé elle-même les jours au point de bourdon. Pour eux, rien ne valait l'huile de coude, le savon de Marseille et l'eau froide du lavoir. Et puis une matinée en tête à tête avec ce gros hublot imbécile derrière lequel tournait sa lessive encore et encore l'avait à moitié rendue folle. Cette machine n'avait aucune conversation !

Elle avait donc repris sa bassine, bien calée sur sa hanche, et le chemin des lavandières. Ah, le plaisir de commenter par le menu toute la vie du village, de soulever les dessous douteux des familles les plus respectables, de déchirer à belles dents les réputations les mieux établies entre deux coups de battoir ! *Al forn i al rentador, tot se diu, el mal i el bo*, au four et au moulin, tout se dit, le mauvais et le bon. Aucune machine ne pouvait rivaliser.

— Allez, *dona*, ne nous fais pas languir...

La Janette n'avait pu contenir plus longtemps sa curiosité. Passant outre au regard courroucé de Mimi, qui tentait de l'intimider pour l'obliger à se taire, elle insista :

— Nous voulons tout savoir. Raconte...

Ce matin, Luce s'était précipitée avec avidité sur le journal. La mort de Camps faisait les gros titres. Il y avait même une photo de lui, prise quelques mois plus tôt au terme d'une réunion avec les pêcheurs. L'article faisait une demi-page et reprenait en détail les circonstances du meurtre, assorties des commentaires convenus du maire, du pharmacien, présenté comme un proche de la victime, et des autres patrons saleurs. Même Emile, le premier prud'homme en fonction, s'était fendu de quelques mots pour exprimer sa « tristesse » et sa « consternation ». Sur l'enquête, pas grand-chose : elle « suivait son cours ». Les recherches de la gendarmerie sur les routes n'avaient apparemment encore rien donné.

Luce sautait fiévreusement d'un paragraphe à l'autre, son doigt suivant les lignes à la recherche de...

— A peu près aux deux tiers, juste après l'intertitre « La victime inhumée lundi ».

Evidemment, René n'avait pu résister à la tentation de lire l'article le premier, en rapportant le journal ! D'ordinaire, il n'aurait pas coupé aux reproches, mais Luce était bien trop pressée de découvrir ce que le journaliste avait écrit sur ce qu'elle avait dit à l'inspecteur Bosc. Elle fut déçue. Il y avait juste trois lignes : « Madame Colomine, qui avait découvert le corps, a été interrogée par la police. Encore sous le choc, la pauvre femme n'a pu donner davantage d'indications sur ce qui avait pu se passer jeudi soir. » Et le charcutier alors ? Pas un mot. Et puis qu'est-ce qui lui prenait de la traiter de « pauvre femme », à ce pisse-copie ? La moutarde commençait à lui monter au nez mais elle s'était ravisée. Réflexion faite, puisque la presse ne dévoilait rien, elle gardait la primeur de ce qui s'était dit durant l'interrogatoire. Et c'est là qu'elle avait décidé de monter au lavoir.

— Et le policier, il était comment ?

Quelle cruche, cette Marinette !

— Mais laisse-la donc, *veiam* ! Tu sais bien qu'elle est « choquée » !

Le fiel contenu dans ce dernier mot aurait fait tomber raide mort un chien de belle taille. Empoisonné. La Fine était à la hauteur de sa réputation de pire langue de vipère de la ville ! Comme à chaque fois qu'elle disait une méchanceté, son strabisme s'accentuait. Quand elle était jeune fille, Joséphine, qu'on appelait encore par son prénom entier, prétendait que sa coquetterie dans l'œil faisait son charme. Ce n'était pas l'avis des garçons, qui se moquaient derrière son dos de son œil qui disait m… à l'autre ! Et avec l'âge, ça n'avait fait qu'empirer.

— J'ai été « choquée » sur le coup mais à présent je vais bien, je te remercie, rétorqua Luce avec un sourire contraint. Tu sais, la police ne dit pas tout à la presse. Il faut préserver le secret de l'enquête…

Elle s'arrêta net comme si elle en avait trop dit et prit un air entendu. La réaction ne se fit pas attendre. Elles se récrièrent en chœur, à l'exception de la Fine, vexée :

— Mais il n'y a pas de secret entre nous, n'est-ce pas ?

Luce se fit un peu prier. Elle s'accorda un répit, le temps de sortir le linge sale de la bassine et de savonner le premier vêtement qui lui tomba sous la main, une de ses vieilles combinaisons, histoire de se donner une contenance. Moins elle paraîtrait prêter d'importance à ce qui lui était arrivé la veille et plus les autres lui en accorderaient et seraient suspendues à ses lèvres, anxieuses de lui soutirer jusqu'aux moindres détails. Et puis, si les « petites madamettes » de chez Monique pouvaient s'inviter à papoter autour d'une tasse de café – ou mieux encore de thé, ça faisait plus chic –, les femmes comme Luce, elles, ne se permettaient de bavarder qu'en ayant les mains occupées.

— Cagaresta m'a dit que tu avais été blessée ? s'enquit la Marie du Rimbau, compatissante.

En temps normal, son inaltérable bonne humeur avait le don de porter sur les nerfs de Luce, mais ce matin sa sollicitude tombait à pic. Sûre à présent d'avoir l'attention exclusive de toutes, même de la Fine qui regardait ailleurs mais était tout ouïe, l'héroïne du jour consentit enfin, sans cesser de frotter sa combinaison pleine de mousse, à satisfaire leur curiosité :

— *Mare de Deu*, j'en ai eu les sangs tout retournés...

Et de retracer une nouvelle fois par le menu – Combien ? La dixième ? Plus ? – le récit des événements de l'avant-veille augmenté de détails que lui dictait son inspiration et qu'elle était à deux doigts de croire vrais. C'est ainsi qu'elle pouvait « voir » la porte se refermer et qu'elle aurait presque pu jurer avoir aperçu une silhouette sombre s'enfuir dans la rue.

— Tu n'as pas l'impression d'en rajouter ? ne put s'empêcher de grincer la Fine. Quand tu auras fini de faire ton intéressante…

Mais des « chut » énergiques la firent taire. Négligeant l'interruption, Luce renchérit. Elle reprit ainsi à son compte, sans le moindre remords, ce que lui avait raconté Bosc : l'arrivée du commissaire Richard, le commentaire du maire sur Camps… Elle n'oublia pas de terminer par la façon subtile dont elle avait aiguillé l'inspecteur sur la piste du charcutier.

— Tu savais qu'il y avait une intrigue entre la femme de Texidor et Camps, et tu ne nous en avais jamais parlé ?

Mimi n'avait pas pu s'en empêcher. Indignée. Depuis quand Luce gardait-elle pour elle des informations aussi croustillantes ? Les autres se taisaient mais n'en pensaient pas moins. Elles avaient posé leurs battoirs et, pour une fois en ces lieux, on aurait entendu une mouche voler. Luce jeta sa combinaison dans l'eau claire du bassin de rinçage et le « plouf » creva le silence.

— Je sais être discrète…

Elle fit mine de ne pas remarquer les yeux levés au ciel de Janette.

— En tout cas, les policiers te devront une fière chandelle, applaudit Marie du Rimbau.

Luce ne répondit pas, jouant les modestes. Elle pressait avec application, de ses deux mains jointes, sa combinaison détrempée afin de l'essorer le plus délicatement possible.

Les conversations avaient repris. Chacune avait son avis sur le mystère de la mort du patron saleur, avis qu'elle entendait bien sûr faire partager. On discutait ferme, on s'exclamait, on s'invectivait même. Luce se taisait, savourant le bourdonnement de cette ruche dont elle était la reine.

— Il n'y a pas que toi qui as assisté à une mort étrange…

La Fine, bien sûr. Que Luce soit le centre d'intérêt de tout le lavoir lui était insupportable. Elle tenterait tout et n'importe quoi pour lui ravir la vedette.

— Parce que tu as commis toi-même un meurtre, peut-être ? ironisa Luce.

— Ne fais pas la *barjaula* [1] ! s'emporta la Fine. Mais j'ai accompagné le docteur lorsque le pauvre André Ripoll est tombé de l'échelle sur laquelle il était monté pour réparer son toit, le mois dernier.

Luce esquissa une grimace de commisération.

— Dis plutôt que tu l'as suivi en courant dès que tu as compris qu'il s'était passé quelque chose !

— Et j'avais raison ! Personne n'a compris comment Ripoll avait pu glisser. Il avait à peine quarante et n'était pas sujet au vertige.

— Ce sont des choses qui arrivent ; on appelle cela un accident !

Les deux femmes étaient dressées l'une en face de l'autre, de part et d'autre du bassin. Deux vieilles chattes en colère défendant leur territoire, le dos rond, leur pelage mité hérissé, soufflant et

1. Niaise.

crachant pour intimider l'autre. La Marie du Rimbau tenta de faire diversion :

— Mort pour quelques tuiles emportées par le vent, comme on dit c'est la faute à pas de chance !

Mimi corrigea avec empressement :

— C'est surtout la faute à son avarice... Comme si un notaire n'avait pas les moyens de se payer les services d'un couvreur !

Dans le brouhaha s'insinua soudain la voix timide et haut perchée de Marinette :

— Fernand Margall lui aussi était près de ses sous...

Luce se retourna vers elle d'un bloc, stupéfaite.

— Pourquoi nous parler de lui ? Il est mort dans son lit, que je sache ?

— Ça c'est vrai, renchérit la Fine pour une fois d'accord avec Luce, il était malade depuis longtemps.

— Je n'ai pas dit que sa fin était suspecte, expliqua patiemment Marinette comme si elle s'adressait à des demeurées, je dis qu'il était tellement ladre qu'on l'a retrouvé la main crispée sur une bourse en cuir à l'ancienne pleine de louis d'or. C'est Martine, l'infirmière qui allait tous les jours chez lui, rue Saint-Vincent, lui faire sa piqûre, qui me l'a raconté.

— Comme si l'argent pouvait lui servir là où il allait ! persifla Mimi.

Luce les laissa commenter jusqu'à plus soif l'avarice du Fernand. L'eau du lavoir était glacée en ce début mars mais c'est en fredonnant qu'elle attaqua le reste de sa pile de linge. Une mort naturelle, un accident, il n'y avait rien là qui puisse faire ombrage à « son » meurtre.

Les obsèques de Guy Camps attirèrent une grande foule. De l'église au cimetière, sur le Boramar, le long du Douy, devant la poste, on se pressait sur le passage du cercueil porté par ses collègues, et concurrents, saleurs. Tout le monde dévisageait avec curiosité le neveu du défunt, un Toulousain que la plupart découvraient pour la première fois. Camps n'ayant pas d'enfants, il était l'héritier de l'usine et chacun se demandait ce qu'il allait advenir de l'entreprise de salaison. Et au premier chef les ouvrières massées en un cortège compassé derrière les élus et les notables venus rendre un dernier hommage à l'un des leurs. Le président de la chambre de commerce était venu de Perpignan, et se tenait, raide et solennel, au côté du maire René Ramona et du sénateur Gaston Pams, un habitué de Collioure – et surtout de la Coba, affirmaient certaines mauvaises langues. Le *nap* discutait à voix basse avec d'autres quadragénaires, un brassard noir passé au bras, dont Raymond, le fils aîné de Cagaresta, le garagiste. Même si on disait « la Ville » en parlant des vieux quartiers entre le Douy, le fort et l'église, Collioure n'était qu'un gros village et tous les garçons usaient leurs fonds de culotte sur les mêmes bancs d'école. Ceux-là étaient sans doute d'anciens camarades de classe du défunt.

S'appuyant lourdement au bras de René qu'elle avait traîné de force aux funérailles, dans le costume du mariage de Catherine qu'il avait à présent du mal à boutonner, Luce affichait une mine consciencieusement attristée. On aurait pu la croire de la famille. De temps en temps, elle fermait douloureusement les yeux et les badauds retenaient leur souffle. C'était une sensation enivrante de sentir tous ces regards fixés sur elle, attentifs à ses gestes, au moindre de ses tressaillements. Décidée à ne pas les décevoir, Luce jouait son rôle avec conviction. En la regardant quitter la maison de la rue du Miradou, Gérard avait eu un sifflement admiratif et affirmé qu'elle avait la fibre d'une « tragédienne antique ». Privez-vous pour envoyer votre fils faire des études et voilà comment vous êtes récompensée : il se moque de vous en employant des termes que vous ne pouvez pas comprendre !

En attendant, elle jouissait pleinement de son heure de gloire. Elle ne durerait pas éternellement. Une nouvelle altercation violente à la cave des Dominicains, des rumeurs de relance du club de rugby, et le meurtre de Camps passerait au second plan. Et on finirait par oublier. Sauf bien sûr si la police mettait la main sur le coupable. A ce propos, Luce était inquiète : selon le journal du matin, l'enquête piétinait et nulle part il n'était question du charcutier. Que faisait donc l'inspecteur Bosc ?

Aussi, lorsqu'elle l'aperçut au cimetière, à l'angle du caveau où reposait Antonio Machado, le poète mort lors de l'exode des républicains espagnols, elle planta là René, transpirant dans son costume trop petit, pour aller l'interroger.

La tramontane avait chassé les nuages et il faisait très beau. Frais encore mais beau. Pourtant, Bosc était sanglé dans une gabardine mastic et sa gorge était enveloppée dans un cache-col brun et rouge. L'homme était frileux. Le même sourire que dans son souvenir, ironique sous sa fine moustache, étira ses lèvres quand il la vit approcher et il porta deux doigts nonchalants à son chapeau mou pour la saluer :

— Madame Colomine… Il me semble que vous allez mieux.

Dans sa hâte d'en apprendre davantage, elle en avait même oublié de boiter. Le curé s'apprêtait à bénir le cercueil, il allait falloir faire silence.

— J'irais mieux encore si vous mettiez la main sur le meurtrier, répondit-elle précipitamment, sans prendre le temps de répondre à son salut.

Il haussa des épaules impuissantes sans se départir de son sourire.

— Mais vous avez bien interrogé le charcutier ? s'impatienta-t-elle.

Sa voix avait percé le voile du chuchotement et plusieurs personnes se retournèrent. Bosc entraîna la vieille femme de l'autre côté du caveau. Ce n'était pas le moment de se faire remarquer.

— Madame Colomine, soyez sûre que je connais mon métier. Je ne néglige aucune piste.

— Mais, Texidor… insista-t-elle, bien décidée à ne pas se laisser égarer.

Il soupira. Décidément, c'était une idée fixe.

— J'ai questionné tous ceux qui étaient susceptibles d'en vouloir à la victime, même ceux que vous aviez écartés d'emblée. Et, oui, je suis allé voir les

Texidor, concéda-t-il. Soit dit en passant, ils ont dû avoir une sévère explication après ma visite. Quoi qu'il en soit, madame jure que monsieur était en sa compagnie le soir du crime…

Elle ne se laissa pas démonter :

— Il a tué son amant, elle a peur de lui !

Quelle imagination ! Elle tenait vraiment à son meurtre passionnel.

— Il a un alibi, martela-t-il. Et je n'ai aucun témoin qui l'ait vu aux alentours de l'usine ce soir-là. Ce n'est pas lui.

Luce pinça les lèvres, vexée.

— Je trouve que vous vous laissez facilement décourager. Ce n'est pas parce qu'on ne l'a pas vu qu'il n'était pas là !

Bosc retint un mouvement d'humeur.

— Ce qui est aussi valable pour tous les autres suspects potentiels, chère madame. Pour accuser quelqu'un il faut des preuves matérielles, des témoignages, des indices… Et nous n'avons rien de tout cela. Donc, à moins de révélations soudaines, le charcutier est hors de cause.

Elle ouvrit la bouche pour répliquer. Il s'empressa de poursuivre, afin de couper court à de nouvelles allégations aussi péremptoires que fantaisistes :

— Voyons, réfléchissez : vous l'avez dit vous-même, vous n'avez entendu aucune dispute, il ne peut donc s'agir d'un mari trompé venant régler ses comptes après avoir découvert son infortune. Un homme jaloux et ivre de rage, ça fait du bruit ! Certes, il aurait pu préméditer son geste, afin de se venger froidement de celui qui l'avait cocufié. Mais alors il aurait attendu que vous partiez et que Camps reste seul. Tout le monde à Collioure sait que vous faites le ménage le soir à l'usine...

Ce raisonnement, auquel elle n'avait apparemment pas pensé, laissa la vieille dame momentanément sans voix. Bosc en profita pour mettre un terme à la conversation.

Le curé psalmodiait une dernière prière en latin. Les employés des pompes funèbres s'apprêtaient à hisser le cercueil à la place qui lui était réservée dans le caveau familial des Camps. L'inspecteur porta à nouveau la main au bord de son chapeau.

— Maintenant si vous voulez bien m'excuser, madame Colomine, les obsèques se terminent. Mes hommes et moi sommes là pour vérifier qu'aucun individu suspect ne s'est glissé dans l'assistance.

Il s'éloigna d'un pas rapide vers le portail du cimetière, la laissant furieuse et perplexe. Elle détestait ne pas avoir le dernier mot.

— Et si le *banyut*, si le cocu venait d'ailleurs ? Le patron a pu avoir d'autres aventures, à Perpignan par exemple ! cria-t-elle au dos en gabardine mastic qui ne daigna pas se retourner. Camps s'y rendait régulièrement.

Là, pour le coup, à ce « cocu » tonitruant résonnant dans le silence recueilli, une douzaine de têtes offusquées se tournèrent vers elle. Luce rajusta le plus dignement qu'elle put son foulard sur ce qui lui restait de mise en plis et rejoignit René qui se morfondait au pied d'un cyprès, aussi rouge que la crête d'un coq.

4

Luce était de mauvaise humeur. Elle marmonnait toute seule en fouillant du bout de son bâton les maigres buissons d'épineux qui bordaient la vigne à la recherche de la fine dentelle des asparagus qui signalait la présence de la tige effilée des asperges sauvages. On disait que les gens du Nord – du nord de Salses, bien sûr – mangeaient des asperges énormes et blanches en plongeant leur chair pleine d'eau dans la vinaigrette. Quel manque de goût ! Alors que les sauvages, bien vertes, si parfumées, juste passées à la poêle, il n'y avait rien de meilleur dans une omelette.

Le printemps poussait partout ses pointes tendres. Les fleurs duveteuses des vignes en terrasses s'envolaient en nuées de papillons au-dessus des crêtes du Taillefer et de la Massane, avant d'être rabattues d'une rafale de tramontane vers la ligne à peine visible où la mer et le ciel se rejoignaient. *Mar i munt*. Mer et montagne. Les Pyrénées, massives et puissantes, ouvraient grands leurs bras pour enlacer en un baiser éternel la Méditerranée, languide et changeante. De leurs amours était née Collioure, où de mémoire d'homme on était la moitié de l'année pêcheur et l'autre moitié vigneron. De là où elle était, sur les hauteurs du Coma-Chéric, Luce distinguait parfaitement le clocher reconnaissable entre tous qui attirait les barbouilleurs du monde entier. Les touristes échafaudaient les théories les plus fantaisistes sur sa silhouette singulière battue par les flots qui ne ressemblait à rien de ce qui avait cours en matière d'architecture religieuse. Et pour cause : cette tour de schiste brun à reflets mauves, alors surmontée d'un fanal, avait fait office de phare des siècles durant. Lors de la construction de la nouvelle église, Notre-Dame-des-Anges, les architectes avaient trouvé plus simple de l'utiliser plutôt que de construire un autre clocher sur l'étroit promontoire. Le mystère était bien petit, mais Luce ne l'aurait livré aux curieux de passage sous aucun prétexte : il lui permettait, avec d'autres de son espèce, de se sentir gardienne de son village qu'elle voulait bien prêter le temps de quelques semaines l'été, puisque ainsi soufflait le vent du progrès, mais pas céder.

Elle se laissa tomber avec un soupir sur le mur de pierres sèches qui retenait l'argile rouge de la terrasse plantée de trois rangs de ceps, car il n'y avait pas la place pour plus. Même le spectacle de sa précieuse baie ne parvenait pas à lui faire oublier sa mauvaise humeur. Sa main se referma sur un caillou rond et chaud et elle le lança rageusement en direction d'une touffe de fenouil qui s'accrochait à la pente, un peu plus bas. Un énorme *lluert* vert en jaillit avec un sifflement furieux. Le lézard non plus n'était pas dans un bon jour !

Quelques jours après l'enterrement, Bosc était venu rue du Miradou. Ils prenaient le soleil après le dîner dans la courette derrière la maison. Luce avait repris le travail à l'usine et savourait ces quelques instants de repos, à l'ombre de la treille de grenache, bien carrée dans la *cadireta* qu'elle affectionnait. Elle était « courte sur pattes », comme disait son père, et les autres chaises étaient trop hautes : Luce ne touchait le sol que du bout des orteils et ce n'était pas des plus confortables. Avec sa chaise à accoudoirs à l'assise paillée et aux montants chantournés, elle pouvait se relaxer, les pieds bien à plat.

La marinade leur envoyait des bouffées d'air tiède aux parfums mêlés de sel et de fleurs tout juste écloses. René avait son éternel journal ouvert sur ses genoux mais il ne lisait pas. Les yeux clos, il somnolait, bercé par le chuintement de la mer au bas des remparts.

C'est Gérard qui avait entendu frapper à la porte. L'épicerie ne rouvrait qu'à trois heures l'après-midi et il en profitait pour lire un peu, allongé sur son lit. Il introduisit l'inspecteur dans la cour.

— Puisque vous n'avez pas le téléphone, madame Colomine, il faut bien que je me déplace, grimaça Bosc, en saluant comme d'habitude, deux doigts sur le bord du chapeau.

Même la douceur printanière ne lui avait pas fait abandonner sa gabardine mastic.

— Je n'accours pas quand on me siffle, inspecteur. Si on veut me parler, on vient jusqu'à moi.

Son ton était aussi froid et coupant que la tramontane en plein hiver ; elle n'avait pas digéré la manière dont il l'avait mouchée au cimetière. Elle ne fit pas un geste pour se lever, comme la politesse l'aurait voulu. Il fit comme s'il n'avait rien remarqué et s'assit sans y être invité en face d'elle, sur une chaise pliante à la peinture bleue écaillée.

— Je suis venu, comme vous le voyez. J'ai encore quelques questions à vous poser.

René replia son journal, étira les jambes et se leva en marmonnant qu'il allait les laisser seuls. Luce croisa les bras, belliqueuse, prête à ferrailler.

— Je vous écoute.

Bosc sortit un calepin et un stylo bille de sa poche.

— Il se pourrait qu'un banal cambriolage soit à l'origine de la mort de Guy Camps. Le comptable gardait de l'argent liquide dans son tiroir et celui-ci a disparu ainsi que les quelques objets de valeur qui se trouvaient dans son bureau, un stylo à plume, une montre... En cherchant comment le voleur avait pu entrer dans l'usine sans être vu de la rue ni de vous-même, nous avons découvert qu'une fenêtre sur l'arrière n'était pas fermée, juste poussée. Est-ce habituel ?

Il avait posé la question d'un ton presque désinvolte mais ses yeux marron la fixaient sans ciller, exigeant une réponse. Elle sentit sa gorge s'assécher.

— Je l'entrouvre le soir en arrivant pour faire le ménage, reconnut-elle, la voix blanche. Ça crée un courant d'air et le carrelage mouillé sèche plus vite.

Il hocha la tête pensivement en tapotant distraitement la feuille de son calepin avec la pointe de son stylo.

— Donc il est possible qu'un vagabond marchant le long du talus de la voie de chemin de fer ait remarqué cette fenêtre ouverte, qu'il ait profité de l'aubaine pour se glisser dans le bâtiment et voir ce qu'il pouvait dérober. Il a dû éviter les pièces éclairées et fouiller les autres. Il s'apprêtait à ressortir lorsque le courant a sauté. Ne connaissant pas les lieux, il s'est égaré et s'est retrouvé dans la réserve de sel, où il s'est heurté à Camps qui cherchait une lanterne. La suite, vous la connaissez.

Elle acquiesça d'un signe de tête, incapable d'articuler une parole. Les mots restaient coincés dans sa gorge serrée. Que voulait-il dire ? Que c'était sa faute si Camps avait été tué ? Elle détestait cette idée. Et elle détestait cet inspecteur de la lui avoir fourrée dans la tête.

— De toute façon, si la fenêtre n'avait pas été ouverte, ce gredin aurait cassé un carreau, maugréa-t-elle.

Elle n'allait quand même pas se sentir coupable d'être consciencieuse dans son travail !

Bosc ne releva pas. Il rempocha calepin et stylo, porta sa main à son chapeau dans un geste désormais familier et prit congé. Luce était restée seule dans la *parraguera*, sous la treille, ruminant de sombres pensées. C'est à ce moment-là que sa mauvaise humeur avait commencé.

Elle s'était aggravée le lendemain matin quand, son café bu, elle avait pris le journal des mains de René. Elle était sûre qu'il avait fini de le lire et pourtant il avait essayé de le retenir sous prétexte de terminer un article. Cette réticence n'avait eu pour effet que d'intriguer Luce. Les sourcils froncés, elle lui arracha *L'Indépendant* et étala les feuilles froissées sur la table. Elle trouva ce qui le gênait en page trois : sous le titre de « Collioure, Camps sans doute victime d'un cambrioleur », le journaliste rapportait par le menu la théorie que Bosc avait développée la veille, y compris le rôle joué par la fenêtre « laissée malencontreusement entrouverte par la femme de ménage, madame Colomine ». De rage, Luce froissa le journal en boule et le jeta dans la poubelle. Dire que tout Collioure lisait ce torchon !

Les collègues de l'usine de salaison se chargèrent d'emblée de confirmer ses craintes : conversations interrompues net à son arrivée, commentaires à voix basse sur son passage... Elle poursuivit sa tâche la tête haute, sans paraître rien remarquer, mais la journée lui sembla bien longue.

Ce fut pire le samedi matin au lavoir. La Fine et la Mimi du Mouré n'étaient pas du genre à se contenter de chuchoter dans son dos. Luce dut faire face à une avalanche d'insinuations plus perfides les unes que les autres. Elle leur tint tête évidemment. C'était elle la reine de la ruche, et pour ce qui était d'insinuer, elle n'avait de leçon à recevoir de personne ! Quand elle leur eut asséné que « ce n'était pas avec la façon dont elles bâclaient leur ménage » que pareille chose aurait pu arriver et qu'avec elles Camps serait plutôt mort asphyxié par la poussière ou la tête fracassée après avoir glissé sur des entrailles d'anchois qu'elles auraient laissées traîner sur le carrelage, elles se le tinrent pour dit. Luce savait comment les prendre, ces *barjaules* : il suffisait d'être encore de plus mauvaise foi qu'elles. Plus c'était gros, mieux ça passait. Ne jamais reconnaître ses torts et contre-attaquer, telle était la tactique.

Une fois lancée, il était difficile d'arrêter Luce. Elle en profita pour déverser dans la foulée sa bile sur « cet imbécile d'inspecteur » qui n'avait aucune imagination et trouvait plus facile d'accuser un voleur fantôme plutôt que de se risquer à fouiller dans les petits secrets honteux de la bonne société colliourencque ! Ah tiens, si elle s'écoutait, elle irait de ce pas au bureau de poste contacter par téléphone un de ces torchons à scandales comme *Détective*. Eux au moins n'auraient pas peur de se salir !

Mais sa reprise en main du lavoir avait été de courte durée. Quatre jours après, une nouvelle tragédie endeuillait le village.

Dalmau, le pharmacien du faubourg, avait profité d'un jour sans vent et d'une mer d'huile pour s'offrir une partie de pêche en solitaire. Sa femme suffirait bien à tenir l'officine pour quelques heures ! Il était allé jeter sa ligne du coté de la *punta del mig*, au sud de la Balette. Que s'était-il passé exactement ? On l'ignorait. On avait retrouvé son canot à moteur à la dérive et Dalmau la gorge traversée par un harpon, tiré sans doute par un amateur de chasse sous-marine maladroit. Ils étaient nombreux, les sportifs bronzés, à plonger, l'été, dans les parages. Si tôt dans l'année, c'était plus rare ; la mer était encore froide. Mais Gérard, qui ne ratait jamais une séance au Mondial Ciné, affirmait qu'*Opération Tonnerre*, le dernier film de James Bond (un Anglais encore !), avait fait des émules parmi ses copains avec ses combats d'hommes-grenouilles. Revêtus d'une combinaison de caoutchouc noir, ils n'hésitaient pas à se jeter dans une eau où Luce n'aurait même pas risqué un orteil !

Ce tragique accident relégua le meurtre de Guy Camps aux oubliettes. Dire que, quinze jours plus tôt, Dalmau était à ses obsèques et qu'à présent c'était lui qu'on s'apprêtait à enterrer ! A quel apprenti 007 pouvait bien appartenir la flèche acérée qu'on avait retrouvée en travers de son cou ? Comment avait-il pu à ce point rater son coup ? Il avait dû s'enfuir, paniqué, en découvrant le « poisson » qu'il avait pêché ! D'après les médecins, la blessure à la gorge n'était pas mortelle mais Dalmau avait fait une crise cardiaque. De saisissement. Le pharmacien était un colosse, mais il avait déjà eu une attaque un an auparavant et c'était même la raison pour laquelle il avait abandonné les parties de rugby hebdomadaires qu'il disputait avec des amis, anciens du Collioure Sportif comme lui, pour la pêche à la ligne, loisir plus calme. Enfin, d'ordinaire !

On ne parlait que de cela dans tout le village, d'autant que la police n'arrivait pas à identifier le coupable. Le harpon était un modèle standard, en vente dans tous les magasins de matériel de plongée sous-marine, et le câble qui le reliait au fusil avait été sectionné. Si le plongeur ne se livrait pas, on aurait beaucoup de mal à remonter jusqu'à lui. Il avait pu se mettre à l'eau d'un bateau ou de n'importe laquelle des nombreuses criques de la côte…

Mais le pire, oui le pire, c'était au lavoir. La Fine en effet avait été en classe avec la mère Dalmau. Sitôt la nouvelle connue, la curieuse s'était précipitée chez son ancienne camarade de l'école communale pour la réconforter… et lui tirer les vers du nez. Elle en revenait tout excitée, louchant plus que jamais, les joues gonflées des dernières confidences de la mère éplorée, des nouvelles hypothèses évoquées par les enquêteurs. Elle en rajoutait à plaisir, faisant mine de s'apitoyer, jouant les mystérieuses. Et les autres, ces idiotes, qui la badaient, buvaient la moindre de ses paroles ! Il n'y en avait que pour la Fine, et Luce ne pouvait l'accepter. Elle avait bien tenté de ramener le charcutier cocu dans la conversation mais en avait été pour ses frais. Janette lui avait lancé un regard de commisération de derrière ses verres en cul de bouteille et cette garce de Mimi du Mouré lui avait demandé, acerbe, si Texidor lui avait un jour servi du jambon avarié pour qu'elle cherche si obstinément à faire de lui un assassin. L'envie lui avait démangé de lui donner un bon coup de battoir sur la tête pour la faire taire. A elle, à la Fine, et à ce satané Bosc pour faire bonne mesure.

Luce s'était arrêtée aux Templiers, dont l'inspecteur avait fait son quartier général. Il buvait un café tout en relisant ses notes. Elle s'était campée devant lui sans mot dire, jusqu'à ce qu'il lève les yeux de son calepin. Elle attendait qu'il l'invite à s'asseoir mais il n'en avait rien fait. Un prêté pour un rendu. L'air vaguement ennuyé, il s'enquit des raisons de sa venue. Légèrement décontenancée, elle tenta à nouveau d'évoquer la piste du crime passionnel, mais quand il comprit qu'elle n'avait rien de neuf à lui apprendre, il lui signifia en deux phrases, polies mais glacées, qu'il avait du travail et pas de temps à lui consacrer. Déjà, il levait la main pour héler la serveuse, qui le guettait, énamourée, de derrière le comptoir et accourut, fébrile et rougissante, un second café à la main. Luce avait battu en retraite, ulcérée. Ah, si elle avait quarante ans de moins et un joli minois maquillé à la truelle, il lui aurait sûrement prêté plus d'attention, ce joli cœur d'inspecteur !

Encore énervée à ce souvenir, elle sortit un couteau de la poche de son tablier et se pencha non sans difficulté. Ouille, que la terre était basse ! Elle fourragea rageusement avec sa lame dans la terre à ses pieds. Elle avait repéré une splendide *mastaguera*. Elle tira précautionneusement la longue tige blanche qu'elle coupa à ras. Les feuilles de cette sorte de pissenlit avaient un goût d'amertume et il fallait les enlever, mais les tiges en salade, c'était un vrai délice. René surtout en était friand. Il en avait mangé une assiette pleine le dimanche précédent, quand Eliane et son représentant en électroménager de mari étaient venus leur rendre visite avec leurs trois enfants : Sylvie, Jean-Luc et le bébé. Le petit Philippe avait six mois et Luce s'inquiétait pour lui. Au lieu de l'allaiter, comme n'importe quelle mère digne de ce nom, sa fille le nourrissait au biberon. Luce n'avait pu s'empêcher de lui en faire une nouvelle fois la remontrance. Et puis les couleurs qu'elle lui faisait porter : du turquoise, de l'orange et même du marron… Un vrai carnaval ! Où était donc la layette que Luce lui avait tricotée, en bleu ciel et blanc comme il se doit pour un petit garçon ? Comme d'habitude, le ton avait commencé à monter et, pour apaiser les esprits échauffés, René avait détourné la conversation sur les récents événements qui avaient endeuillé Collioure. Sylvie et Jean-Luc avaient mangé avant les adultes et étaient sortis jouer dans la cour. On entendait par la porte ouverte les « pan pan » de l'un et les cris aigus de l'autre. Leurs oreilles innocentes étaient hors de portée.

Tout en servant l'*ollada* qu'elle avait préparée suivant la recette de sa grand-tante dont les vieux Colliourencs gardaient un souvenir ému, Luce reprit donc une nouvelle fois son récit, désormais dans sa version définitive, du soir de la mort de son patron. Mais lorsqu'elle entreprit de développer sa théorie du mari trompé, elle se heurta à nouveau à un mur de scepticisme :

— Voyons, maman, si la police dit...

Quand Eliane prenait ce ton raisonnable, comme si elle s'adressait à une vieille femme sénile, Luce avait envie de l'étrangler.

— La police n'y entend rien ! Et cet inspecteur Bosc...

— Cet inspecteur doit savoir ce qu'il dit, Luce. C'est un professionnel de l'enquête...

Voilà que son gendre s'y mettait aussi. De quoi se mêlait-il, le vendeur de machines à laver ?

— Je n'en disconviens pas, mais moi, je suis une professionnelle de Collioure ! asséna-t-elle, en enlevant de la table le plat pour le poser sur le coin du poêle.

Ayant ainsi eu le dernier mot – non mais ! –, elle était allée chercher dans le frigidaire le bras de gitan [1] qu'elle avait préparé pour le dessert.

Depuis, elle ne décolérait pas. Personne ne voulait l'écouter : l'inspecteur Bosc l'évitait, le lavoir, c'était elle qui l'évitait, et même dans sa propre maison, tout le monde était contre elle et elle ne pouvait rien dire. Sauf bien sûr quand elle était seule avec René. Elle profitait de sa surdité et du fait qu'il était habitué à la voir soliloquer en faisant la cuisine ou le ménage pour dévider encore et encore le fil des événements, cherchant ce qui avait pu lui échapper, le détail qui expliquerait tout. Quelque chose la gênait mais elle

1. Génoise roulée avec de la crème pâtissière.

n'arrivait pas à savoir quoi. C'était comme un petit caillou dans sa chaussure ; il l'irritait et l'empêchait de penser à autre chose. Mais comment mettre la main dessus pour s'en débarrasser ?

Luce cueillit machinalement une nouvelle asperge gracile qu'elle glissa dans le sac en toile qu'elle portait en bandoulière. Elle se serait fait couper en morceaux plutôt que de l'admettre mais elle avait fui. Elle qui n'aimait rien tant que se trouver en compagnie pour pouvoir bavarder tout son saoul découvrait depuis quelques jours les joies amères de la solitude. Remontant les lits des ruisseaux le plus souvent à sec qui ravinaient les versants de la montagne à laquelle s'adossait Collioure, elle avait passé ces derniers après-midi à marcher en ressassant sa rancœur et ses interrogations. Les graviers du sentier roulaient sous ses semelles de corde. A l'abri des rochers, les buissons d'épineux crissaient au soleil mais les insectes se taisaient à son approche. Il ne faisait pas encore assez chaud pour que les cigales s'en mêlent mais ce doux crincrin était comme un avant-goût de l'été. L'air était tiède. Luce leva les yeux vers la tour de Madeloc qui pointait son doigt vers le ciel au-dessus de sa tête. Des nuages frisaient sur les crêtes. Leur ouate légère s'élevait en tourbillons puis s'évanouissait d'un coup, dissipé par une rafale. Il se préparait un coup de vent du sud. C'était vers les montagnes que les pêcheurs regardaient toujours pour savoir comment serait la mer. *Mar i munt* encore. Luce jeta instinctivement un coup d'œil vers la baie tout en bas. Les trois plages étaient quasiment vides. Entre les deux guerres, sur celle du Boramar et celle du port d'Avall, on comptait presque cent vingt barques. A cinq matelots par bateau, ça faisait six cents pêcheurs. On disait alors que Collioure était le deuxième port de pêche de la région après Sète. On avait bien du mal à le croire, à présent.

Luce décida de rebrousser chemin. Le coup de *mitjorn* qui se préparait n'avait plus d'incidence sur les barques, il la poussait juste à rentrer un peu plus tôt rue du Miradou. Triste époque.

5

Les ombres noires grimpaient à l'assaut des murs. Démesurées. Monstrueuses. Les flammes embrasaient les vitres des fenêtres qui démultipliaient la lueur des torches au rythme lent des tambours voilés de crêpe noir. Les capuchons pointus des pénitents encagoulés glissaient silencieusement le long des façades. Luce se faufila entre les badauds pour couper par la rue Arago et rejoindre la tête de la procession rue Saint-Vincent.

C'était comme un rituel : tous les vendredis saints depuis sept ans, elle suivait le même itinéraire. Depuis que la procession commémorant les souffrances du Christ avait à nouveau repris sa place dans les rues de Collioure. Elle avait été interdite une cinquantaine d'années auparavant, lors de la séparation de l'Eglise et de l'Etat. Le père de Luce, anticlérical comme beaucoup de pêcheurs, clamait que c'était une très bonne chose. Contrairement à certains bateaux placés sous la protection de la Vierge ou d'un saint, ses barques portaient fièrement les noms de l'*Egalité*, l'*Amitié* et la *Fraternité* afin que nul n'ait de doute sur ses convictions. Cependant son épouse, quoique elle-même fille de pêcheur, fréquentait l'église de temps à autre, pour les grandes fêtes en particulier. Suivant sa propre expression : « Si ça ne faisait pas de bien, ça ne pouvait pas faire de mal. » Et elle aimait à raconter à sa fille, la toute jeune Luce, les fastes funèbres de la procession de la Sanch venus du fond des âges. On disait que c'était saint Vincent Ferrier qui l'avait instaurée à la fin du Moyen Age afin de racheter les péchés de la Chrétienté déchirée par le Grand Schisme. L'humanité et ses fautes étant ce qu'elles étaient, pénitents et flagellants avaient partagé les souffrances du Fils de Dieu pendant des siècles avant que le « petit père Combes » ne renvoie fouets et cagoules dans la pénombre des sacristies. Les *caparutxes* n'en étaient ressortis qu'à la fin des années cinquante, grâce au combat obstiné des défenseurs de la culture catalane. Comme Perpignan, Arles-sur-Tech et Bouleternère, Collioure avait retrouvé « sa » procession et Luce replongeait chaque année dans les souvenirs de sa mère.

Le cortège ne passait pas par la rue du Miradou, aussi se rendait-elle chez sa cousine Maguy, rue Mailly, pour l'aider à fleurir le reposoir qu'elle installait devant sa porte et devant lequel les pénitents marqueraient un arrêt. Quand, après moult palabres, la dernière bougie était allumée et qu'elles étaient toutes deux satisfaites du résultat, Luce s'éclipsait pour voir la procession s'organiser au sortir de l'église. Les pénitents nouaient la cordelière qui ceignait leurs reins, par-dessus leurs robes noires, et se chargeaient des *misteris*, ces lourds brancards supportant les statues figurant les scènes de la Passion : la flagellation, le couronnement d'épines, la crucifixion, le Christ gisant. Et aussi sainte Véronique et son linge portant l'empreinte sanglante du Saint Visage, et la Vierge des sept douleurs, le cœur transpercé de poignards en argent. Mais la préférée de Luce, c'était Notre-Dame de la Soledat. D'abord parce qu'elle était traditionnellement portée par les pêcheurs, ensuite parce que l'histoire de cette statue était terriblement romanesque.

On disait qu'à la Révolution elle avait été arrachée au couvent des Dominicains où elle se trouvait, au Faubourg, et mise en tas avec d'autres statues, des tableaux et des objets religieux pour être brûlée. C'est alors qu'un vieux Colliourenc dénommé Cosme Nomdedeu – un nom prédestiné –, revenant de sa vigne, un sac de vieux ceps sur le dos, la remarqua. Un coup d'œil aux alentours. Personne. Cosme Nomdedeu vide son sac et y fourre prestement la statue de la Vierge. Puis il rentre chez lui comme si de rien n'était. Mais sa femme, mise au courant, s'inquiète : et s'ils sont découverts, que leur arrivera-t-il ? On guillotine pour moins que ça ! Cosme Nomdedeu a alors l'idée de cacher la Vierge dans une anfractuosité de la paroi du puits de sa maison. C'est de là qu'elle ressortit, couverte de poussière mais sauvée, une fois la tourmente révolutionnaire passée. Luce avait toujours adoré cette histoire et lorsqu'elle voyait, le soir du vendredi saint, la statue miraculée se promener au-dessus des têtes par les rues de Collioure elle retrouvait son regard d'enfant. Mais évidemment elle serait morte plutôt que de l'avouer !

Vite, il fallait qu'elle arrive rue Saint-Vincent avant la tête de la procession. Dans le haut, un porche enjambait la rue. Un balcon fleuri permettait de passer d'un côté à l'autre et dans le mur qui le surplombait une niche était encastrée. Cette niche abritait une madone, Notre-Dame des Quatre-Cantons, et arrivés devant elle les pénitents s'agenouillaient. Même les croix qu'ils portaient s'inclinaient pour saluer la mère de Dieu. C'était un moment fort, intense, que Luce n'aurait manqué pour rien au monde.

Voilà, elle y était. Elle se faufila au premier rang des fidèles qui attendaient le cortège dont les roulements étouffés des tambours annonçaient l'approche, et réprima un mouvement de contrariété. La Fine était déjà là, à la meilleure place, un chapelet enroulé autour de ses mains jointes, ses paupières fripées pieusement baissées sous sa mantille de dentelle noire. L'image même de la dévotion. *Arengada* [1] desséchée, va !

Le capuchon rouge du *regidor* apparut plus bas dans la rue. Il rythmait la marche au son de la cloche en fer qu'il tenait à bout de bras. Tous les pénitents marchaient ainsi au même pas, balançant les lourds *misteris* qui tanguaient mollement au-dessus de la mer des fidèles comme des

1. Hareng.

barques dans la baie. Même les flambeaux semblaient portés par une houle légère. Fidèles et processionnaires avaient entonné le cantique qui marquait la deuxième station :

Jésus li respon : Mare
Vos no podeu morir
Encara, puix mon Pare
Ho ha disposat aixi...

Au signal, tous s'immobilisèrent face au porche. C'était le moment. Les porteurs de croix s'avancèrent d'un pas. La petite croix et la croix des outrages pourvue des instruments de la Passion. Elles s'abaissèrent tandis que les *caparutxes* s'agenouillaient. De l'autre côté de la rue, la Fine voulut les imiter mais elle resta coincée à mi-chemin, pliée en deux. Luce, qui connaissait les limites de ses propres genoux raidis par l'arthrose, se contenta de baisser la tête, une main devant la bouche pour masquer le sourire de satisfaction qui étirait malgré elle les commissures de ses lèvres. Il lui tardait de pouvoir se redresser pour voir si sa rivale était toujours dans la même inconfortable position. Enfin, au signal, elle put relever le front. C'est alors qu'elle les vit.

Ils étaient là, tous, côte à côte sur la croix des outrages, aux côtés des autres instruments de la Passion : la lanterne et l'échelle, la bourse et la lance, acérée comme un harpon. Camps, Ripoll, Margall et Dalmau.

La procession avait repris sa marche cadencée, les croix toujours baissées pour passer sous le porche. Les *misteris* tournaient un à un vers la droite pour rejoindre la rue de l'Egalité, accompagnés par les voix mâles ou chevrotantes qui avaient repris le cantique :

Departit de sa mare
Amb un amor fervent,
Queda en l'Eucaristica…

On la bousculait, pressé de suivre le cortège, mais Luce restait figée, les yeux levés à hauteur du premier étage de la maison qui lui faisait face, frappée de stupeur, comme si elle venait d'être témoin d'une apparition divine. Et d'une certaine façon c'était bien d'une apparition qu'il s'agissait. Entre le sceptre en roseau et la couronne d'épines, le marteau et les clous, l'éponge imbibée de vinaigre, les dés des légionnaires, l'aiguière et le linceul, les signes évidents que toutes ces morts qui avaient endeuillé Collioure ces dernières semaines étaient liées.

La Fine, péniblement redressée, lui adressa un regard dédaigneux assorti d'un commentaire fielleux à l'oreille de sa belle-sœur, laquelle n'avait pas meilleure figure, mais Luce n'y prêta pour une fois aucune attention. Bouche bée et sourcils froncés, sans souci de la mine perplexe des passants qui n'avaient évidemment pas la moindre idée de ce qui était en train de se jouer, Luce réfléchissait intensément. Ce ne pouvait être un hasard. Cette lanterne éteinte près du tonneau de saumure qui l'avait tant intriguée. La bourse en cuir pleine de louis d'or que Marinette avait remarquée dans la main de Margall. L'échelle d'où était tombé le notaire. Et bien sûr la flèche qui avait provoqué la crise cardiaque du pharmacien. Ça n'avait pour l'instant pas de sens pour elle, mais ça devait en avoir pour quelqu'un. Forcément. Du coup, plus question de parler d'accident ou de mort naturelle. Cet *esclafacanya* [1] d'inspecteur allait devoir l'écouter !

La serveuse ne le quittait pas des yeux. Elle passait et repassait le torchon sur le comptoir, toujours au même endroit. Il en était parfaitement conscient mais feignait de ne rien voir, concentré en apparence sur les spirales dont il couvrait la feuille de son calepin ouvert devant lui, sur la table. Bosc adorait jouer le bel indifférent. S'entourer d'une aura de mystère. Garder le silence, arborer un sourire énigmatique, ça marchait à tous les coups. La fille, qui croyait qu'il suffisait de se décolorer les cheveux en blond oxygéné pour ressembler à Marilyn Monroe, prenait des poses en guettant son reflet dans l'inox du percolateur. Elle ne se mettrait pas tant en frais si elle savait que c'était ses dernières heures à Collioure. Il aurait même dû partir plus tôt, mais le commissaire lui avait demandé de rester quelques jours de plus pour tirer au clair cette histoire de plongeur sous-marin mystérieux.

1. Littéralement : écraseur de roseaux, fainéant.

Quelques jours pour rien : Bosc avait fait chou blanc. Le tireur maladroit, tout comme le vagabond meurtrier du patron saleur, restait inconnu.

Il arracha la feuille couverte de spirales bleues, la froissa rageusement et ferma son calepin. Décidément, il traversait une mauvaise passe ! Enfin, demain il retrouverait son bureau au commissariat et avec un peu de chance se présenterait bientôt une affaire qui lui permettrait de redorer son blason. Pourquoi pas un braquage à la mitraillette, comme en janvier à la Société marseillaise de crédit, place Bardou-Job ? Avec une DS rouge qui disparaît en zigzaguant dans les rues de la ville. *L'Indépendant* avait titré « Perpignan, le Chicago catalan ». Voilà qui avait du style ! Plus en tout cas qu'un type plongé la tête la première dans un tonneau de saumure au fond d'une usine puant l'anchois...

— Il n'y a pas un mais quatre meurtres. Quatre au moins.

La voix au-dessus de sa tête le fit sursauter. Il ne l'avait pas vue venir mais, cette fois, il ne prit même pas la peine de dissimuler son exaspération. Que voulait-elle encore, cette vieille folle ? Quel film s'était-elle fait pour essayer de rendre un peu plus intéressante sa vie désespérément insipide ?

Elle s'était plantée devant lui, sa taille épaisse boudinée dans le gilet de grosse laine feutrée qu'elle semblait affectionner et ses petits yeux plissés le mettaient au défi de l'interroger pour en savoir plus. Ah non, cette fois il ne tomberait pas dans le panneau ! Après le charcutier, qui allait-elle accuser ? Le boulanger ? Le minuscule buraliste ? Et pourquoi pas monsieur le curé, tant qu'on y était ? Peut-être l'argent de la quête ne lui suffisait-il plus et voulait-il arrondir son petit pécule en multipliant les funérailles ? Bosc eut un ricanement que la vieille enquiquineuse prit pour elle :

— Ne vous moquez pas, jeune homme. Je sais ce que je dis, je ne radote pas, si c'est ce que vous pensez !

Et comment que c'était ce qu'il pensait ! Mais il n'avait pas envie de polémiquer ; cette commère impénitente lui avait déjà fait perdre trop de temps. Il se força au calme.

— En ce qui me concerne, l'enquête est close. Un jour peut-être on arrêtera un vagabond, on trouvera dans ses poches le stylo volé dans le bureau du comptable de monsieur Camps et l'affaire sera résolue... Mais il n'a pas dû s'éterniser à Collioure après son forfait et il doit être loin d'ici, à présent ! Au revoir, madame Colomine.

Rouvrant son calepin, il se mit en devoir de griffonner sur une nouvelle page afin de décourager toute velléité de conversation. Mais la vieille était têtue.

— Vagabond ou pas, ça m'étonnerait qu'il soit parti, puisqu'il a au moins trois autres morts à son actif.

Sans lui laisser le temps de protester, elle tira une chaise à elle et s'assit face à lui.

— Que vous le vouliez ou non, inspecteur, vous allez m'écouter. J'ai la preuve que quatre morts récentes sont liées.

Et de tout déballer d'un trait : la mort de Margall, les prétendus accidents de Ripoll et Dalmau, la procession de la Sanch et les objets sur la croix des outrages.

Quand elle s'arrêta enfin, hors d'haleine, Bosc émit un long sifflement modulé.

— Le complot des mystérieux pénitents noirs, apprécia-t-il en faisant mine de l'applaudir. Décidément, madame Colomine, avec vous, je ne suis jamais déçu !

Son ironie mordante sembla la piquer au vif. Un liseré blanc apparut autour de ses lèvres pincées.

— Je n'en dirai pas autant de vous, « monsieur » Bosc. Si cette affaire n'est toujours pas résolue, c'est sans doute parce que vous l'avez prise par-dessous la jambe. Et mes pénitents noirs valent bien votre vagabond invisible !

Touché. Cette vieille pie était redoutable. Bosc n'avait plus du tout envie d'applaudir. En fait, il avait plutôt envie de… Surtout, ne pas perdre son sang-froid. Il prit une profonde inspiration.

— Luce, vous permettez que je vous appelle Luce ?

Le rouge vif qui colora ses joues lui apprit qu'elle ne permettait rien du tout mais il passa outre. Il lui adressa son sourire le plus charmeur. Allez, un dernier effort pour en finir.

— Je reconnais que cette procession fantomatique est très impressionnante. Mon petit-neveu, que ma mère a absolument voulu traîner à celle de Perpignan, a été terrorisé par ces capuchons et ces cagoules. Et pourtant, là-bas, c'est en plein après-midi que ça se passe ! Alors la nuit, à la lueur des flambeaux, c'est normal que l'imagination travaille...

— Au cas où cela vous aurait échappé, inspecteur, je n'ai plus l'âge de votre petit-neveu, mais je ne suis pas encore assez vieille pour sucrer les fraises. Et pour votre gouverne, sachez que si les pénitents sont cagoulés c'est parce que leur confrérie avait notamment pour vocation d'accompagner les condamnés à mort jusqu'au lieu de leur supplice et qu'il ne fallait pas qu'on les reconnaisse. Où l'imagination entre-t-elle en jeu là-dedans ? Quant à la lanterne, vous l'avez vue comme moi à côté du tonneau. Et l'échelle, la bourse et le harpon sont tout aussi réels. Qu'attendez-vous pour faire votre travail et vérifier ?

Oh, ce ton fielleux ! Cette fois, c'était à lui d'être piqué au vif :

— Vérifier ? Comme l'alibi du charcutier ?

Mais il en fallait plus pour lui faire perdre son aplomb. Avec la plus parfaite mauvaise foi, elle rétorqua :

— Qui vous parle du charcutier ? Je vous dis que toutes ces morts sont liées...

Bon, maintenant ça suffisait. Ainsi que le disait le commissaire Richard, les plaisanteries les plus courtes étaient les meilleures, et celle-ci n'avait que trop duré. Bosc se retourna vers le mur du café couvert de tableaux et fit mine de jeter un regard inquiet sur tous les visages immortalisés dans des styles divers par les nombreux peintres qui fréquentaient les Templiers et la famille Pous qui en était propriétaire :

— Et donc, il y aurait, caché dans Collioure, un vagabond sanguinaire qui attend, tapi dans l'ombre, pour supprimer tous les pharmaciens, les notaires et les patrons saleurs ?

Elle se leva avec toute la majesté dont elle était capable dans son gros chandail informe.

— Je ne sais pas si j'ai de l'imagination mais vous, vous avez une idée fixe. Où est-il, ce vagabond dont vous me rebattez les oreilles ? En avez-vous trouvé de quelconques traces dans le bureau du comptable de monsieur Camps ? Comment appelez-vous cela, déjà ? Des empreintes...

— Non, aucune, admit-il à regret. Il portait sans doute des gants.

Elle lui adressa un sourire condescendant.

— Vous avez raison, inspecteur, tous les vagabonds que je connais portent des gants, surtout pour fouiller dans des tiroirs !

Elle sortit dans un silence de mort. Même la Marilyn du comptoir, son torchon toujours à la main, en oublia le percolateur-miroir ; elle la suivit du regard, bouche bée. Bosc referma son calepin qu'il enfouit au fond de sa poche, partagé entre la colère et le soulagement.

6

— Moi, je crois que c'est possible.

Luce dévisageait le jeune homme, méfiante. C'était bien la dernière chose à laquelle elle s'attendait ! Au premier abord, elle ne l'avait même pas reconnu. On avait toqué à la porte. Pas en martelant le battant du poing comme le faisaient les voisins, les amis, enfin tous ceux qui savaient que René était dur d'oreille, mais très poliment, du dos de l'index ; installée dans sa *cadireta* sous la treille, avec sur ses genoux un torchon dans lequel elle équeutait les haricots, elle avait bien failli ne pas l'entendre. Puisqu'elle évitait le lavoir, elle avait décidé de faire une lessive de blanc, elle n'avait presque plus de torchons propres, et ce ne fut que lorsqu'elle s'était levée pour aller voir où en était la lessiveuse qu'elle avait mise à chauffer sur le coin de la cuisinière qu'elle avait perçu le bruit à la porte. Elle s'apprêtait à jeter une poignée de cristaux de lessive dans l'eau frémissante et elle avait suspendu son geste pour tendre l'oreille. L'index insistait. Trois coups, un silence, et trois coups encore. Allons bon, qui cela pouvait-il être ? Avec un soupir agacé, elle avait posé le torchon et les haricots sur la table pour aller voir.

Le grand jeune homme blond qui se tenait debout, bien droit, derrière la porte, lui avait fait bonne impression. Si seulement son fils, Gérard, pouvait lui ressembler ! Il avait les cheveux courts, coupés ras sur la nuque, bien peignés avec la raie sur le côté, et une chemise propre et repassée, boutonnée jusqu'en haut. Un représentant, s'était-elle dit en cherchant des yeux la mallette qu'il ne pouvait manquer d'avoir au bout du bras. Pourtant ses mains, qu'il tenait jointes devant lui pour se donner une contenance, étaient vides. Il s'était présenté :

— Bonjour, madame Colomine, je suis Philippe Michel.

Machinalement, elle répondit :

— J'ai un petit-fils qui s'appelle Philippe.

A son regard vague, il comprit qu'elle ignorait qui il était. Il précisa donc obligeamment :

— Je suis policier. Vous m'avez vu avec l'inspecteur Bosc.

Et des deux mains à plat devant lui, il fit semblant de frapper sur le clavier d'une machine à écrire. C'est alors qu'elle se souvint : le stagiaire qui avait noté tout ce qu'elle avait raconté à cet imbécile de Bosc dans le bureau de ce pauvre monsieur Camps. Elle l'invita à entrer.

René était allé se promener. Rien de tel qu'un peu de marche pour bien digérer, affirmait-il. Comme si elle ne savait pas qu'en fait il avait son coin, en amont du Douy, où il aimait aller à cette saison pour piquer un somme, à l'abri d'un muret de pierres sèches, *al repetell del sol* ! Son propre père faisait la même chose sur ses vieux jours : il n'aurait dérogé pour rien au monde à la sacro-sainte sieste de l'après-dîner, dehors, réchauffé par le soleil, au printemps et en automne, dedans, dans la fraîcheur de sa chambre aux volets mi-clos, l'été. Et malheur à qui aurait osé troubler son heure de bienheureuse torpeur ! En prenant de l'âge, le *Renat* adoptait les mêmes manies.

Quoi qu'il en soit, ils étaient seuls, le stagiaire et elle, et cela faisait son affaire. Bien décidée à lui tirer les vers du nez, elle lui fit signe de la suivre jusqu'à la *parraguera*. Il s'exécuta docilement, les mains toujours jointes, calme, attentif. Au moins, celui-là, était-il bien élevé ! Il voulut même s'asseoir sur la petite chaise à accoudoirs, sans doute pour lui laisser, respectueusement, la plus grande. Il ne pouvait pas savoir que c'était « sa » *cadireta*. Elle l'invita plutôt à prendre la chaise pliante bleue, comme Bosc. Et c'est alors qu'il lui avait fait cette déclaration ahurissante :

— Moi, je crois que c'est possible.

Personne ne l'avait crue. Ni ce faux jeton d'inspecteur, qui n'avait qu'une hâte : se débarrasser d'elle, ni René, qui refusait même de faire semblant de l'écouter. Il affirmait que cette histoire était si bien montée à la tête de sa femme qu'elle n'arrivait plus à penser à autre chose et qu'il n'en pouvait plus de la voir tourner en rond comme un lion en cage. Il fuyait aussi souvent qu'il le pouvait, et sous tous les prétextes possibles, la maison de la rue du Miradou. Même

Gérard, qui avait depuis toujours du mal à s'extraire de son lit, partait de plus en plus tôt, et sans rechigner, à l'épicerie afin d'éviter d'être une nouvelle fois pris à témoin et mis en demeure de reconnaître que, seule contre tous, sa mère avait vu juste. N'avait-elle pas senti depuis le début que quelque chose clochait ?

Mais l'humiliation suprême, c'est au lavoir qu'elle l'avait subie. Elle s'y était précipitée, sûre d'épater les autres par ses nouvelles révélations. *Raï*, la Fine allait en baver de jalousie ! Mais Luce avait très vite déchanté.

Il y eut bien quelques exclamations étouffées et des paires d'yeux écarquillés, surtout ceux, toujours aussi peu expressifs, de Marinette, mais aussitôt après :

— D'abord le charcutier, et maintenant les *caparutxes* ! persifla la Mimi du Mouré. Tu ne sais vraiment plus quoi inventer, ma pauvre Luce…

Ce fut le signal de la curée. Des protestations outrées. Des regards chargés de colère. Et la voix haut perchée de la Fine qui grinçait :

— Tu ne supportes pas que nous ayons nous aussi assisté à des morts suspectes, voilà tout !

Parce que voilà qu'elle voulait faire croire qu'elle avait assisté à la dégringolade mortelle de Ripoll ! Luce voulut protester mais elle eut à peine le temps d'ouvrir la bouche que Mimi enchaînait :

— La Fine a raison : tu veux à tout prix que tout soit lié à la mort de Camps, tu ramènes tout à toi, tu cherches seulement à nous prendre nos histoires !

Marinette joignit sa voix cassée au concert de protestations : elle aussi tenait à « son » mort. Pas question d'en céder un bout à quiconque ! Chacune avait quelque chose à rajouter. Elles se coupaient la parole, haussant le ton pour se faire entendre, si bien que le vacarme, amplifié par les murs de béton du lavoir, finit par devenir insupportable. Luce, décontenancée, chercha du soutien du côté de la Marie du Rimbau, d'habitude si conciliante, si raisonnable. En vain. Certes, celle-ci ne participait pas à la levée des boucliers, mais elle se cantonnait dans un silence prudent. Visiblement, elle ne savait qui croire et assister à une telle empoignade verbale la navrait.

Luce avait renoncé pour la première fois à faire sa lessive. La rage au cœur, elle avait ramassé d'une main tremblante le linge qu'elle n'avait eu que le temps de sortir de sa bassine pour le poser sur le rebord lisse du bassin et s'en était allée, laissant les éclats de voix mourir peu à peu derrière elle, au fur et à mesure qu'elle s'éloignait de ce maudit lavoir.

Maudit lavoir, maudit village, maudite famille. Elle en voulait à tous ceux qui laissaient entendre qu'elle était folle.

Et voilà que ce gamin avec sa tête de premier de la classe la cueillait à froid :

— Moi, je crois que c'est possible.

— Vous me croyez ? balbutia-t-elle, incrédule. Vous me croyez quand je vous dis que ces quatre morts, et peut-être d'autres, sont liées ?

— Je n'irai pas jusque-là. Ça paraît tellement extraordinaire ! Mais on a vu plus étrange... Alors disons que je n'exclus pas.

Elle eut du mal à cacher sa déception. Qu'est-ce que ça voulait dire, « je n'exclus pas » ? Encore un coupeur de cheveux en quatre !

Son regard noir n'échappa pas à Philippe Michel. Il tenta de rattraper son manque d'enthousiasme :

— En fait, madame Colomine, il faut être lucide : il y a une chance sur mille que ce soit vrai. Mais cette chance-là je ne veux pas la rater. Vous parlez d'un coup d'éclat pour commencer une carrière ! Là, c'est sûr, je passe inspecteur !

Luce se détendit. Il avait de l'ambition, le *pallago* [1] ! Il ne perdait pas temps à « chercher sa voie », lui.

— Alors, qu'est-ce que nous allons faire ? interrogea-t-elle, toute sa combativité retrouvée.

Il sortit un calepin de sa poche. Le même que celui de Bosc. Sans doute fourni par l'administration. Sauf qu'au lieu de spirales bleues les pages étaient couvertes d'une fine écriture penchée, parfaitement régulière. Le papier n'avait pas de lignes, et pourtant elle ne déviait jamais. Un modèle du genre, à montrer dans les écoles. Luce regrettait seulement qu'il se serve d'un stylo. Un bête Bic en plastique jaune. Un porte-plume entre

1. Adolescent.

les doigts, ce gamin aurait tracé des pleins et des déliés de rêve, elle en était sûre. Et sans faire de pâtés contrairement à elle, quand elle allait à l'école, petite. Philippe Michel était du genre méticuleux.

Il posa le calepin devant lui et Luce débarrassa prestement la table du torchon qu'elle roula en boule avec les haricots verts dedans. Pareille page d'écriture ne méritait pas un tel voisinage.

— Nous allons d'abord faire la liste de ce que nous savons et voir si ces indications nous mènent quelque part…

Le jeune homme avait ouvert son carnet sur une page blanche et attendait, stylo levé. Ragaillardie d'être enfin prise au sérieux, Luce avait retrouvé tout son allant et toute son énergie :

— Vous avez raison, mettons-nous-y tout de suite. Laissez-moi juste une minute pour aller jeter un coup d'œil à ma lessiveuse.

Elle se précipita dans la cuisine, avec une vivacité qui la surprit elle-même. Ils allaient agir et trouver ; elle se sentait à nouveau vivante.

Juste le temps de soulever le couvercle pour vérifier que l'eau bouillante remontait bien par le tube pour retomber en pluie sur le linge, de rafler au vol la cafetière qu'elle tenait toujours au chaud au coin du poêle à bois et deux tasses, et elle était déjà de retour. Tout en le servant, elle s'efforça de déchiffrer à l'envers ce que l'inspecteur stagiaire avait commencé à écrire. En fait, il avait partagé la page en quatre colonnes en tête desquelles il avait inscrit les noms de Margall, Ripoll, Camps et Dalmau.

— C'est bien dans cet ordre que sont intervenus les décès, madame Colomine ? demanda-t-il, en reposant sa tasse.

Ainsi, il avait surpris son regard. Elle confirma de la tête.

— Et donc les objets qui, selon vous, relient ses morts entre elles sont dans l'ordre : la bourse, l'échelle, la lanterne et le harpon…

— … qui figurerait la lance, compléta-t-elle.

Le visage juvénile de Philippe Michel se crispa en une moue perplexe. Luce remarqua qu'une fossette creusait sa joue gauche. Quel âge avait-il ? Vingt ans ? Sans doute guère plus en tout cas.

— Pourquoi voulez-vous faire du harpon autre chose que ce qu'il est ?

— A cause de la *creu dels improperis*.

Il fit un geste vague de la main.

— Excusez-moi, je ne comprends pas le catalan. Là où j'ai été élevé, on ne le parlait pas. Vous m'expliquez ?

Elle s'exécuta de bonne grâce :

— On peut traduire par la « croix des injures » ou « des outrages ». Elle ouvre la procession de la Sanch le vendredi saint. Le reste de l'année, elle est accrochée au mur d'une des chapelles de l'église.

— Et quel rapport avec tous ces objets ?

— Ils sont fixés sur la croix. Ils représentent les diverses péripéties de la Passion du Christ : la lanterne que portait Judas quand il a guidé les soldats romains au jardin des Oliviers, la bourse contenant les trente deniers dont ils ont payé sa trahison, la lance dont on a percé le flanc du

Christ en croix, l'échelle sur laquelle le légionnaire est monté pour le descendre après sa mort...

— Je vois. Mais pourquoi est-ce que quelqu'un se serait donné tout ce mal pour faire en sorte qu'un de ces objets se trouve à chaque fois à côté d'un corps ? Les défunts faisaient-ils partie de la confrérie des pénitents de la Sanch ?

Il prononçait le mot à la française, avec un « ch » comme dans hanche, au lieu d'un « k » comme dans banque. Où avait-il donc grandi ? Pas dans les Pyrénées-Orientales en tout cas. Mais là n'était pas la question.

— Leur identité n'est connue que de leurs confrères, répondit-elle, mais pour Dalmau, la réponse est oui, sans équivoque.

— Comment pouvez-vous en être sûre si c'est un secret ? s'étonna-t-il.

— Dalmau est... enfin, était troisième ligne de rugby. Un colosse. Sa carrure ne passait pas inaperçue, même sous sa *caparutxa* [1].

Elle pouffa, la tête rejetée en arrière :

— Et ses pieds donc ! Savez-vous combien il chaussait ? Du 47 ! Il était obligé de se faire faire des souliers sur mesure. Ça faisait sourire tout Collioure : le pharmacien aux grands pieds ! Alors croyez-moi, pieds nus ou en sandales, pendant la procession on savait toujours où il était.

Songeuse, elle reprit son sérieux :

— Il ne l'avait jamais ratée jusqu'ici. Même après son accident cardiaque.

1. Habit du pénitent composé d'une robe et d'une cagoule.

Mais Philippe Michel n'était pas d'humeur à s'attendrir. Il examinait ses colonnes, les sourcils froncés.

— Et les trois autres ? Eux aussi faisaient partie de la confrérie ?

Luce grimaça.

— Je l'ignore.

Visiblement, l'aveu lui coûtait. Mais elle ajouta aussitôt :

— Mon cousin est pénitent et je peux essayer de lui demander.

Il acquiesça sans même lever la tête.

— Ce serait bien, ça nous apporterait peut-être un premier élément pour notre enquête.

Il avait dit « notre » enquête. Luce était aux anges.

— J'irai voir Antoni dès demain. Je le connais bien, il ne voudra rien me dire mais je trouverai un moyen…

Mais il parut à peine l'entendre. Il tapotait d'un index pensif la feuille de son calepin.

— Il y a quand même quelque chose que je ne comprends pas : même en admettant qu'ils appartiennent tous à la confrérie, pourquoi poser ces objets à côté d'eux ? Simplement pour que tout le monde le sache ?

Evidemment, ça ne tenait pas debout. Luce attira le torchon à elle et le déplia sur ses genoux. Elle avait besoin de s'occuper les mains ; elle réfléchissait toujours mieux en travaillant. Tout en équeutant des haricots verts, elle laissa vagabonder ses pensées pour tenter de trouver une explication plausible.

— C'est peut-être un message ? hasarda-t-elle enfin.

L'index du jeune policier interrompit son tapotement saccadé.

— Un message qui dirait quoi ?

Luce haussa les épaules.

— Peut-être que les victimes ont expié leurs fautes ? Après tout, c'est pour cela que le Christ s'est laissé crucifier : pour racheter les péchés du monde.

Une ombre passa sur le visage du jeune policier. Il posa son stylo pour se frotter l'avant-bras comme s'il avait soudain la chair de poule.

— Vous avez froid ? s'enquit Luce en avançant la main vers la cafetière pour lui resservir une tasse.

Il secoua la tête.

— Non merci, ça me rappelle juste de mauvais souvenirs. Toutes ces histoires de péchés mortels, de damnation…

Il s'ébroua et reprit son stylo :

— Admettons que ce soit un message. Mais pour qui ?

— Peut-être pour les autres. Pour qu'ils sachent qu'eux aussi seront punis si…

— Holà, de quels autres parlez-vous ? l'interrompit Philippe Michel, effaré. Madame Colomine, vous allez trop loin ! Votre imagination s'emballe. Revenons à nos quatre morts, voulez-vous ?

Elle retourna à ses haricots, un peu vexée.

— Vous avez raison, admit-elle à contrecœur. Où en étions-nous ?

— A ces objets de la Passion qu'un individu aurait volontairement déposés près des corps.

Un « individu » ? Il fallait vraiment être de la police pour employer un tel terme !

— Mettons de côté Camps, poursuivit-il sans se préoccuper des états d'âme de son interlocutrice, il a de toute évidence été victime d'un meurtre. On voit mal comment il aurait pu s'étrangler tout seul avant de se jeter, déjà mort, dans le tonneau de saumure ! Mais les autres ? Comment par exemple l'individu en question, s'il existe, aurait-il pu deviner quand Margall allait mourir ?

Tous ces conditionnels, ces « s'il existe », commençaient à porter sur les nerfs de Luce. C'était bien gentil d'écouter ce qu'elle avait à dire, mais s'il pouvait en finir avec ces précautions oratoires ! A se demander s'il la croyait vraiment. Cela dit, il n'avait pas tort : comment l'assassin – elle ne s'embarrassait pas d'« individu » ni de périphrases, elle ! – avait-il pu savoir ?

Et soudain, la solution lui apparut, évidente, aveuglante.

— Il n'a rien deviné, c'est lui qui l'a fait mourir.

— Mais comment ?

— La porte de Margall n'était jamais fermée dans la journée, tout le monde à Collioure le savait. Sa femme la laissait ouverte en partant travailler à la mairie pour que les voisins, les amis puissent monter lui dire bonjour.

Tout s'enchaînait comme par magie. Luce avait l'impression de voir la scène se dérouler devant elle.

— L'homme s'est glissé dans la maison jusqu'à la chambre de Margall. Il l'a trouvé dans son lit, endormi peut-être, en tout cas très affaibli, et il l'a tué.

— On s'en serait rendu compte !

La réponse lui vint tout naturellement :

— Pas s'il l'a étouffé avec un oreiller. Margall était très malade depuis longtemps et tout le monde s'attendait à une issue fatale. L'infirmière l'a trouvé mort dans son lit, elle ne s'est pas posé de question.

Elle eut la satisfaction de voir un éclair d'admiration traverser le regard de l'inspecteur stagiaire. De l'admiration et peut-être même du respect. Il se mit à écrire à toute vitesse dans la colonne Margall en hochant la tête :

— Oui, ça a pu se passer comme ça. Bon sang oui, c'est possible !

Sa voix tremblait d'excitation. Finis le calme et la froide analyse. Les « vous allez trop loin » et les « votre imagination s'emballe ». Il ne se l'avouait pas encore mais il commençait à y croire. Luce, elle, était désormais sûre d'être sur la bonne voie.

Une porte qui claque. Un pas lourd dans l'escalier. René rentrait à la maison. Elle se leva, un brin contrariée. Il n'aurait pas pu prolonger un peu sa sieste pour une fois ! Elle ne voulait pas être dérangée, et surtout pas par un vieux grognon qui prétendait être sourd pour ne pas avoir à lui répondre. S'il croyait qu'elle était dupe ! Sous prétexte de vérifier que sa lessiveuse ne débordait pas, elle alla à sa rencontre dans la cuisine. Un verre à la main, il cherchait du regard la cafetière qui aurait dû se trouver sur le poêle. Il buvait toujours son café dans un verre. Elle le lui prit des mains.

— Assieds-toi ici, je vais te servir. Je suis dans la *parraguera* avec l'inspecteur Michel. Il veut me parler seul à seule. C'est encore au sujet de la mort de Camps.

Elle s'était bien gardée de dire que le jeune homme n'était que stagiaire et encore moins que sa mission n'avait rien d'officiel ; son mari se serait encore moqué d'elle et de sa prétention à jouer les détectives. Elle rapporta le verre rempli et la cafetière, qu'elle remit au chaud sur la plaque de fonte.

— Et pour Ripoll ?

Le jeune policier avait fini de remplir la colonne de sa belle écriture régulière et il passait à la suivante. Luce se demanda s'il s'était seulement rendu compte qu'elle s'était absentée. S'étant rassise, elle reprit ses haricots. Elle réfléchit un moment avant de se lancer :

— Pour Ripoll, c'est la même chose. Ce n'est pas un accident. Sa maison, sur les hauts du village, est très exposée au vent, qui a arraché des tuiles à plusieurs reprises. La veille de sa mort, il y avait eu un grand coup de tramontane : il n'était pas difficile d'en déduire que Ripoll monterait vérifier l'état de son toit…

— ... et de le pousser au bon moment, compléta-t-il. Là encore, ça se tient. Reste Dalmau.

A présent, il ne perdait plus de temps à ergoter, à émettre des réserves. On le sentait impatient.

— Son cas me semble plus compliqué, concéda Luce à regret. La blessure au cou n'était pas mortelle. L'homme avait raté son coup et si le pharmacien n'avait pas eu une crise cardiaque...

Elle sursauta. Philippe Michel venait de taper un coup sec de la pointe de son stylo sur le bois de la petite table.

— Qui savait que Dalmau était cardiaque ?

— Mais tout le monde à Collioure ! Sa première attaque avait fait grand bruit. Vous imaginez, un colosse pareil, foudroyé comme ça, d'un coup !

— C'est bien ce que je pensais : cet individu était au courant ; il n'a pas cherché à tuer Dalmau avec son harpon, il voulait juste lui faire suffisamment peur pour provoquer une nouvelle crise, fatale cette fois !

Ce fut au tour de Luce de jeter un regard admiratif au jeune homme. Le gamin avait plus de cervelle que son chef.

— Ainsi tout concorde, approuva-t-elle. Ce type est vraiment diabolique. Il a tout prévu, tout calculé. Et on ne sait toujours pas qui il est et pourquoi il a tué.

— Je crois qu'en tout cas on peut exclure la vengeance d'un mari jaloux, répondit l'inspecteur stagiaire, en replongeant le nez dans ses colonnes. Je veux bien admettre que madame Texidor ait du tempérament mais quatre amants en même temps !

Ma parole, mais il se moquait d'elle ! Heureusement qu'il ignorait qu'elle était allée à plusieurs reprises à la charcuterie espionner le cocu. Une fois pour acheter du *fuet*, de la saucisse sèche, et une autre fois pour du boudin noir, ingrédient indispensable à la confection de l'omelette pascale. Apparemment, Texidor ignorait qui avait dirigé les soupçons de Bosc sur lui ; il l'avait servi le visage uni, avec le sourire commercial d'usage, sans la moindre remarque. En revanche, Luce avait surpris ses regards soupçonneux vers sa femme qui se faisait toute petite et discrète derrière sa caisse enregistreuse à chaque fois qu'un homme poussait la porte vitrée du magasin. La tension entre les deux époux était palpable mais Luce refusait de se sentir coupable. Rien ne serait arrivé si la charcutière était restée une honnête femme ! Mais bon, Luce avait beau tenir madame Texidor en piètre estime, elle ne l'imaginait tout de même pas en courtisane.

Les torchons mouillés alignés sur le fil de fer tendu entre la treille et le figuier aux feuilles charnues donnaient à la cour un faux air de barque pavoisée pour la procession en mer de la Saint-Vincent, qui avait lieu jadis le 16 août. Une épingle à linge entre ses lèvres pincées, Luce examinait d'un œil critique une auréole brunâtre qui avait résisté à la lessiveuse tout en repensant aux dernières paroles de Philippe Michel au moment de prendre congé :

« Vous avez dit tout à l'heure qu'on ignorait tout de l'individu qui serait à l'origine de tout cela... »

Il avait refermé soigneusement son calepin avant de le remettre dans sa poche.

« Ce n'est pas tout à fait vrai. Réfléchissez : il savait que Camps travaillait tard à l'usine, que la porte de Margall n'était pas fermée, que Ripoll allait monter sur le toit, que le cœur de Dalmau ne résisterait pas… Vous l'avez dit, madame Colomine, tout le monde ici le savait. Ici et seulement ici. Cet individu est de Collioure. »

7

Luce était revenue au lavoir. Elle avait ravalé sa fierté, fait mine de ne pas entendre les piques de la Fine, les allusions de Marinette, de ne pas remarquer les regards en coulisse que se lançaient la Mimi du Mouré et Janette. Elle se faisait violence mais Philippe Michel lui avait demandé d'être ses yeux et ses oreilles à Collioure, alors il lui fallait être au cœur, là où tout se racontait, où tout se savait. Au lavoir.

« Je crois que cela vaut le coup de mener une enquête, avait dit le jeune inspecteur avant de s'éloigner dans la rue du Miradou, en descendant vers l'église. Moi, je ne pourrai venir qu'en dehors de mes heures de travail, sur mes jours de repos, mais vous, vous êtes ici chez vous, vous baignez dedans en permanence. Alors regardez, écoutez, interrogez, essayez de trouver le rapport qui existe entre les quatre victimes. S'il y a un lien entre leurs décès, c'est qu'il y en a un entre elles. »

Il ne restait plus qu'à trouver lequel !

Heureusement, un nouveau sujet de conversation passionnait les *bugaderes* [1] : Lapasset, l'agent immobilier, et son épouse divorçaient. Vous imaginez le scandale ! Mimi s'apitoyait sur cette malheureuse femme répudiée comme une malpropre tandis que la Fine, la mine gourmande, prenait le parti du mari, bel homme qui méritait mieux que cette insignifiante petite souris à l'air perpétuellement effrayé. La Fine prenait toujours le parti des hommes. Janette, elle, se promettait d'aller à la messe le lendemain, dimanche, non pour apaiser un quelconque remords de sa conscience pourtant chargée, mais parce qu'elle entendait bien ne pas manquer le sermon de monsieur le curé. Evoquerait-il l'horrible péché que s'apprêtaient à commettre les Lapasset ? Elle en salivait d'avance.

Luce restait volontairement en retrait. Tout en savonnant son linge, elle guettait l'occasion de placer au détour d'une tirade de ses compagnes de lavoir le nom, la profession d'une de « leurs » quatre victimes, un incident, un fait notable auxquels elles avaient participé afin de surprendre un mot, une réaction qui la mettraient sur la voie. La voir ainsi silencieuse finit par inquiéter l'attentive Marie du Rimbau :

— Dis-moi, Luce, tu es sûre que tu vas bien, lui glissa-t-elle en se penchant à son oreille comme si elle voulait lui emprunter sa brosse. Tu as l'air ailleurs, fatiguée.

1. Lavandières.

— Je dors mal, concéda Luce pour se débarrasser de Marie en douceur.

Marinette était en train de raconter la fois où son mari s'était fait expliquer par Dalmau comment il devait utiliser les suppositoires que le docteur lui avait prescrits. En pleine pharmacie ! Peut-être un nom connu apparaîtrait-il dans son récit ?

Mais il en fallait plus pour décourager Marie.

— Tu as des soucis ? s'enquit-elle, toujours à voix basse. C'est encore au sujet de Gérard ?

— Pas seulement. Disons qu'il y a beaucoup de choses qui tournent dans ma tête actuellement. Mais je n'ai pas envie d'en parler...

— J'en étais sûre ! La mort tragique de Camps te hante. Tu fais des cauchemars. C'est normal, après le choc que tu as reçu. Tu devrais retourner voir le docteur Manya, il te donnera quelque chose pour dormir.

— Tu es gentille mais ce n'est pas la peine.

Voilà, c'était réussi : Marinette en avait terminé avec son histoire dans l'hilarité générale. Si elle avait laissé échapper quelque chose, Luce ne l'avait pas entendu. Elle retint un mouvement de contrariété ; Marie ne devait pas savoir. Cependant ce que son naturel compatissant lui avait fait dire tout à l'heure donnait des idées à Luce. Elle ne pouvait plus se contenter de « radio lavoir », comme disait son fils, ni des cancans usés de l'usine, en espérant un signe qui la mettrait sur le chemin. Un signe qui ne viendrait peut-être jamais...

Et le lundi matin à la première heure, Luce Colomine, née Noell, fit ce que jamais elle n'avait fait et qu'elle aurait cru ne jamais faire de sa vie : elle se fit porter pâle. Elle qui avait toujours mis un point d'honneur à ne pas « s'écouter » ! Même enceinte, elle avait vaqué à ses occupations jusqu'au dernier moment. Depuis qu'elle travaillait à l'usine de salaison, elle n'avait jamais manqué un seul jour. Elle se flattait d'être dure au mal et aucune fièvre n'arrivait à la clouer au lit. C'était bon pour les petites natures qui manquaient de caractère !

La décision n'avait pas été facile à prendre ; cet aveu de faiblesse, même simulé, mettrait à mal sa réputation, c'est sûr. Du coup, elle avait eu une nuit agitée et elle était toute chiffonnée en entrant dans le cabinet du docteur Manya.

— Eh bien, madame Colomine, vous n'avez pas bonne mine…

C'était gentil de sa part de lui faciliter ainsi la tâche. Elle n'eut plus qu'à accentuer le pli las de sa bouche, à voûter un peu plus son dos et à traîner la jambe en allant s'asseoir sur la chaise qu'il lui désignait, pour camper une déprimée tout à fait présentable. Affalée sur son siège, la main soutenant son front – et dissimulant du même coup son regard perçant –, elle débita sans effort le bobard qu'elle avait mis au point pendant la nuit. Le docteur Manya l'écoutait en hochant la tête. La boulangère avait raison : il avait véritablement un faux air de Gilbert Bécaud. Avec une cravate à pois l'illusion serait complète. Elle fit glisser sa main de son front jusqu'à sa bouche pour masquer son sourire. Une fausse dépressive face à un faux Monsieur Cent Mille Volts, vous parlez d'un tableau !

— Fatigue, cauchemars, insomnie, irritabilité, résumait le praticien qui hochait toujours la tête comme un magot chinois. Vous arrive-t-il de pleurer aussi, de temps en temps, sans savoir pourquoi ?

La main toujours devant ses lèvres, elle opina du chef, les paupières douloureusement fermées. Il lui mâchait vraiment le travail.

Elle eut cependant un moment de panique lorsqu'il sortit son stéthoscope. Elle pouvait toujours raconter ce qu'elle voulait, elle ne tromperait pas l'instrument de la Science ! A la perspective d'être ainsi froidement démasquée, son cœur se mit à battre de façon désordonnée dans sa poitrine. Quand Manya lui demanda de souffler fort, elle crut qu'elle allait manquer d'air tant elle était oppressée. Mais son malaise acheva au contraire de convaincre le médecin :

— Vous nous faites un bon coup de déprime, madame Colomine, conclut-il en agitant l'index. J'aurais dû m'en douter : le meurtre de ce pauvre Camps a été une rude épreuve pour vous.

— Mais ça n'arrive pas un peu tard ? demanda-t-elle, anxieuse de savoir si son mensonge était véritablement crédible. Je veux dire : les jours après, je me sentais bien.

— Parce que vous êtes une femme forte, madame Colominc. Vous avez pris sur vous pour surmonter cette épreuve seule. Mais maintenant, vous subissez le contrecoup. C'est tout à fait courant dans un cas pareil.

Deu gracies, l'urgence lui avait dicté les bons symptômes ! Il ne restait plus qu'à obtenir ce qu'elle était venue chercher : du temps pour enquêter. Ce serait le plus délicat.

— Qu'allez-vous me prescrire, docteur ? interrogea-t-elle d'une voix mourante.

Attention à ne pas trop en faire, quand même.

— Je vais vous donner un remontant...

— Quand devrai-je le prendre ? Le matin, avant de partir à l'usine ?

Se redressant sur la chaise, elle esquissa un petit sourire crispé. Quiconque l'aurait vue à ce moment ce serait dit : Quelle femme courageuse ! Elle ne se savait pas aussi bonne comédienne ! Quelle expression avait employée Gérard, déjà ? Tragédienne antique. Le médecin tomba dans le piège.

— Pas question d'aller travailler pendant quelque temps ! se récria-t-il. Vous avez besoin de repos. Je vous arrête pour dix jours. Ensuite nous verrons...

Et voilà le travail ! Elle protesta, bien sûr, pour la forme. Ce n'était pas son genre, elle pouvait très bien continuer à travailler, tout irait bien... Le docteur Manya coupa court à ses scrupules : elle devait suivre ses instructions à la lettre.

Une telle sollicitude mettait Luce un peu mal à l'aise. Et puis mentir à un docteur n'était pas dans ses habitudes. Elle sortit en se répétant qu'il s'agissait d'un cas de force majeure et que mettre un assassin hors d'état de nuire valait bien une petite entorse à ses principes. En remontant la rue du Miradou, son arrêt de travail à la main, elle dressait déjà son plan de bataille. Elle savait par où elle devait attaquer…

Midi sonnait au clocher de l'église quand elle sortit de la boulangerie où elle était allée acheter son pain comme chaque jour : une baguette pour les hommes de la maison et une ficelle sans sel pour elle. Sans se presser, elle avait juste le temps de faire le détour par le café Sola, où elle était sûre de trouver son cousin Antoni attablé devant un Cinzano. L'heure de l'apéro, c'était sacré. Depuis sa retraite des douanes, il s'ennuyait un peu et n'aurait manqué pour rien au monde sa sortie quotidienne.

Si elle s'était écoutée, Luce se serait immédiatement précipitée pour l'interroger. Mais après réflexion, elle s'était dit qu'il lui fallait d'abord consolider son personnage de « femme en proie au contrecoup d'un choc ». Elle avait réussi à tromper le docteur Manya, mais il lui fallait convaincre aussi son entourage. René s'était montré soupçonneux.

— Qu'est-ce que tu es encore allée inventer ? grommela-t-il en voyant le bout de papier signé du médecin qu'elle venait de poser sur la table de la cuisine.

— Le docteur trouve que je ne vais pas bien, répondit-elle sur le même ton. Il dit que je suis un peu déprimée.

Bien qu'elle lui ait tourné le dos pour suspendre son lainage derrière la porte, elle surprit son exclamation étonnée :

— Je n'ai rien remarqué pourtant...

Elle se retourna d'un bloc, prête à la bagarre.

— Il a fait de longues études tandis que toi, tu n'as même pas ton certificat, et tu penses le savoir mieux que lui ?

Quand elle était de cette humeur, il était inutile d'insister. René, ulcéré, se leva en prétextant qu'il allait rejoindre ses amis sur le banc du Boramar où ils avaient pris l'habitude de se retrouver. Il allait passer la porte quand elle le rappela :

— Tu pourras monter jusqu'à l'usine les prévenir et leur apporter le certificat ?

Il s'était emparé du papier sans un mot, mais Luce l'avait entendu marmonner dans l'escalier :

— Je m'en serais rendu compte, quand même !

Si les voisins furent étonnés, ils n'en montrèrent rien. La Mimi du Mouré, qui habitait deux rues plus haut, vint lui rendre une visite perfidement apitoyée. Se prétendant très fatiguée, Luce réussit à la renvoyer au bout d'un quart d'heure seulement, ce qui tenait du tour de force. Elle eut plus de mal à se défaire de la Marie du Rimbau, dont l'inquiétude n'était pas feinte. Comme il était difficile de mentir à quelqu'un de sincère ! Et ce fut encore pire avec Gérard. Son père avait dû faire le tour par chez l'épicier pour le prévenir et il s'était dépêché de rentrer à midi. Il dit à Luce d'aller se reposer, qu'il allait préparer le repas et l'appellerait quand ce serait prêt... Sa tendre sollicitude la mit au supplice. Il avait accepté son histoire sans se poser de questions, incapable sans doute d'imaginer que sa mère puisse ainsi jouer la comédie à tout le monde. Et surtout à lui. Elle lui en voulait presque de sa crédulité. Et puis il était trop gentil. Elle aurait préféré qu'il râle, qu'il la houspille, qu'il se plaigne de devoir tout faire... Elle se serait sentie moins coupable. Elle avait été soulagée quand il était reparti à son travail, non sans lui avoir recommandé de se ménager. Elle avait donc passé l'après-midi dans la courette à réfléchir à tout ce qu'elle allait pouvoir faire les jours prochains et à la manière dont elle devrait s'y prendre pour que ses allées et venues ne paraissent pas suspectes. Elle établit la liste des personnes qu'elle voulait interroger et répartit sur une feuille de papier ses démarches sur les dix jours qu'elle avait devant elle. Dix jours à garder l'esprit en alerte tout en feignant de se traîner, l'œil éteint. Ça allait être long.

Elle repéra Antoni penché sur son journal, à la table de gauche, en entrant dans le café. Elle le salua d'un air morne et se laissa tomber sur la chaise en face de lui avec un énorme soupir.

— Eh bien, ma pauvre Luce, il paraît que ça ne va pas fort ?

Elle salua mentalement l'efficacité de « radio lavoir ».

— Ces dernières semaines ont été difficiles, reconnut-elle pour une fois sans mentir. Et chez toi, ça va ?

Il haussa les épaules. Nul n'ignorait qu'Angèle, sa femme, vivait très mal le départ de leur fille unique à Bordeaux, où son mari avait été nommé. Elle errait sans but dans leur maison en pleurnichant qu'elle ne servait plus à rien. Les « déprimées », il connaissait. Il replongea le nez dans ses mots croisés.

— Mais c'est le journal de dimanche ! s'étonna-t-elle.

— C'est même celui d'il y a quinze jours : j'étais très occupé avec la préparation de la procession et je n'ai pas eu le temps de finir la grille...

Dire qu'elle se creusait la tête pour trouver comment mettre les pénitents sur le tapis ! Elle saisit la balle au bond :

— En parlant de procession, je voulais justement te poser quelques questions au sujet de l'archiconfrérie.

Il releva la tête, surpris.

— Tu sais bien que je ne dois rien dévoiler. C'est la règle.

Antoni avait pris ce petit air raisonnable qu'elle lui connaissait bien. Il avait trois ans de plus qu'elle et quand, enfant, elle se mettait à faire un peu la folle, il endossait de la même façon le rôle du grand frère pour la remettre dans le droit chemin. Mais déjà à l'époque elle ne l'écoutait pas.

— Oui bien sûr que je le sais et je ne te demande pas de trahir un secret.

C'était difficile à imaginer aujourd'hui, mais elle avait été une jolie petite fille à qui son grand cousin ne résistait jamais longtemps.

Elle prit son front entre ses mains comme si sa tête était trop lourde. Accablée. Si ça avait marché avec le docteur...

— Tu me connais : je ne sais pas rester à rien faire. Je m'ennuie alors je rumine, je réfléchis à plein de choses.

— Tu ne devrais pas...

Elle jeta un coup d'œil à travers ses mèches grises qui pendouillaient. Sa mise en plis de « Chez Monique » n'était plus qu'un souvenir !

Le crayon d'Antoni hésitait sur le 3 horizontal.

— Justement, rétorqua-t-elle, le docteur a dit que je devais me changer les idées !

Le crayon traça un T et un R.

— Seulement, ce n'est pas évident, insista-t-elle. Je n'arrête pas de revoir les jambes de ce pauvre monsieur Camps émergeant du fût de saumure. Et ses paupières blanches de sel quand on l'en a retiré. J'en fais des cauchemars !

— Et que veux-tu que j'y fasse ?

La voix était bourrue mais le crayon s'était arrêté au milieu de la boucle du O. De l'index de son autre main, il caressait la verrue qui déformait l'aile de son nez. Luce connaissait ce signe : Antoni commençait à faiblir.

— Ça m'aiderait, je suppose, de l'imaginer vivant. J'essaie de me souvenir comment il était dans son bureau. Il était pénitent aussi ?

Il ne tomba pas dans le piège. Le crayon termina l'arrondi du O.

— Je t'ai dit que je ne pouvais rien révéler.

Il allait falloir un peu le brusquer. Elle arracha le quignon pointu de sa ficelle et planta ses dents dans la croûte trop cuite.

— Je sais bien que tu es *regidor*, moi !

Les doigts d'Antoni se crispèrent sur le crayon.

— Tu as toujours eu la langue trop longue, Luce Noell, gronda-t-il entre ses lèvres serrées. Et ne parle pas si fort, tout le monde va t'entendre !

Elle baissa complaisamment la voix pour chuchoter :

— Je ne suis sans doute pas la seule au-dehors à savoir que tu es un des responsables de l'archiconfrérie sur Collioure !

Elle s'abstint de lui parler de la bouffée de fierté qui montait en elle lorsqu'elle le voyait arriver en tête de la procession de la Sanch, tout vêtu de rouge au milieu des pénitents noirs. A chaque fois, elle mourait d'envie de crier : « C'est mon cousin, c'est un Noell comme moi ! » La gamine un peu folasse réapparaissait alors sous la vieille dame très digne en mantille. Mais évidemment elle ne l'aurait jamais avoué à Antoni !

Les yeux pétillants sous la visière de sa casquette de capitaine en drap de laine bleue, Louis Baloffi s'arrêta pour les saluer. Celui qu'on surnommait « al Tit », car la famille Baloffi était nombreuse, était un des rares pêcheurs encore en activité sur le village ; l'odeur de sel et de grand large qui imprégnait son pull-over rendait à chaque fois Luce nostalgique. Elle lui rappelait celle de son père. Et de René aussi avant qu'il ne renonce. Les yeux de Luce se brouillèrent. Finalement, elle était peut-être vraiment un peu « déprimée » !

Antoni s'était replongé dans ses mots croisés. Le crayon attaquait le 4 vertical.

— J'ai juste besoin d'imaginer Camps autrement, reprit-elle, en rompant un autre bout de la ficelle.

— Rien ne t'en empêche, répondit-il distraitement.

Son crayon venait de buter sur le bord de la grille. Il manquait une lettre, ce n'était pas le bon mot. Luce commençait à s'impatienter.

— Pas question. Je veux bien les inventer mais il me faut de vraies images !

Antoni releva la tête, perplexe. Elle ne lui laissa pas le temps d'approfondir la contradiction. Il était déstabilisé, il fallait en profiter.

— Je veux juste savoir si Camps était un pénitent, rien d'autre. Ce n'est pas la fin du monde !

Elle enfourna un nouveau bout de pain.

— Après tout, ajouta-t-elle, la bouche pleine, avec ses grands pieds, tout le monde savait que Dalmau, le pharmacien, en faisait partie. Si Camps avait eu lui aussi une particularité physique, je l'aurais reconnu. Et puis de toute façon il est mort, ça ne compte plus. C'est comme pour Ripoll ou Margall par exemple…

Antoni eut un hoquet. Il avala précipitamment une gorgée de Cinzano avant de répondre :

— Tu en as de drôles d'idées, Luce. Tu veux savoir si les morts du village faisaient partie de l'archiconfrérie ?

— Ils n'en font plus partie maintenant, donc tu ne violes aucun secret.

Machinalement, il reprit son crayon et sa grille de mots croisés.

— Tu parles d'une *patxaca* ! soupira-t-il, pensif, les yeux sur son journal. Tu as l'arrangement facile avec ta conscience, Luce.

Il se leva, fouilla dans sa poche et jeta quelques pièces sur la table. Comme il prenait toujours le même apéritif, il connaissait le prix.

— Désolé, Luce. En tant que *regidor*, je dois montrer l'exemple. Donne le bonjour à René pour moi.

Il poussa le journal vers elle.

— Tiens, tu n'as qu'à terminer mes mots croisés.

Et il sortit du café, laissant sa cousine furieuse et frustrée. Elle avait pourtant bien cru qu'il allait céder. Après tout le mal qu'elle s'était donné, tous les détours dont elle avait usé pour amener sa demande dans la conversation... Jouer les « déprimés » ne lui valait rien. Et en plus, monsieur faisait de l'humour ! Je t'en ficherais, moi, des mots croisés. Elle se saisit du journal, bien décidée à se venger de sa déconvenue en le déchirant en petits morceaux. Mais elle suspendit son geste.

Qu'est-ce qu'il racontait, ce fada d'Antoni ? Il avait fini de remplir les cases de la grille ! Mais il avait placé les lettres au hasard, elles ne coïncidaient pas avec les autres mots. Ça ne lui ressemblait pas. En fait, à y regarder de plus près, le hasard n'avait rien à voir là-dedans. On pouvait lire en horizontal : DALMAU et CAMPS. Et en vertical : RIPOLL. Donc Margall ne faisait pas partie de l'archiconfrérie.

Luce, rassérénée, avala l'autre quignon. Antoni ne savait toujours pas résister à sa petite cousine.

Elle repassa par la boulangerie pour racheter une seconde ficelle ; elle était incapable de manger sans pain. Elle entra dans le magasin au moment où la boulangère annonçait :

— Voilà votre monnaie et maintenant sauvez-vous, je dois fermer.

— Vous me vendrez bien une autre ficelle sans sel avant ? intervint Luce en posant quelques pièces sur le comptoir. Je vous ai fait l'appoint.

C'est alors qu'elle reconnut le client qui empochait la monnaie que venait de lui compter la boulangère : Raymond, le fils aîné de Cagaresta, le garagiste. Il avait mauvaise mine et portait une barrette de tissu noir au revers de sa veste. Il la salua sans sourire.

— Eh bien, Raymond, tu en fais une drôle de tête.

Elle n'allait pas mettre de gants avec un gamin qu'elle avait connu au maillot quand même !

— Ah, madame Colomine, comme pour les voitures, il y a dans la vie de mauvaises séries.

Tiens, lui aussi aurait-il remarqué… ?

— *Raï*, à qui le dis-tu ! acquiesça-t-elle prudemment. Qu'est-ce qui t'arrive ?

Il eut un geste fataliste de la main. Ses ongles et ses jointures étaient ourlés de noir.

— Depuis quelques mois j'enchaîne les enterrements les uns après les autres.

Il compta sur ses doigts :

— Margall, Ripoll, Camps, Dalmau.

Elle eut le même sentiment que devant la *creu dels improperis*. Stupeur et évidence. Au fond, elle s'y attendait : dès qu'il avait prononcé le nom de Margall, elle avait su que les trois autres allaient suivre.

— Tu les connaissais bien ? demanda-t-elle stupidement.

Arborait-on ainsi des marques de deuil si ce n'était pas le cas ? Il y avait des moments où elle avait la tête aussi creuse que cette *cabeca* de Marinette ! Mais Raymond ne releva pas. Sa mine s'était assombrie.

— Nous étions ensemble à l'école. Du cours préparatoire au certificat d'études, nous nous suivions de classe en classe. C'était juste avant la guerre.

La boulangère nettoyait ostensiblement son comptoir à grands coups de chiffon mouillé : elle avait hâte de fermer. Ils sortirent sur le trottoir. Raymond allait repartir chez lui ; Luce se lança :

— Je suis un peu fatiguée actuellement. Ça me ferait plaisir que tu viennes prendre le café un de ces soirs à la maison. Tu me raconteras tes souvenirs d'école. Crois-en une vieille femme comme moi, ça fait du bien de se remémorer les jours heureux et insouciants de son enfance ! Demain, ça t'irait ?

Si la proposition l'ennuyait, il ne le montra pas. Il avait été élevé dans le respect des anciens et n'aurait même pas songé à décliner l'invitation. C'est bien là-dessus qu'elle comptait.

— Demain je termine tard, réfléchit-il à haute voix, mais vendredi soir c'est possible, si cela vous convient, madame Colomine.

Et comment que cela lui convenait !

8

Luce tournait en rond comme un fauve dans son enclos. Elle rectifiait l'alignement des pots en faïence fleurie étiquetés « pâtes », « riz », « sucre », « farine », redressait une chaise, tirait sur la nappe en toile cirée aux coins usés. Elle avait refait du café frais et disposé dans une assiette des langues de chat qu'elle avait tout spécialement demandé à Gérard de rapporter de l'épicerie. Espérons que Raymond les aimerait ! Elle était sur des charbons ardents. Pire même : une chaudière à deux doigts d'exploser. Elle n'en pouvait plus de jouer les « déprimées », d'adopter une démarche traînante, l'œil éteint, dès que quelqu'un pouvait la voir. Et plus encore d'avoir à garder ce qu'elle avait appris pour elle. Elle avait cru que mener l'enquête seule, en secret, serait excitant. Mais à quoi bon savoir des choses si on ne pouvait pas en parler ? Elle aurait donné cher pour une oreille attentive. N'importe laquelle. Même celle de la Fine, tiens !

Mais elle avait promis de tenir sa langue. Dire qu'elle ne savait même pas quand Philippe Michel allait revenir à Collioure ! Les jours prochains s'annonçaient interminables.

Enfin, on frappa à la porte en bas.

— Vite, René, va ouvrir. C'est Raymond...

Il humecta du bout de sa langue le bord de la feuille de papier JOB et finit de rouler sa cigarette avant de se lever en grommelant :

— Je ne comprends toujours pas pourquoi tu lui as demandé de venir ! Qu'est-ce que tu lui veux, à ce pauvre garçon ?

Elle eut un geste évasif.

— Rien... bavarder. Il ne va pas très bien actuellement.

— Toi non plus ! protesta-t-il.

Elle le poussa hors de sa cuisine

— Justement, nous avons des choses à nous dire. Va lui ouvrir et, tiens, profites-en pour aller faire une belote au café. Nous sommes vendredi soir : à cette heure-ci Jep Desclaux doit déjà être à sa table du café des Sports (décidément elle n'arrivait pas à dire « Les Templiers »), avec Esperazas, Banyuls, et aussi ce peintre qui parle fort et récite du Victor Hugo [1]. Jojo Pous dit qu'il est tellement joueur qu'il disputerait des parties de billes avec les enfants s'il pouvait ! Vous pourrez parler pêche, rugby et peinture...

Il s'accrocha d'une main au chambranle et planta de l'autre sa cigarette au coin de ses lèvres.

— En fait, tu veux te débarrasser de moi.

Il était plus malin qu'elle ne le pensait.

1. Camille Descossy (1904-1980).

— Notre conversation t'ennuierait. Allez, ouste, fais-le monter et débarrasse-moi le plancher. Et boutonne-moi cette veste que *sembla un pallarot* !

Il s'exécuta de mauvaise grâce, mécontent d'être comparé à un chiffonnier. Elle l'entendit échanger quelques mots avec Raymond sur le pas de la porte puis le battant se referma et une seule paire de pieds monta l'escalier. Voilà qui était bien. Dans une heure et demie, Gérard allait rentrer en coup de vent se changer pour ressortir aussitôt passer la soirée, et peut-être même la nuit, à la Coba, mais en attendant elle était tranquille.

Une fois échangées les amabilités d'usage, les nouvelles de la famille et les considérations habituelles sur le temps qui se mettait au beau pour de bon – mais une si belle fin d'avril ne présageait-elle pas un mois de mai pluvieux ? –, une fois le café servi et l'assiette de gâteaux présentée, bref une fois ses devoirs d'hôtesse remplis, Luce entra dans le vif du sujet :

— J'avais oublié que vous étiez ensemble à la communale, Camps, Ripoll, Dalmau, Margall et toi.

— Quelle hécatombe, n'est-ce pas ? Quatre morts sur quarante-deux élèves en moins de six mois. J'en parlais avec Francis l'autre jour…

— Francis ? Le *nap* ?

Mais bien sûr ! Elle se souvenait à présent d'avoir vu le buraliste avec un brassard noir à l'enterrement de son patron.

— Lui aussi faisait partie de la classe des champions, acquiesça-t-il avec un sourire triste. C'était le nom que nous avait donné monsieur Gaspard, notre maître du cours moyen.

— Je me souviens de lui, opina Luce, un chauve tout en rondeurs ?

— Rond pour le physique oui, mais pas pour le caractère. Ah, son fichu bambou ! Quand il en voyait deux qui parlaient dans le fond, il faisait signe aux autres de s'écarter et bam ! un coup sur la tête.

La vieille femme haussa les épaules.

— Bah, vous n'en êtes pas morts ! Il fallait bien ça pour vous faire rentrer un peu de bon sens dans la caboche.

— Il y allait quand même un peu fort. Il y avait dans la classe un gamin pas très malin ; il avait déjà redoublé deux fois et c'était toujours un cancre. Biron, qu'il s'appelait. Ah, c'est sûr, il n'avait pas inventé l'eau tiède ! Quand il répondait de travers, monsieur Gaspard lui ordonnait : « Biron, bâton ! » Et Biron allait chercher docilement le bambou, l'apportait au maître et bam ! sur la tête.

Instinctivement, Luce rentra la sienne dans les épaules et fit signe de la main : Passons, passons.

Ce n'était pas que ce genre d'histoire ne l'intéressait pas – toutes les histoires l'intéressaient –, mais elle n'avait jamais aimé l'école, où elle était une élève médiocre, et ses souvenirs étaient encore pires que ceux de Raymond. Voulait-il qu'elle lui parle de l'horrible mégère au nez pointu qui lui avait appris laborieusement à lire et l'avait obligée à rester les bras écartés, debout sur un tabouret, parce qu'elle avait fait des pâtés sur sa page d'écriture ? Maudite plume qui crachotait comme un chat en colère ! Et comme la petite Luce pleurait, cette *mestrisso* [1] avait posé sur le plancher, au pied du tabouret, une soucoupe « pour recueillir les larmes de mademoiselle souillon ». Alors non, elle n'avait pas envie d'entendre parler de discipline et de punitions stupides et méchantes. Luce sentit une envie de pleurer irrépressible monter en elle. Allons donc, qu'est-ce qui lui arrivait ? Elle n'avait plus sept ans tout de même ! Il fallait qu'elle ramène vite fait la conversation sur la classe de Raymond et les quatre noms qui l'intéressaient.

— Dalmau était déjà grand pour son âge, non ? interrogea-t-elle en s'efforçant de retrouver son calme. Sa mère se plaignait à qui voulait l'entendre d'être obligée de lui défaire les ourlets et de lui rallonger les manches de ses chandails sans arrêt.

— Il avait deux têtes de plus que nous et des épaules de débardeur. Et ses mains ! De vrais *batadors* de lavandière. Quand on était allés le jeudi chez le coiffeur et que le lendemain, le portail de la cour à peine franchi, il se précipitait pour vous « étrenner », aïe, *bon Deu*, on le sentait passer !

Luce ne put retenir un sourire. Petite, elle avait tour à tour vu son frère, ses cousins, ses voisins recevoir ainsi de la part de leurs copains une

1. Femme qui dirige tout le monde à la baguette.

claque appuyée, du plat de la main, sur la nuque rasée de frais, histoire d'« étrenner » leur nouvelle coupe. Alors un *cofat* vigoureusement appliqué par les larges paluches de Dalmau, elle imaginait sans peine que ce devait être redoutable !

— On voulait tous être ses amis. Et pas seulement pour éviter de se faire à moitié assommer après être passé sous la tondeuse. Dalmau était la vedette de la cour de récré : dès que la cloche sonnait, on roulait une veste en boule, on nouait les manches autour et hop ! la partie de rugby commençait. Il valait mieux être dans son équipe, sinon on se retrouvait le cul par terre. Un vrai taureau. Personne ne pouvait l'arrêter.

— Et Camps, il jouait au rugby aussi ? Comment était-il à l'époque ?

— Lui c'était plutôt un ailier : vif, rapide, élégant, du genre à se regarder un peu jouer, vous voyez. Alors pas question d'aller prendre des coups sous la mêlée. Certains le trouvaient un peu arrogant. Fils de saleur, vous pensez ! Mais je serais le dernier à en dire du mal : c'est grâce à lui que j'ai eu mon certificat.

Luce, qui grignotait une langue de chat à petits coups de dents gourmands, faillit s'étrangler :

— Ah bravo, tu as copié sur lui ?

— Non, se récria Raymond avec la mine outrée et un peu inquiète de l'élève injustement accusé, mais Camps avait pris l'habitude d'aller fureter dans le gros dictionnaire que son père gardait dans son bureau pour s'assurer que le courrier partirait sans fautes d'orthographe. Guy passait des heures à y dénicher les mots cochons, tous ceux qui parlaient de s… Oh, pardon, madame Colomine. Enfin, vous voyez ce que je veux dire.

Et comment qu'elle voyait ! Mais qu'est-ce qu'il croyait, ce garnement ? Qu'elle avait fait ses trois enfants sans le faire exprès, en dormant ? A l'époque, le Renat était vigoureux et quand il soulevait ses jupes Luce ne crachait pas sur son plaisir. Ce n'est pas parce qu'on n'en parlait pas, du moins fort peu par rapport à aujourd'hui, qu'on le faisait moins !

— Camps avait une théorie sur ces mots-là, poursuivait Raymond, imperturbable. Il disait qu'y voir accolée une savante définition leur donnait des lettres de noblesse ! Il recherchait aussi les mots à rallonge ou impossibles à prononcer, qu'il nous forçait à répéter à la récré. Ils n'étaient pas faciles à placer dans la conversation, mais en revanche, dans une copie d'examen, « rédhibitoire » et « sine qua non », ça fait beaucoup d'effet ! Je suis sûr que le correcteur du certificat en a été épaté. Ma mère s'attendait si peu à ce que je sois reçu qu'elle est allée faire brûler un cierge à l'église en remerciement du « miracle » !

Raï, cette grenouille de bénitier avait même dû réciter tout un chapelet ! Luce s'imaginait madame « Cagaresta » à genoux sur un prie-Dieu, un foulard noué à la hâte sur son chignon, et ses lunettes de travers, toute chamboulée par la « grâce » qui venait de tomber sans crier gare sur sa famille…

Au bas de la rue, le *campanar* se mit à vibrer. Sept heures sonnaient. Mais qu'est-ce qui lui passait par la tête ? Le temps courait et elle en avait presque perdu de vue son « enquête » !

— Et Margall ?

— Oh lui ! laissa tomber Raymond avec dédain. Il suivait Camps comme son ombre. Il buvait chacune de ses paroles, approuvait tout ce qu'il disait, riait à chacune de ses plaisanteries. Camps l'appelait son « écho ». Mais Margall ne s'en vexait pas. Il n'avait pas beaucoup de personnalité, vous savez. Vivre à travers Camps suffisait à son bonheur.

— Un chef, un *flasco* [1] et un joueur de rugby, énuméra Luce. Et Ripoll, qu'est-ce qu'il vient faire au milieu ?

Raymond grimaça :

— Il était un peu *brac*. Il pouvait piquer des colères terribles et dans ces moments-là il valait mieux l'éviter ; on risquait de prendre un mauvais coup !

Luce dut prendre sur elle pour qu'il ne remarque pas le soudain intérêt qui faisait briller ses yeux. Si elle avait été un chien – pas celui de Mimi, qui passait son temps à somnoler sur le pas de sa porte, mais plutôt le bâtard que le mari de Janette emmenait à la chasse dans les collines –, elle aurait dressé l'oreille avant de marquer l'arrêt ! Sous ses dehors d'adulte respectable et respecté, Ripoll traînait-il en fait de solides inimitiés du temps de la communale ?

— Il était violent ?

Le fils de Cagaresta eut un temps d'hésitation :

1. Un mollasson qui se laisse mener par le bout du nez.

— Disons qu'il admettait mal qu'on lui dise non. Il était fils unique et chez lui on lui passait tout...

Luce se dit qu'il y avait là une piste à creuser. Une ancienne « victime » qui aurait ruminé sa vengeance des années durant ? Dans ce cas, elle aurait aussi été malmenée par les autres...

— Et ces quatre étaient toujours ensemble ?

Raymond réfléchit un moment, les yeux fermés pour visualiser les visages de ses anciens camarades de classe, puis il hocha lentement la tête :

— Avec Roca, Solère et deux ou trois autres. Monsieur Gaspard leur avait donné un nom : le club des Irréductibles. Il adorait donner des surnoms, Gaspard. Quand il en prenait un à faire une bêtise, il les punissait tous, en bloc. Les Irréductibles protestaient mais le maître disait que c'était pour toutes les fois où ils étaient passés au travers !

Ce souvenir le faisait encore sourire. Luce quant à elle était de plus en plus songeuse. Ce « club des Irréductibles » l'intriguait. Son imagination partait au galop. Elle devait absolument lui tenir la bride, du moins encore quelques instants.

Elle resservit une tasse de café à Raymond.

— Et toi, tu en faisais partie de ce « club » ?

— Oh non, à l'époque j'étais plutôt du genre timide, pas « irréductible » pour deux sous ! Vous ne vous souvenez pas ? Il me manquait deux dents devant et je zozotais. Alors mon souci principal était de ne pas me faire remarquer !

Elle eut une pensée fugitive pour la gamine aux tresses blondes dont elle avait oublié le nom et qui avait partagé son pupitre en classe de neuvième. Elle bégayait et Luce ne perdait jamais une occasion de lui adresser la parole, juste pour le plaisir de la voir rougir, larmoyer, fermer les poings et se dresser sur la pointe des pieds pour aider les mots à sortir. Qu'est-ce qu'elle avait pu se moquer de cette *mastegafaves* [1] ! Ah, les enfants sont souvent cruels ! A la rentrée suivante, on n'avait pas revu la malheureuse infirme ; ses parents avaient préféré la mettre en pension chez les sœurs.

Luce se débarrassa d'un haussement d'épaules de ce souvenir gênant.

— Ils étaient combien, alors, ces « Irréductibles » ? enchaîna-t-elle. Tu m'en as cité, voyons, combien ? Six. Tu te souviens qui étaient les autres ?

— Ça devrait me revenir. Il faudrait que je regarde mes vieilles photos de classe. Ce ne devrait pas être difficile, ma mère les a toutes gardées. Elles sont dans une boîte à biscuits en fer, au-dessus du buffet…

— Je pourrais les voir ? le coupa-t-elle, impatiente.

Il posa sa tasse et lui jeta un regard étonné. Zut, elle s'était trahie. Elle avait laissé son oreille se dresser ! Elle prit un air dolent :

— Oh, ce n'est pas que ça m'intéresse vraiment, mentit-elle avec aplomb, mais j'essaie de

1. Littéralement « qui mâche des fèves », qui bafouille, bégaye.

me changer les idées, comme le docteur me l'a recommandé… Ces vieilles photos, je crois que ça m'amuserait.

Si ces histoires ne l'intéressaient pas, pourquoi diable venait-elle de l'interroger dessus pendant plus d'une heure ? Raymond n'avait pas l'air très convaincu mais n'osait pas le lui faire remarquer.

Un pas dans l'escalier annonça le retour de Gérard ; il fallait conclure. D'un geste maternel loin de lui être familier, Luce tapota la joue de Raymond.

— Pour me faire plaisir… Ce ne sont que des lubies inoffensives de vieille dame ! Quand le temps vous est compté, on aime à se replonger ainsi dans le passé. Ça ne fait de mal à personne.

Si quelqu'un lui avait dit qu'un jour elle se dépeindrait comme une vieille radoteuse, elle n'aurait pas eu de mots assez blessants pour fustiger l'impudent. C'était peu de dire que ça lui *raquait* !

Mais son sacrifice porta ses fruits : Raymond capitula, les joues un peu rouges.

— Je vous apporterai les photos demain, promis. Je crois qu'il y a les noms derrière, écrits au crayon. Ça ira ?

Elle le rassura : ce serait parfait, il ne pouvait pas savoir le plaisir qu'il lui faisait, et qu'il n'oublie pas surtout de donner le bonjour à ses parents. Tout en parlant, elle poussait Raymond vers la porte de la cuisine. Il se heurta à Gérard qui finissait de monter les marches quatre à quatre, balbutia un « Tiens, salut, et au revoir » et disparut dans l'escalier.

— Qu'est-ce qui lui arrive ? demanda Gérard, éberlué.

Mais sa mère était trop occupée pour lui répondre : elle fourrageait dans le tiroir du buffet à la recherche d'une feuille de papier et d'un stylo. Il fallait qu'elle note très vite ce que Raymond venait de lui apprendre.

— Rien, rien, grommela-t-elle sans même regarder son fils. Tu repars ?

Il saisit le dossier d'une chaise et s'assit à califourchon dessus.

— Non, pas tout de suite. Papa n'est pas là ?

Tout en jetant un coup d'œil circulaire autour de lui, il engouffra prestement les trois dernières langues du chat. Il aurait pu aussi bien les déguster une à une sans se presser : sa mère ne lui jeta même pas un regard. Elle griffonnait des noms, des morceaux de phrase, la mine concentrée.

— Ton père joue aux cartes chez Pous, répondit-elle cependant.

Gérard tendait le cou pour essayer de déchiffrer ce qu'elle était en train d'écrire, mais cela n'avait aucun sens pour lui. Sa mère n'avait vraiment pas la tête solide, ces temps-ci !

— Alors je vais rester un peu te tenir compagnie, décida-t-il.

Luce retint un soupir exaspéré. Il choisissait bien son jour pour être gentil ! Elle agita la main en direction de la porte.

— Non, non, ce n'est pas la peine. J'ai du travail et le souper n'est pas prêt. Tu ferais mieux d'aller manger avec tes copains.

Gérard n'en revenait pas : il était habitué à fuir les récriminations maternelles sur « mon courant d'air de fils », les critiques permanentes sur la façon dont il passait ses nuits à la Coba et sur les amis qu'il fréquentait. Décidément, tout ça n'était pas normal. Il battit en retraite.

— Ah, au fait, se ravisa-t-il, j'ai un message de la part d'un policier pour toi…

Luce leva la tête.

— Philippe Michel ?

Il réfléchit :

— Oui, c'est ce nom-là. Il a téléphoné aux Templiers cet après-midi…

— Qu'est-ce qu'il a dit ? s'impatienta-t-elle.

Au moins maintenant elle lui accordait toute son attention. Charmant.

— Qu'il passerait te voir à la maison demain après-midi, répondit-il rageusement, un pied sur la première marche de l'escalier. Et je suis ravi de voir que cette visite te met en joie ; apparemment, tu préfères voir cet inspecteur stagiaire plutôt que ton propre fils !

Elle ouvrit la bouche pour protester mais la porte d'entrée claquait déjà, un étage plus bas.

9

— Et voilà !

Tel un magicien exhibant triomphalement l'éventail de cartes dont il vient d'extraire l'as de cœur, Luce posa sur la table de la *parraguera* les photos de classe que Raymond lui avait apportées le matin même.

Il avait tenu sa promesse : il y avait là toutes les classes qu'il avait fréquentées avec au dos tous les noms, dont ceux des Irréductibles soulignés en rouge.

— Vous voulez que je vous les lise ? C'est écrit petit…

— Et tu crois qu'à mon âge j'ai la vue qui baisse. Sache, *nin* [1], que Luce Colomine a un œil d'aigle. Ma tante Baptistine, je ne sais pas si tu l'as connue, était née presque aveugle et, *carall* [2], ma mère n'avait qu'une peur : que ce soit une tare de famille. C'est pour cela qu'elle m'a appelée Luce, la lumière. Et pour plus de sûreté, quand j'étais

1. Gamin.
2. « Ma foi. »

encore une enfant au maillot, mes parents m'ont amenée à La Junquera, de l'autre côté de la frontière, au pèlerinage de sainte Lucie. C'est le deuxième dimanche de mai. Mon père m'a raconté que les genêts étaient en fleur et qu'ils embaumaient tous les alentours. Il lisait le *Travailleur catalan* et n'aimait pas trop les curés, mais il avait accepté de nous y accompagner, à travers la montagne avec le mulet, pour faire plaisir à ma mère. C'est elle qui m'a présentée à la statue de la sainte ; il paraît qu'elle tient dans la main un bol avec deux yeux en verre dedans. Je ne m'en souviens pas, bien sûr, j'étais trop petite. Et ma mère a chanté avec les autres : « *Santa Llucia gloriosa, la vista i la claretat*, sainte Lucie glorieuse, conservez-moi la vue et la clarté. » Apparemment l'invocation a été efficace puisque j'ai des yeux parfaits. A près de soixante ans, je n'ai même pas besoin de lunettes ! Alors tes pattes de mouche…

Raymond n'avait pas insisté :

— Ne vous fâchez pas, madame Colomine, je ne savais pas. Bon, je vous laisse les photos, vous me les rendrez quand vous n'en aurez plus besoin.

Il s'était éclipsé avec la mine mi-complice, mi-condescendante du petit-fils affectueux cédant aux caprices incompréhensibles d'une grand-mère un peu sénile. Luce aurait pu le détester pour cela mais elle lui rendit son sourire. Elle aurait peut-être encore besoin de lui. Pour en savoir davantage sur l'un ou l'autre de ses anciens camarades de classe par exemple.

Luce avait passé le reste de la matinée à scruter les visages juvéniles aux joues astiquées et aux cheveux aplatis avec un peigne mouillé pour discipliner l'épi rebelle, au col de chemise bien fermé jusqu'au dernier bouton pour ce jour particulier où il fallait être beau, paraître sage. Y avait-il parmi eux un assassin en herbe ? Un gamin ulcéré dont la rancœur d'enfant s'était transformée en haine d'adulte ?

Toute à ses réflexions, Luce avait failli en faire brûler son repas et René s'était étonné de la consistance peu habituelle de son ragoût. Gérard, qui était rentré encore plus tard que d'habitude et avait eu beaucoup de mal à se lever ce matin pour aller à son travail, était monté se recoucher directement dès son retour, sans même avaler un morceau. Et toujours de mauvaise humeur. Mais Luce avait mieux à faire que d'épiloguer sur les états d'âme de son fils. Elle avait pressé René, qui n'en finissait pas de terminer son café, pour débarrasser la table et mettre la vaisselle dans l'évier. Gérard n'avait pas été capable de lui préciser l'heure à laquelle Philippe Michel devait arriver. Il avait juste dit « en début d'après-midi », il fallait qu'elle soit prête. En l'attendant, elle sortit de la poche de son *devantal* à bavette la feuille où elle avait noté ce que lui avait dit Raymond. Prenant sur l'étagère où elle posait les clés de la maison le crayon qui lui servait à écrire sa liste de courses, elle mouilla la mine du bout de la langue et ajouta à la suite quelques idées et interrogations de son cru. Comment allait-elle présenter ces informations au jeune policier ?

Dans l'ordre où elle les avait glanées ? Ou classées pour étayer les hypothèses qui lui étaient venues à l'esprit ?

Finalement, quand l'inspecteur stagiaire avait toqué à la porte – fort poliment, avec le dos de l'index comme à son habitude – et qu'elle l'avait précédé dans la *parraguera*, elle avait opté pour l'effet de surprise. C'était un peu théâtral, certes, mais elle n'avait pu résister au plaisir de voir la tête qu'il ferait. Elle fut un peu déçue.

Il était vêtu de façon plus décontractée que lors de sa précédente visite : un blouson en daim sur une chemise rayée et un pantalon de toile au pli impeccablement repassé. Même sur ses jours de repos, Philippe Michel n'aimait pas le laisser-aller. Luce se fit la remarque qu'il était plutôt beau garçon avec ses cheveux et ses yeux clairs, une combinaison rare en terre catalane, mais après tout il n'était pas d'ici, du moins c'est ce qu'il lui avait dit. De quelle région pouvait-il bien être, d'ailleurs ? Et cette fossette qui creusait sa joue gauche quand il souriait. Les filles devaient en être folles. Quoique de nos jours elles étaient plutôt attirées par les musiciens chevelus comme Gérard. Allez comprendre !

Le jeune policier s'enquit de la santé de son hôtesse, « on m'a dit que vous étiez souffrante », mais Luce balaya ses inquiétudes : elle jouait cette petite comédie pour les besoins de l'enquête, passons aux choses sérieuses.

Il allait s'asseoir dans la *cadireta* quand il se ravisa, sans que Luce ait eu à intervenir, et prit place sur la chaise bleue en face d'elle. Ce gamin avait autant de mémoire que de correction, c'est bien.

Cependant, les photos ne lui arrachèrent pas les cris d'étonnement admiratif qu'elle escomptait. Le front plissé, il les examina une à une avant de lâcher :

— Qu'est-ce que ces clichés ont à voir avec notre affaire ?

— Nos quatre victimes étaient du même âge et avaient été ensemble à l'école, juste avant la guerre. Regardez ce grand costaud qui semble avoir au moins deux ans de plus que ses condisciples : c'est Dalmau. Et là, en chemise blanche, Camps. Et juste à côté, à moitié tourné vers lui, Margall. Et encore assis sur le banc devant, le regard noir défiant l'objectif, Ripoll.

Le policier avait suivi sans mot dire le gros doigt crevassé qui se posait successivement sur des silhouettes en noir et blanc, regroupées, raides et compassées, autour du maître d'école, assis sur une chaise au milieu de ses élèves.

— Ils étaient camarades ? interrogea-t-il ensuite.

— Oh plus que ça ! se récria-t-elle.

Et de raconter pêle-mêle, un mot bousculant l'autre dans sa hâte de mettre à mal le calme exaspérant de Philippe Michel, monsieur Gaspard et le club des Irréductibles, la force de Dalmau et la violence de Ripoll, l'arrogance de Camps et l'admiration servile de Margall. Cette fois, elle parvint à ses fins. Un instant abasourdi par cette avalanche verbale, il émit ensuite un petit sifflement tout en sortant son fameux calepin de la poche de son blouson.

— Eh bien dites-moi, vous en avez appris des choses ! apprécia-t-il en tournant les feuilles couvertes de sa fine écriture régulière à la recherche d'une page vierge. Vous pouvez répéter, s'il vous plaît ?

Elle prit le temps à son tour de sortir de son tablier le bout de papier où elle avait noté les explications de Raymond et s'exécuta avec complaisance. Le jeune inspecteur avait repris son système de tableau et il reportait chaque indication dans la colonne correspondante. Luce jeta un regard dégoûté sur son pense-bête où les morceaux de phrases, tantôt au stylo tantôt au crayon, se chevauchaient, empiétaient sur la marge ou renvoyaient par une flèche maladroite à un mot entouré avec vigueur. L'institutrice avait bien raison de l'appeler « mademoiselle souillon » !

Elle recommença son récit en essayant de le rendre plus cohérent, d'y trouver peut-être, en choisissant ses mots, un sens qui lui avait échappé dans le feu de l'enthousiasme. Philippe Michel notait avec application, l'interrompant par moments pour demander une précision ou l'orthographe d'un nom. Il retourna ensuite les photos et recopia sur une autre page les patronymes des élèves qui avaient partagé la scolarité de leurs quatre morts. Quand il eut fini, il contempla un instant son œuvre.

— Il va falloir trouver si un de ces gamins avait des raisons de leur en vouloir, ça c'est pour vous, et savoir ce que chacun est devenu, en particulier ceux qui ont quitté Collioure, et ça c'est pour moi.

— La plupart sont restés mais Solère par exemple, un des Irréductibles, est entré à la SNCF, opina-t-elle, les sourcils froncés. Je sais par sa mère qu'il a été nommé quelque part dans les Alpes... Combien y en a-t-il au total ?

Le jeune policier parcourut rapidement du doigt la liste qu'il avait établie.

— Quarante-deux. Certains ne sont restés qu'un an ou deux. Mais notre assassin peut très bien se trouver parmi eux.

Luce attira à elle une des photos qu'elle examina avec attention :

— On peut éliminer le petit Castaing, avança-t-elle. Son père avait été nommé aux Affaires maritimes à Port-Vendres mais sa mère ne supportait pas d'être ainsi éloignée de sa famille et ils sont repartis au bout d'un an dans le Sud-Ouest.

— Et alors ? En un an, il a pu se passer bien des choses !

Visiblement, il ne comprenait pas. Evidemment, s'il n'était pas de la région...

— Je n'en disconviens pas, reconnut-elle d'un ton patient, mais il ne pouvait pas connaître la procession de la Sanch puisqu'elle n'avait pas encore été rétablie.

Philippe Michel semblait très intrigué.

— Comment ça ? Je croyais cette procession très ancienne. Du Moyen Age, m'a-t-on dit.

— Oui, mais à la séparation de l'Eglise et de l'Etat, à l'époque du petit père Combes, elle a été interdite sur la voie publique. A Perpignan, les pénitents ont continué à l'intérieur de l'église Saint-Jacques, à Arles-sur-Tech c'était dans le cloître qu'elle avait lieu. Mais à Collioure, elle s'est interrompue.

— Jusqu'à quand ?

— Récemment, en fait. Ce n'est qu'en 1959 qu'elle a été à nouveau autorisée.

Philippe Michel était songeur.

— Je l'ignorais... Mais vous avez raison, le dénommé Castaing n'aurait pas utilisé ces objets pour signer ses crimes.

Finies les précautions oratoires, il parlait désormais de « crimes » et d'« assassin », ce qui prouvait qu'il avait définitivement décidé de la croire. C'était à la fois satisfaisant et inquiétant. Les meurtres n'existaient plus seulement dans la tête de Luce. Ils devenaient réels.

— Ah, au fait, se souvint-elle, j'ai interrogé mon cousin Antoni, qui est *regidor* de la confrérie. Cela dit, officiellement nous ne sommes pas censés le savoir, alors ça doit rester entre nous !

D'un signe de tête, il indiqua qu'il garderait le silence.

— Bref, Antoni m'a confirmé que Dalmau, Camps et Ripoll avait été pénitents. Mais pas Margall.

Elle grimaça, déconfite :

— J'ai bien peur que ma théorie ait du plomb dans l'aile !

Bon Deu, que cela lui coûtait de l'admettre !

Le jeune policier feuilletait rapidement son calepin comme s'il y cherchait quelque chose.

— Pas forcément. Nous avons peut-être pris le problème à l'envers…

Une exclamation l'interrompit :

— Maman !

Gérard apparut à l'entrée de la cour. A ses cheveux ébouriffés et ses yeux bouffis, il venait de toute évidence de se réveiller. Le proverbe avait bien raison : *qui dorm massa, té el cap de carabassa*, qui dort trop a la tête comme une citrouille.

Il se gratta la nuque.

— Il reste quelque chose à manger ? dit-il en étouffant un bâillement.

Elle lui montra la direction de la cuisine d'un index exaspéré.

— Pas maintenant, fils. Tu vois bien que je suis occupée avec l'inspecteur…

— Stagiaire. Inspecteur stagiaire seulement.

La réponse de Gérard avait fusé, cinglante. Il tourna les talons et disparut dans la maison. Il était vexé. Tant pis pour lui. Après tout, l'heure du dîner était passée et elle n'était pas sa bonne. Comme si, à dix-neuf ans, il n'était pas capable de se faire réchauffer un fond de ragoût. De ragoût trop cuit, d'ailleurs.

Elle reporta son attention sur Philippe Michel, qui avait suivi cette prise de bec, quelque peu éberlué.

— Que vouliez-vous dire par « nous avons pris le problème à l'envers » ? interrogea-t-elle en rassemblant d'un geste machinal les photos éparses.

Il s'ébroua, comme pour reprendre ses esprits.

— Que ce ne sont pas les victimes qui font partie de la confrérie, mais l'assassin !

Les lèvres de Luce s'arrondirent en un « O » étonné mais elle n'eut pas le temps de formuler sa question.

L'orage éclata au-dessus de leurs têtes. Un tonnerre de musique, des rafales de guitares et des bourrasques de paroles hurlées plutôt que chantées. De dépit, Gérard était remonté dans sa chambre et il avait mis son tourne-disque à fond. Et pour que cette tornade sonore soit encore plus dévastatrice, il avait ouvert sa fenêtre en grand. Tout le quartier en profitait. Philippe Michel jetait des regards perplexes vers le premier étage et quelques têtes curieuses apparurent au-dessus du mur de la courette. Le petit *merdosot* ! Si elle lui mettait la main dessus, tout bachelier qu'il fût, il se prendrait une de ces gifles, aller et retour ! Celle-là, il saurait d'où elle venait, *raï* !

Luce se leva de sa chaise si précipitamment qu'elle faillit tomber. Inquiet de voir le visage fripé de la vieille femme virer au rouge brique, le policier se leva à son tour, la mine gênée.

— Je crois qu'il vaut mieux que je parte…

Il était obligé de crier pour se faire entendre. Elle prit une profonde inspiration pour essayer de se calmer un peu et résister à la tentation de se précipiter dire à son fils le fond de sa pensée. Il verrait si elle n'était pas capable de hurler plus fort que ses soi-disant chanteurs ! Mais il serait trop content. Il aurait eu ce qu'il voulait : mettre un terme à l'aparté entre sa mère et le jeune inspecteur. Stagiaire.

Luce dénoua les cordons de son tablier et le jeta sur la table.

— Nous n'avons pas fini notre conversation, articula-t-elle à l'oreille du policier. Nous allons la continuer ailleurs.

Elle rafla les photos et la feuille de papier couverte des gribouillis de « mademoiselle souillon » et quitta la *parraguera* la tête haute.

Sur son rocher battu par les embruns, le Crucifié semblait défier le large de ses bras grands ouverts. Luce peinait à monter l'escalier abrupt, taillé à même la pierre, qui menait à la petite chapelle blanche dont la silhouette se détachait sur l'azur profond du ciel. A croire qu'il avait été creusé pour les chèvres ! En plus, le vent qui soufflait toujours à cet endroit ne lui facilitait pas la tâche. Il s'engouffrait sous sa jupe et la soulevait tant et si bien que Luce était obligée de la retenir d'une main pour ne pas laisser voir plus que ce que la décence autorisait.

Elle coula un regard vers Philippe Michel pour s'assurer qu'il ne profitait pas en douce du spectacle mais le jeune homme lui tournait le dos. Il s'était arrêté pour regarder derrière lui.

— C'est étrange, cette plage de sable avec ce mur, s'étonna-t-il.

— Elle est artificielle, expliqua-t-elle en se rajustant le plus discrètement possible. Avant, ce rocher avec la chapelle et le crucifix était une île à laquelle on n'accédait qu'en barque. Quand mon père était jeune, on a construit une jetée à travers *al fareu*, c'était le nom de la passe, et on a créé cette plage le long. On a aussi prolongé l'îlot par un môle d'une centaine de mètres que vous voyez là-bas avec son fanal qui surmonte le musoir. Le but était de diminuer l'ouverture de la baie afin qu'elle offre un abri plus sûr.

Il grimpa les marches restantes deux par deux. Derrière les murs de la cour ils avaient été à l'abri, mais là la marinade les frappait de plein fouet. Les rafales qui gonflaient son blouson et fouettaient son visage ne semblaient pas déranger le jeune homme mais Luce se réfugia prudemment derrière l'angle de l'édifice, où elle put enfin lâcher sa jupe. Elle entendit le jeune policier emplir ses poumons de l'air du large avec un grognement de plaisir avant de laisser échapper un petit rire.

— Je crois bien que c'est le seul endroit de Collioure qui ne pue pas l'anchois !

Luce lui jeta un coup d'œil étonné et plissa le nez pour renifler la manche de son gilet. Mais à force de vivre dans cette ambiance, elle ne sentait plus rien. Le village était-il à ce point imprégné de… Elle sursauta. Philippe Michel venait de frapper le mur du plat de la main juste à côté de son épaule.

— Et que faisait cette chapelle sur une île ? Les fidèles ne devaient pas y venir très souvent.

— Plus que vous ne croyez, le corrigea-t-elle, et en particulier le 16 août, fête de la Saint-Vincent, notre saint patron.

Un doigt tapotant sa lèvre inférieure, l'inspecteur réfléchissait à haute voix :

— J'ai été élevé dans un pensionnat religieux...

Un pensionnat ? Tiens donc.

— Si mes souvenirs sont bons, saint Vincent est le patron des vignerons. Je sais bien que les collines environnantes sont couvertes de vignes en terrasses, mais pourquoi une chapelle au milieu de l'eau ? La construire au-dessus de Collioure aurait été plus logique. Du côté de la Madeloc par exemple, c'est bien ainsi que vous appelez la tour, tout là-haut ?

Du bras, il indiquait les crêtes. Il montrait plutôt la direction de la Massane, mais peu importait. Luce savourait par avance sa surprise :

— Sauf que ce n'est pas ce saint Vincent-là.

— Il y en a plusieurs ?

Il ne paraissait pas convaincu.

— Mais oui, sourit-elle, sûre d'elle. Et celui de la chapelle devant laquelle nous sommes, c'est le nôtre.

— Le vôtre...

Il ne voyait vraiment pas. Allons, il allait falloir tout lui raconter :

— C'est un fils de Collioure et nous en sommes fiers. Il a été martyrisé au temps des Romains, sous l'empereur Dioclétien, je crois. On l'a torturé, jeté du haut d'un mur sur des cailloux pointus jusqu'à ce que son corps soit brisé. Il était mourant quand on l'a ramené dans sa prison.

Mais soudain une lumière aveuglante est apparue, Vincent a rassemblé ses dernières forces et s'est mis à prier. Et alors ses blessures se trouvèrent miraculeusement guéries. L'officier romain était fou furieux. Il décida d'en finir par le feu. C'est ici, sur ce qui était alors un îlot rocheux nu comme ma main, qu'il fit allumer le brasier. Vincent mourut mais les flammes épargnèrent son visage qui, dit-on, « brillait d'un éclat surnaturel ». Deux miracles, c'était plus qu'il n'en fallait pour en faire un saint, d'autant qu'en apprenant cette histoire de nombreux infidèles de la région se convertirent.

— Ça a un rapport avec la procession et les pénitents ?

Elle approuva du chef. Un bon point pour lui : malgré cette petite visite guidée, il ne perdait pas le fil de leur conversation. Il était grand temps d'y revenir. N'était-ce pas pour pouvoir parler loin de toutes les oreilles indiscrètes qu'elle l'avait entraîné jusqu'ici ?

— Aucun, tint-elle cependant à rectifier, même si…

Plaquant précautionneusement sa jupe sur ses cuisses, elle quitta l'abri de la chapelle pour aller lui montrer une échancrure entre les rochers, sur l'autre versant de l'îlot, au pied du grand crucifix, face au large.

— Même si on appelle cette crevasse *la bassa de la Sanch*. Selon la légende, c'est à cet endroit que les Romains on voulu jeter le corps de saint Vincent une fois le bûcher éteint. Ils comptaient sur les vagues pour finir leur sale besogne. Mais ça n'a pas empêché les Colliourencs de l'époque de récupérer les reliques qui sont aujourd'hui dans l'église.

Comme il se penchait pour voir la mer bouillonner entre les récifs qui crevaient l'eau de leurs dents acérées tout au fond de cette espèce de cheminée, une voix leur parvint, un peu étouffée par le bruit du ressac :

— Yep ! C'est toi, Luce ?

Elle se pencha à son tour et reconnut la barbe poivre et sel mal taillée de celui qui les interpellait ainsi, perché pieds nus sur un rocher au ras de l'écume.

— *Iu*, Zidore ! Qu'est-ce que tu fais là ? répondit-elle en plaçant sa main en porte-voix afin de se faire entendre.

Il secoua la tête pour montrer qu'il ne comprenait pas et fit signe qu'il montait les rejoindre. S'aidant de ses mains, il grimpa avec agilité la paroi, un panier ruisselant en bandoulière.

— Encore là, inspecteur ? remarqua-t-il, jovial, en lui tendant une main mouillée pour qu'il l'aide à prendre pied sur la plate-forme. Vous ne nous quittez plus, ma parole !

Tout en le tirant à lui, Philippe Michel répondit à la question par une autre :

— Que faisiez-vous là, en bas ?

— Je regardais s'il y avait du poisson caché sous les roches, répondit le dénommé Zidore, en exhibant une sorte de harpon, fin et acéré, qu'il avait de toute évidence fabriqué lui-même.

— Et vous en avez attrapé ? s'enquit le jeune policier en pointant du doigt le panier qui dégouttait le long de la jambe du pêcheur.

— Non, ça ce sont les *esgarotes*, pardon, les oursins que j'ai ramassés le long du chemin de la Moulade, le sentier au bas de la falaise, vous voyez là-bas ?

Il indiqua d'un geste vague les rochers que la mer battait avec une régularité lancinante au pied du véritable mur qui soutenait le quartier du Mouré. Philippe Michel chercha du regard le toit de la petite maison de la rue du Miradou tandis que Zidore poursuivait :

— Les touristes sont de retour avec le beau temps et les Templiers me prennent tous les oursins que je peux trouver. Tu te souviens, Luce, comme madame Michèle Morgan les aimait, quand elle venait ici retrouver Henri Vidal ? *Bon Deu*, qu'est-ce qu'elle était belle !

Il émit un clappement de langue appréciateur.

— Ah bravo, c'est distingué, Zidore. Qu'est-ce qu'on va penser de nous ! le gourmanda Luce, en désignant l'inspecteur d'un regard appuyé.

— Et il n'y avait pas qu'elle, poursuivit le pêcheur d'oursins sans paraître remarquer l'interruption. Madame Arletty, qui a une maison de l'autre côté de la baie, vient en manger régulièrement avec son secrétaire. Et lorsqu'il passait l'été à Perpignan et qu'il venait le dimanche rendre visite à ses enfants qui habitaient la villa, derrière la cave coopérative, avec leur gouvernante, Pablo Picasso ne manquait jamais de déguster mes *esgarotes* avant de faire sa partie de boules.

— Oh, ce barbouilleur !

Luce n'aimait pas beaucoup croiser ce petit bonhomme chauve au regard perçant qui la mettait mal à l'aise. Un génie de la peinture, ce type qui dessinait des femmes avec la gueule aussi cassée que des poilus de la Grande Guerre, et puis quoi encore ?

Mais le Zidore en avait terminé avec le chapitre des célébrités friandes de ses oursins. Il n'avait pas l'air comme ça, mais il avait de la suite dans les idées :

— Alors, inspecteur ? Si vous êtes de retour, c'est peut-être qu'il y a du nouveau ?

Philippe Michel hésita, embarrassé. Luce vola à son secours :

— Il est juste venu me rendre une petite visite…

— A toi ?

Si elle avait cru couper court, elle en était pour ses frais : Zidore était de plus en plus intrigué. Elle se rendit compte qu'elle ne s'en tirerait pas à si bon compte. Il fallait frapper plus fort. Elle se ramassa sur elle-même comme pour prendre son élan.

— C'est mon petit-cousin. Le petit-fils de ma tante Tonia, tu vois de qui je veux parler…

Cette fois, ce fut au tour du Zidore de paraître embarrassé. Lancer ce prénom dans la discussion n'avait pas été facile pour elle, mais Luce fut satisfaite de le voir fuir son regard. Elle enfonça le clou :

— Tu imagines ? Qui aurait pu imaginer que cette tragédie permettrait de réunir enfin la famille ?

Le Zidore murmura quelques paroles inintelligibles d'où il apparut qu'il était question d'aller livrer les oursins sans plus tarder aux Templiers, et il s'esquiva par la jetée, son panier toujours dégoulinant serré contre son flanc.

— Qu'est-ce qui lui arrive ? s'étonna le jeune policier, déconcerté.

Luce balança un instant : une fois l'importun chassé, elle n'avait plus trop envie d'évoquer cette histoire. Mais les yeux clairs la fixaient, attendant une réponse. Etaient-ils bleus ou verts ? Comme la mer, quelque part entre les deux. Elle se résigna :

— Evidemment, vous n'êtes pas de Collioure, vous ne pouvez pas comprendre. Quand j'étais une toute petite fille, c'est vous dire si cela fait longtemps, ma tante Tonia s'est retrouvée dans une situation pas très intéressante pour une jeune fille, si vous voyez ce que je veux dire. A l'époque une fille mère, c'était la honte pour toute la famille. Mon grand-père croquait du curé à tous les repas mais il ne badinait pas avec la moralité ; c'était un homme respecté qui faisait partie de la Prudhomie de pêche et accueillir un bâtard dans sa maison était tout simplement impensable, alors il a mis sa cadette dans le train pour Paris. En revenant à la maison ce soir-là, m'a raconté ma mère, il a retiré de son cadre la belle photographie prise deux ans plus tôt où il trônait au côté de sa femme, entourés de leurs enfants, il a pris une paire de ciseaux et il a découpé la silhouette de Tonia. Puis il a replacé la photo dans le cadre et a réclamé sa soupe. Tout le monde se l'est tenu pour dit : le nom de ma tante n'a plus jamais été prononcé dans la maison. Et quand il discutait avec quelqu'un de l'extérieur, mon grand-père parlait de ma mère en disant « ma » fille comme s'il n'en avait jamais eu qu'une. Tonia ne donna plus jamais de nouvelles et l'*avi* interdit à quiconque de chercher à en avoir. Le sujet était tabou, comme vous dites, vous les jeunes. Pour m'en parler, ma mère a d'ailleurs attendu qu'il soit mort. Ce qu'est devenue la tante Tonia, Dieu seul le sait, mais si tout s'est bien terminé pour elle et sa progéniture illégitime, vous avez à peu près l'âge de ses petits-enfants.

Philippe Michel l'écoutait, les yeux perdus dans le vide, fixant sans le voir un point loin vers le nord. Luce revit soudain son père, son frère, son mari quand ils allaient à la Miranda, avant de partir en mer. De là on voyait la côte jusqu'à Canet, et même par temps clair le feu de Leucate. Mais ce que les pêcheurs cherchaient du regard, c'était la Galère, une montagne au sommet plat au-dessus du Barcarès. Suivant qu'elle se détachait nettement à l'horizon ou qu'elle était plus ou moins estompée par les nuages, le temps s'annonçait bon ou mauvais et ils décidaient en conséquence du moment de mettre les barques à l'eau et de l'endroit où jeter les filets.

— Ce n'est pas que ça m'amuse d'exhumer cette histoire, reprit-elle avec une grimace pincée, en essayant à son tour de distinguer la fameuse montagne carrée, mais c'était le plus sûr moyen pour que le Zidore nous fiche la paix. Et pas seulement lui : dans quelques jours, tout Collioure saura que vous êtes mon « petit-cousin » mais qu'on touche là un point sensible qu'il ne faut pas évoquer, et plus personne ne s'étonnera de nous voir nous promener ensemble ! conclut-elle triomphalement.

Elle se tourna vers le jeune policier, avec un sourire amusé :

— J'espère que vous ne m'en voudrez pas de vous imposer cette filiation un peu douteuse…

La phrase mourut sur ses lèvres. Le visage du jeune homme était devenu blême. Sous le col de sa chemise, sa pomme d'Adam montait et descendait avec effort comme s'il avait du mal à déglutir. Et voilà, elle avait fait une gaffe !

— Oh, je vous demande pardon. *Cabeca* que je suis ! Parfois je parle avant de réfléchir. Je n'aurais pas dû…

Mais l'autocritique et la contrition n'étaient guère dans sa nature. Fidèle à ses habitudes, elle contre-attaqua :

— Mais aussi, il fallait bien trouver une explication à votre présence. Vous ne passez pas inaperçu et ça fait jaser !

Un peu plus, et ce serait la faute du jeune homme ! Elle eut peur d'avoir poussé le bouchon un peu loin mais lorsqu'il lui fit face, il avait retrouvé ses couleurs et son sourire :

— Vous avez eu raison, madame Colomine. C'était plutôt bien trouvé, apprécia-t-il avec une admiration non feinte. Si quelqu'un mérite de découvrir le fin mot de cette histoire de morts mystérieuses et de croix des outrages, c'est bien vous !

Comme ragaillardi par cette constatation, et sans doute aussi désireux de changer de sujet, il sauta du mur de la petite jetée qui reliait l'îlot au village sur la plage. S'étant ainsi mis à l'abri du vent, il sortit de la poche de son blouson le calepin sur lequel il avait noté les noms relevés au dos des photos de classe.

— Allez, dites-moi lesquels ne sont plus à Collioure.

Eh attention, il voulait qu'elle se casse une jambe ou quoi ? Luce fit prudemment le tour par l'escalier de quelques marches un peu plus loin pour le rejoindre. Poursuivant sa course imperturbable, le soleil venait de passer derrière le clocher qui les engloutit d'un coup dans son ombre massive. Elle frissonna.

— La plupart sont encore dans les parages, répondit-elle en se penchant sur la liste. Sinon, comme je vous l'ai dit, Castaing n'est resté qu'un an, et Solère est quelque part dans les Alpes. Ah, et puis encore Salgas : aux dernières nouvelles, il plaçait des assurances du côté de Guéret, dans le centre de la France. Prats, je n'en sais pas plus. Celui-ci, je crois, est fonctionnaire à Paris, celui-là s'est engagé dans l'armée, lui, là, est mort d'une mauvaise grippe juste après la guerre. Quant à ces trois-là, je les avais complètement oubliés et j'ignore ce qu'ils sont devenus.

Consciencieusement, l'inspecteur traçait une croix en face de chacun des noms qu'elle désignait du doigt. Quand elle eut terminé, il rempocha le calepin.

— Bon, je vais faire des recherches sur ces neuf-là. Il faut que je voie si l'un d'entre eux était dans les parages au moment des quatre décès. Ils ont eu lieu en semaine, donc ce serait dans ce cas quelqu'un qui ne travaille pas ou qui exerce un métier qui l'amène naturellement à voyager…

— Routier par exemple ?

— Je pensais plutôt à représentant de commerce. Personne ne s'étonne de le voir déambuler sa valise à la main, sonner puis entrer dans les maisons. C'est idéal, ça n'éveille pas l'attention.

Luce hocha la tête, impressionnée. Le gamin avait sacrément réfléchi à la question. Gérard avait beau se moquer de son statut de « stagiaire », il était déjà bon policier.

— Evidemment, poursuivit-il, ce critère ne joue pas pour ceux qui vivent toujours ici et dont vous allez vous charger. Puisqu'ils étaient à pied d'œuvre, il va falloir directement travailler sur le mobile et trouver lequel avait des raisons d'en vouloir aux Irréductibles.

« A pied d'œuvre », « mobile », Luce savourait ce langage technique. Contrairement au Raymond qui lui croyait déjà la vue trop basse, Philippe Michel, lui, ne se fourvoyait pas à lui parler comme à une vieille dame gâteuse !

— Doit-on exclure des recherches les survivants du club ? demanda-t-elle sur le même ton, afin de lui montrer qu'elle le suivait sans peine sur son terrain.

— Pas forcément, répondit-il après réflexion. Il a pu y avoir une brouille entre eux.

— Quarante-deux moins neuf, il m'en reste trente-trois... Ça fait du monde !

— Quarante-deux, pour commencer. Car si on ne trouve rien dans cette classe, il faudra passer aux autres. Les Irréductibles avaient peut-être pris un enfant plus jeune comme souffre-douleur.

Luce eut un geste de découragement qui ne lui échappa pas.

— C'est un travail de longue haleine, vous savez. Il n'y a que dans les romans que les rebondissements s'enchaînent jusqu'à une issue rapide. Dans la vraie vie, il faut savoir prendre son temps, être patient et ne rien négliger.

A la façon dont il prononçait ces mots, on sentait bien qu'il se les répétait souvent. Sans doute les conseils que ses supérieurs lui prodiguaient depuis son entrée dans la police.

— Bon, je file. Ma 4L est vieille, avec mon salaire je l'ai achetée d'occasion, et il me faut une bonne heure pour rentrer sur Perpignan.

— Vous reviendrez samedi prochain ?

— Non, je suis de service. Mais si j'ai du nouveau, ne vous en faites pas, je vous tiendrai au courant par téléphone.

Il lui serra cérémonieusement la main.

— A bientôt, madame Colomine, et faites bien attention à vous. Je ne plaisante pas : votre vivacité d'esprit, dont j'ai moi-même fait les frais tout à l'heure, pourrait en inquiéter certains. Tout le monde a quelque chose à cacher...

Et la gravité de son regard prouvait qu'il ne s'agissait pas là de paroles en l'air. Il voulait la mettre en garde.

Il s'éloigna vers l'église avec un signe de la main et Luce frissonna derechef. Mais cette fois, l'ombre du clocher n'y était pour rien.

10

— Tu ne crois pas que ce serait une bonne idée de se faire installer le téléphone ?

René, qui s'échinait à clouer un renfort sous l'assise de la *cadireta* de sa femme, interrompit son geste, marteau en l'air.

— *Un cagall marin !* [1] C'est quoi, cette nouvelle lubie ? Où trouverions-nous l'argent d'abord ? Et puis ce n'était pas toi qui refusais d'« accourir quand on te siffle » ?

Tiens, il l'avait donc entendue répondre vertement à Bosc ? Il n'était donc pas si dur d'oreille. Voilà qui n'arrangeait pas Luce ! Du coup, c'est elle qui fit la sourde.

— Eliane l'a déjà. On pourrait avoir plus facilement des nouvelles des petits. Philippe n'est pas bien vaillant et je m'inquiète pour lui...

Luce avait poli, affûté ses arguments. Elle n'allait quand même pas lui dire que cette invention du diable lui manquait pour avoir des nouvelles de Philippe Michel !

1. Juron pouvant se traduire par : « Et puis quoi encore ! »

Elle était impatiente de connaître le résultat de ses recherches. Mais ce jeune blanc-bec n'appelait pas. A chaque fois que Gérard rentrait du travail, elle espérait qu'il lui transmettrait le message espéré, mais rien. Et elle n'osait pas lui poser la question, le seul nom du jeune policier suffisant à mettre son fils en rogne. Alors elle rongeait son frein. De la patience, c'est ce que lui avait demandé l'inspecteur, mais justement de la patience elle n'en avait jamais eu. En plus il ne lui restait plus que trois jours avant de reprendre le travail et elle avait beau retourner le problème dans tous les sens, elle ne voyait pas comment arriver en si peu de temps à identifier l'homme mystérieux derrière tout cela. Elle se l'imaginait, le cœur plein de haine, tapi dans l'ombre, se frottant les mains, satisfait d'avoir berné tout le monde... Et cette seule idée la rendait folle.

Elle ne savait même pas par où commencer. Elle ne pouvait quand même pas sillonner la ville dans tous les sens au hasard, comme un jeune chiot en quête d'un os. Non seulement ça ne servirait sûrement pas à grand-chose mais en plus cette activité débordante finirait par devenir suspecte. N'était-elle pas censée se traîner, fatiguée, sans ressort, déprimée ?

Mais que faire ? Elle avait passé des heures à user ses « yeux d'aigle » à scruter les jeunes visages sagement alignés sur les photos et à passer en revue dans sa tête ces mêmes visages vieillis d'une trentaine d'années qu'elle croisait régulièrement à Collioure, sans parvenir à déceler la faille dans le regard, le changement soudain d'attitude, le moindre indice qui pût la mettre sur la bonne voie. « Lequel d'entre eux est un assassin ? » se répétait-elle à s'en donner le tournis. Mais elle se heurtait toujours à ces silhouettes familières, ces voix amicales, ces regards francs, du moins en apparence, comme à un mur.

Elle en venait même à douter. Et si ces hommes étaient ce qu'ils paraissaient être, de paisibles citoyens, de bons camarades, et rien d'autre ? Et si Bosc avait raison et qu'elle avait trop d'imagination ?

Elle était d'une humeur massacrante, envoyait paître René et Gérard au moindre mot. Elle cassa trois assiettes dont une du beau service à fleurs dorées, cadeau de ses parents pour son mariage, dernier vestige des jours fastes. Elle oublia aussi un polo de couleur de son fils au milieu des tricots de corps blancs du Renat, qui ressortirent de la machine à laver avec des marbrures bleutées. Satanée machine. Elle passa des heures à ruminer son exaspération en contemplant le hublot rond derrière lequel son linge tournait et tournait encore, se tordait et se mélangeait comme les pensées dans sa tête qui lui semblait par moments prête à exploser.

Elle fut plusieurs fois à deux doigts d'abandonner. Quelle rage la tenait donc de s'empoisonner ainsi l'existence en cherchant des mystères où il n'y avait peut-être rien ? Elle ferait bien mieux d'oublier ces lubies, de reprendre sa petite vie ordinaire entre l'usine de salaison et les bavardages du lavoir, et de tout oublier !

Mais le souvenir de la croix des outrages la retenait. Une telle coïncidence ne pouvait être fortuite. Et puis il y avait les paroles inquiètes du jeune policier. Si Philippe Michel pensait qu'elle courait un danger, c'est qu'elle n'affabulait pas.

En même temps, cette perspective ne la rassurait pas. Si c'était là le seul choix qu'elle avait, perdre la tête ou devenir à son tour la victime de l'assassin aux abois, merci bien !

Au matin du dernier jour de son arrêt maladie, elle s'éveilla très calme sans qu'elle sût vraiment ce qui avait changé. Comme la mer redevient d'huile lorsque le vent tombe, son esprit tourmenté avait retrouvé paix et clarté. D'un coup.

Entre les volets entrebâillés, le ciel nocturne pâlissait et virait au mauve au-dessus de l'horizon, les étoiles commençaient à s'estomper. René ronflait auprès d'elle dans le lit qui avait vu naître leurs enfants. Luce se leva sans bruit, enfila ses espadrilles éculées, jeta un châle en laine crochetée sur sa longue chemise de nuit blanche à l'ancienne et passa dans la cuisine rallumer le poêle à bois pour réchauffer le café de la veille. Puis, les deux coudes sur la toile cirée, son bol fumant entre les mains, elle envisagea la situation avec lucidité.

Philippe Michel avait sans doute voulu lui faire peur pour l'inciter à la prudence, c'était tout. Il craignait sans doute une initiative intempestive. L'assassin – car assassin il y avait, ce n'était pas possible autrement – se croyait sans doute très malin puisqu'il avait réussi à dérouter la police. Pourquoi se méfierait-il d'une vieille femme que celle-ci, en la personne de Bosc, n'avait même pas prise au sérieux ? Quant à imaginer qu'elle pût représenter un danger pour lui... Il devait se croire bien au-dessus de ça !

Eh bien, elle allait lui montrer qu'il se trompait. Foi de Luce Colomine, née Noell, elle ne le laisserait pas s'en tirer ainsi. Et puisque son prétendu petit cousin ne lui donnait pas de nouvelles, elle allait suivre l'inspiration qui lui était venue tout à l'heure, dans cet instant indécis où l'esprit hésite entre se lover un peu plus dans le sommeil ou céder au réveil, où le souffle de la vie qui s'agite au-dehors, ses frôlements et ses parfums vous parviennent sans que vous ayez vraiment conscience d'entendre et de sentir. Luce l'avait déjà constaté par le passé, c'était dans ces instants où la réalité s'imposait petit à petit, sans heurt et sans violence, mais inexorablement, comme le manque d'oxygène oblige le nageur à remonter à la surface, que lui venaient ses meilleures idées. Comme si, en dehors d'elle et sans qu'elle y eût pris la moindre part, ses pensées s'étaient agencées, emboîtées au plus juste pour lui offrir, in extremis, juste avant qu'elle rouvre les yeux, la solution après laquelle elle courait en vain depuis plusieurs jours.

Et c'était ce qui était advenu ce matin. *Fa més un que sap, que cent que busquem*, un qui sait fait plus que cent qui cherchent, s'était-elle dit. Si, trente ans en arrière, il était arrivé entre certains gamins de Collioure un événement suffisamment grave pour susciter, tant de temps après, une vengeance mortelle, elle connaissait quelqu'un qui en aurait eu vent : Ange, le frère de la Fine.

Il avait été gendarme dans le secteur pendant toute sa carrière et s'il était toujours tel qu'elle l'avait connu, il gardait en mémoire le moindre larcin, la moindre bagarre ayant mal tourné. Pourquoi n'avait-elle pas pensé à lui plus tôt ? A trop vouloir convaincre les policiers chargés de l'enquête, elle avait perdu de vue qu'ils n'étaient pas les seuls professionnels des délits et des morts suspectes.

Et pourtant…

Comment avait-elle pu oublier le jeune homme qui venait parader le soir sous ses fenêtres dans son bel uniforme neuf ? Une fois qu'il avait sans doute bu plus que d'habitude pour se donner du courage, il avait entonné une sérénade de sa belle voix chaude de ténor… jusqu'à ce que le père Noell sorte sur le pas de la porte en menaçant de lui botter l'arrière-train s'il ne filait pas dare-dare avant d'avoir ameuté toute la rue !

La buée odorante qui s'élevait en volutes légères du café brûlant faisait danser devant les yeux de Luce les images aux couleurs passées de sa jeunesse.

Ne pas voir ses talents de chanteur reconnus n'avait nullement découragé Ange, qui avait continué à lui faire une cour assidue, quoique plus discrète. Mais le vieux Noell n'avait que faire d'un gendarme pour gendre. Il lui fallait un pêcheur pour partager avec son fils la direction de la petite flottille dont il était alors propriétaire. Et voilà comment Luce avait épousé René. Elle ne s'en plaignait pas, d'ailleurs. Elle avait la mer dans le sang et la vie de femme de militaire l'aurait ennuyée à mourir. Son père avait fait le bon choix.

A présent qu'il était veuf et retraité, Ange repensait-il parfois à la jeune fille à qui il avait volé un baiser, un après-midi enfiévré de corrida, derrière les arènes construites pour la saison entre le Douy et le château des Templiers ? Et ce souvenir serait-il suffisant pour l'inciter à fouiller sa mémoire et en exhumer de vieilles affaires qu'il n'avait sans doute pas les mêmes raisons de sauver de l'oubli ? Il n'y avait qu'une façon de le savoir : lui rendre visite.

Evidemment, il y avait une ombre au tableau : la Fine l'apprendrait sûrement. Déjà du temps de leurs jeunes années elle épiait de loin chacun de leurs rendez-vous. Il fallait toujours qu'elle sache ce que faisait son frère. C'était sans doute à ce moment-là qu'elle avait commencé à détester Luce. A la considérer comme une rivale.

Le café commençait à refroidir dans le bol. Elle l'avala d'un trait. Inutile de s'en faire à l'avance, elle aurait bien le temps de s'occuper de ce problème quand il se présenterait. Elle irait voir Ange. Et aujourd'hui même.

Luce savait où le trouver : sur le quai de Port-Vendres, devant la poissonnerie que tenaient sa fille et son gendre. C'était une bonne trotte, mais en partant tout de suite, elle y arriverait avant que le soleil ne soit trop chaud. De toutes les façons, *val més espatllar sabates que llençols*, mieux vaut user des souliers que des draps de lit !

Elle s'aspergea le visage au robinet de l'évier, retourna dans la chambre enfiler sa gaine et rafler foulard et vêtements, puis revint dans la cuisine non sans avoir soufflé à René, encore à demi ensommeillé, qu'elle sortait faire une course. Elle finit de boutonner sa robe noire sur le pas de la porte de la maison. Gérard disait toujours que la population de Collioure était bicolore : le bleu des marins pour les hommes, et le noir funèbre pour les femmes. Elles prenaient le deuil à la mort d'un enfant, d'un parent, et de décès en décès ne le quittaient plus jamais jusqu'à leur propre mort. Luce avait aussi une autre explication : la mer, les collines, les maisons du village et les barques avaient pris toutes les couleurs vives. Il n'en restait plus pour les habitants.

L'horloge ronde du clocher marquait sept heures et demie quand Luce dépassa le porche de l'église surmonté de l'inscription « Liberté, Egalité, Fraternité » que nul n'avait pensé à effacer du mur depuis la Révolution et qui, finalement, résumait bien la mentalité de bon nombre de pêcheurs du cru : anticléricaux mais croyants. A leur façon.

L'air avait ce fond de fraîcheur revigorante qui lui faisait oublier le poids des ans et les vagues venaient mourir sur les galets en lui chuintant des encouragements. Après une longue soirée sans doute plutôt arrosée, des jeunes gens aux cheveux longs avaient trouvé refuge dans les barques abandonnées sur la plage. On apercevait une épaule, un manche de guitare émergeant du plat-bord. L'été approchait, les cigales étaient de retour.

La place de la mairie, où quelques jours auparavant Philippe Michel avait garé sa 4L, était à peu près déserte et les joueurs de belote n'avaient pas encore investi les terrasses des cafés. Luce marchait d'un bon pas. Après tout, elle reprenait le travail demain ; il était normal qu'elle aille mieux ! Ne plus avoir à faire semblant lui redonnait tout son allant. L'impression de pouvoir agir enfin n'y était sans doute pas étrangère non plus. Elle avala la plage du Faubourg sans même s'en rendre compte… et sans un regard pour « Chez Monique », le salon de coiffure des « petites madamettes » où elle avait fait une apparition unique et remarquée le lendemain de la mort de Camps. Comme ce jour-là lui semblait loin aujourd'hui.

Elle dut cependant ralentir l'allure après la cave coopérative installée dans l'ancien couvent des Dominicains, la côte s'accentuant brutalement pour gravir le cap qui surplombait l'anse de la Balette. Luce, qui se flattait souvent de monter les escaliers de sa maison « bouche fermée », comme elle disait, commençait à souffler.

Heureusement pour elle, alors qu'elle redescendait vers l'anse *dels reguers* en appréhendant déjà la montée suivante, un coup de klaxon retentit. Luce se retourna d'un bloc, prête à fustiger vertement, et en catalan bien sûr, le touriste peu respectueux et pour tout dire inconscient qui se croyait sans doute propriétaire de la route de ses vacances. Mais en lieu et place du Parisien à lunettes noires, fulminant de voir ainsi tomber sa moyenne, c'est le visage hilare du Fernand qu'elle découvrit par la vitre baissée de la camionnette qui vint s'arrêter à côté d'elle. L'humeur belliqueuse de Luce s'envola aussitôt. Fernand, elle l'aimait bien. Bien qu'ayant à peine dépassé la trentaine, c'était un déçu de la mer, comme elle. Petit, avant la guerre, il ne rêvait que de nuits à fond de cale à sommeiller dans les odeurs de poisson, de goudron et de saindoux en attendant de jeter les filets à l'aube. Adolescent, c'était le globe lumineux de la lampe à vapeur d'essence montée sur le canot porte-feu qui hantait ses songes de pêche au lamparo. Mais quand il avait été en âge de prendre la mer, les grandes heures des barques de Collioure étaient passées. Et les quelques patrons pêcheurs qui s'obstinaient encore avaient déjà bien du mal à payer les marins qu'ils employaient depuis toujours. Fernand avait dû se résoudre à gagner sa vie sur terre une partie de l'année : au volant de sa camionnette à la peinture verte écaillée, il livrait des bouteilles de gaz. Mais l'été le voyait revenir, avec quelques autres, toujours les mêmes, sur la plage du Boramar, son sac sur l'épaule, prêt à embarquer sur les lourds thoniers qui jetteraient l'ancre au large et enverraient leurs seconds recruter les hommes qui manquaient à leur équipage. Parfois, ils étaient vingt ainsi à partir au loin, parfois seulement cinq. Une année, le Fernand n'avait pas été pris. Il était rentré tristement chez lui, traînant son sac inutile comme un forçat son boulet, et c'est la seule fois de sa vie qu'on l'avait vu perdre le sourire.

Mais aujourd'hui, on ne voyait que ses dents blanches entre ses joues noires de barbe. Il salua joyeusement la vieille femme :

— *Adiu*, Luce, où allez-vous comme ça ?

D'un coup de menton, elle désigna la route qui sinuait le long de la côte rocheuse tel un serpent gris.

— Jusqu'à Port-Vendres, *nin*, j'ai une visite à faire.

D'un doigt, il releva la visière de la casquette d'un bleu crasseux – une casquette de marin, bien sûr – qu'il ne quittait que pour dormir et émit un long sifflet modulé sur deux tons :

— Eh bé, vous n'êtes pas arrivée ! Allez, montez... Je vais vous faire un bout de chemin.

Elle ne se le fit pas dire deux fois et se hissa tant bien que mal sur le siège en skaï noir, crevé par endroits, à côté du Fernand.

— Ça me fait plaisir de vous voir, lui sourit-il en redémarrant. Paraît que ça n'allait pas fort ?

C'était gentil à lui de s'inquiéter mais cette histoire de fausse déprime commençait à peser à Luce.

— Un peu de fatigue, c'est tout.

Il hocha la tête gravement :

— C'est bien normal. Une histoire pareille, ça vous secoue.

Moins en tout cas que la camionnette !

La cabine tressautait, brinquebalait de droite et de gauche au rythme des coups de volant et des coups de frein dont Fernand n'était pas avare. Il faut dire que la route n'arrêtait pas de tourner, épousant les nombreux replis du terrain, coincée entre les vignes en terrasses et la falaise qui tombait à pic dans le turquoise liquide de la Méditerranée à peine ourlé de fins liserés d'écume blanche, rubans paresseux ondulant au fil de la houle. Secouée comme un prunier, agrippée à la portière qui bougeait autant que le reste, Luce n'en appréciait pas moins le paysage maintenant qu'elle n'avait plus à l'arpenter à pied. Dire que, plus jeune, elle pouvait marcher des heures à travers les collines, un panier lourdement chargé sur la tête, sans se soucier des montées ou des descentes. L'âge était sans pitié.

L'obélisque de Louis XVI était en vue. Laissant à main gauche l'église Notre-Dame-de-Bonne-Nouvelle avec sa façade rose et son dôme bleu qui se miraient dans l'eau du port, la camionnette plongea vers le quai le long duquel s'alignaient les chalutiers blancs dont on était en train de nettoyer le pont à grande eau au retour de la sortie de la nuit. Fernand montra le poing à ces bateaux ratisseurs des fonds marins qui avaient précipité la perte des barques colliourencques, mais Luce ne partageait pas sa rancune. Chacun cherchait à gagner son pain. On n'allait pas se bouffer le nez entre pêcheurs, quand même ! Que pouvait-on faire contre ce satané progrès qui changeait le monde de plus en plus vite ? Celui de ses parents ne différait guère de celui de ses grands-parents, mais tous ses aïeux réunis auraient eu bien du mal à reconnaître celui avec lequel elle devait composer maintenant. Et les marins de l'Oranais n'y étaient pour rien. Ils faisaient comme elle, ils subissaient. L'exil qu'ils n'avaient pas voulu, la perte de tout ce qu'ils avaient dû laisser derrière eux et l'intégration aux forceps dans une métropole où ils n'étaient pas forcément les bienvenus.

Le quai d'en face, devant la gare maritime, était désert. Pendant des décennies c'était là que s'amarraient les grands paquebots de la « Mixte » aux noms exotiques qui faisaient la traversée entre Port-Vendres et l'Algérie : *El-Mansour*, *El-Kantara*, *El-Goléa*. Et le *Kairouan*, le « paquebot d'une nuit », si confortable et si rapide que les passagers qui y embarquaient le soir arrivaient le lendemain matin en vue d'Oran ou d'Alger. Et les cargos aux cales débordant d'oranges. Avant la guerre, il était arrivé à Luce de venir avec d'autres filles de Collioure se faire embaucher pour la saison comme transbordeuse. Pas par nécessité, la famille Noell avait alors du bien, mais pour être avec ses camarades ; travailler n'empêchait pas de rire. Seulement elle avait vite arrêté : contrairement à elle, les autres filles avaient le mal de mer, et la balancelle qui servait de relais entre le bateau et le quai tanguait beaucoup, ébranlant les passerelles. Luce s'était lassée de voir Mado ou Nini poser précipitamment leur *couffe* pleine et se pencher par-dessus le bord de la barque pour vomir tripes et boyaux dans l'eau sale du port.

Maintenant que l'Algérie n'était plus française, c'en était fini de tous ces navires qui donnaient des idées de grand large aux garçons du coin. Les chalutiers les avaient remplacés.

N'empêche que voir les bassins de Port-Vendres pleins et les plages de Collioure vides faisait mal au cœur.

Ange était exactement à l'endroit où elle le pensait : assis derrière son pastis, à une petite table devant la poissonnerie de sa fille. Toujours coquet, il portait une chemise blanche aux manches roulées jusqu'au coude et ramenait les quelques cheveux qui lui restaient sur le dessus de son crâne pour dissimuler sa calvitie. *Mare de Deu*, il avait pris un sacré coup de vieux depuis la dernière fois qu'elle l'avait vu, à la Saint-Vincent de l'an passé.

Il faillit s'étrangler en la découvrant debout devant lui.

— Luce, ça alors ! Pour une surprise…

Il rameuta sa fille et son gendre qui jaillirent de derrière le comptoir où s'empilaient les poissons luisants qui paraissaient tout juste sortis de l'eau pour lui poser sur les joues des baisers mouillés assortis d'exclamations de plaisir. Luce supporta leurs assauts avec stoïcisme. Mais qu'avaient-ils donc à la traiter comme une vieille tante revenant d'un long voyage ? Elle n'était même pas de leur famille !

— *Viam*, ça m'a l'air d'aller beaucoup mieux !

Encore ! Ils s'étaient tous donné le mot, *paraula*.

— Joséphine m'a raconté…

Elle aurait dû s'en douter. On pouvait compter sur cette langue de vipère pour se précipiter chez son frère afin d'expliquer, d'un ton faussement apitoyé, comment « cette pauvre Luce avait craqué » : « Elle voulait faire la forte mais elle n'avait pas les nerfs si solides » ! Saleté de Fine ! Vivement demain qu'elle reprenne le travail et qu'on en finisse enfin avec cette commisération insupportable.

— Et que viens-tu faire à Port-Vendres ? demanda Ange en la faisant asseoir en face de lui, sur une chaise que son gendre venait d'apporter avec obligeance.

C'est vrai, il ne fallait pas oublier le but de sa visite. Le soleil à présent était haut dans le ciel et faisait miroiter l'eau calme du port à en donner mal aux yeux. A l'abri des maisons, il faisait chaud. Luce dénoua posément son foulard et but une gorgée du verre d'eau que la fille d'Ange venait de poser devant elle. Ce n'est qu'après qu'elle répondit :

— Je suis venue te voir.

Il eut l'air surpris. Un peu inquiet aussi.

— Tu as quelque chose de grave à me dire ?

Les propos alarmistes de la Fine avaient dû le persuader qu'elle était gravement malade. Voire à l'article de la mort.

— Pas du tout, le tranquillisa-t-elle, ravie de le voir se faire autant de soucis pour elle. J'ai juste quelques questions à te poser au sujet de vieilles affaires dont tu as pu avoir connaissance en tant que gendarme.

Une lueur s'alluma dans le regard du militaire à la retraite.

— Ça a un rapport avec ton petit cousin, l'inspecteur stagiaire ?

Il n'avait pas perdu la main. Evidemment la Fine était à nouveau passée par là, mais finalement sa manie du commérage arrangeait bien Luce.

— Ah, tu es déjà au courant ? fit-elle mine de s'étonner. Une triste histoire qui se termine bien. Mais passons... C'est au sujet de la mort de Camps. Officiellement la police recherche un vagabond mais Philippe est chargé de vérifier certaines questions en suspens.

Ange hocha la tête, l'air entendu :

— Et il ne veut pas demander lui-même l'aide de la gendarmerie. C'est toujours la guéguerre, à ce qu'il semble...

— Disons plutôt, corrigea-t-elle précipitamment, peu désireuse d'être à l'origine d'un incident entre forces de l'ordre, disons plutôt qu'il s'agit d'une affaire ancienne que tes collègues en activité ne connaissent sûrement pas. En revanche, elle est certainement dans ta mémoire. Comme nous sommes de vieux amis, toi et moi, je lui ai proposé mon aide et me voici.

L'explication parut le contenter ; sa curiosité l'emportait.

— En voilà des mystères. Allez, dis-moi tout : de quoi s'agit-il exactement ?

— C'est que justement c'est encore flou, admit-elle. Il s'agirait d'une histoire concernant un groupe de gamins, camarades de classe, dans les années trente. Un scandale, une agression, un accident peut-être. Des parents ont pu venir se plaindre…

Elle guettait sa réaction, essayant de deviner le cheminement de sa pensée. Un seul mot pouvait réenclencher le processus de la mémoire et faire remonter à la surface un souvenir enfoui. Les yeux fixés sur son verre de pastis vide qu'il faisait tourner entre ses mains, Ange réfléchissait.

— Tu as raison, c'est loin d'être précis. A priori, ça ne me dit rien… Ils étaient nombreux, tes gamins ?

— Une demi-douzaine, s'empressa-t-elle de répondre, peut-être un peu plus.

Il était toujours perdu dans ses pensées.

— Et Camps en aurait fait partie ?

— Camps et Margall et Ripoll et Dalmau. Ce sont les seuls noms dont nous soyons sûrs pour l'instant.

Une ombre passa sur le visage couperosé de l'ancien gendarme. C'était le signal que Luce attendait. Elle se pencha en avant, le souffle court.

— Ces quatre-là me disent quelque chose, avoua-t-il. Mais pas dans ces années-là, plus tard.

— Tu penses à quoi ?

Il passa une main gênée sur son front, décoiffant sans s'en rendre compte ses mèches soigneusement peignées.

— Une jeune fille qui aurait été malmenée, peut-être même violentée par des jeunes gens ivres.

— Mais encore ? s'impatienta-t-elle.

— Je n'en sais pas plus. Ça se passait en 1943 ou 1944. C'est l'époque où les Allemands ont procédé à l'évacuation de Port-Vendres et de Collioure, qu'ils voulaient fortifier en prévision d'un éventuel débarquement allié. L'affaire a été étouffée…

— Etouffée ? s'indigna-t-elle. Et la victime, vous y avez pensé ? Qu'est-elle devenue ?

La gêne d'Ange s'accentua. Il protesta :

— Tu ne te rends pas compte. Pourtant tu devrais t'en souvenir. C'était la confusion : il fallait organiser les départs, fermer les maisons, convaincre les récalcitrants, donner les autorisations à ceux qui pouvaient rester parce que les boches avaient besoin d'eux… Nous avions des problèmes plus graves à régler, crois-moi.

Evidemment qu'elle le croyait. Elle revoyait les valises pleines à craquer fermées par des ficelles, les matelas roulés, les filets débordant de victuailles, les ustensiles de cuisine qui s'entrechoquaient tandis qu'on les chargeait sur des camions. Les vieux pleuraient en fermant leurs maisons. Les pêcheurs s'attardaient près des barques qu'ils avaient montées le plus haut possible sur la grève pour les mettre à l'abri d'un coup de mer. Luce avait contemplé la baie, le clocher et le château en se disant, incrédule, qu'elle les voyait peut-être pour la dernière fois. S'il devait y avoir des bombardements… Oh oui, elle se souvenait.

— Et puis, reprit Ange, l'affaire ne devait pas être très claire. La jeune fille était un peu simplette je crois…

Luce faillit lui rétorquer vertement que cela n'excusait rien mais elle se retint. Après tout, il n'y était pour rien.

— Tu te souviens de son nom ?

Il secoua lentement la tête.

— Non, je suis désolé.

— Fais un effort, insista-t-elle.

Il ferma les yeux, le front plissé.

— La seule chose que je me rappelle c'est qu'elle habitait rue du Soleil, près de la voie ferrée, parce que ma tante Anna, *al cel sigui, pobreta*, la connaissait.

11

— Madame Colomine, c'est vous ?

Il paraissait sidéré. La croyait-il donc incapable de « donner un coup de fil », comme disait Gérard ? Sûr et certain qu'il la voyait comme une vieille femme frileuse, accrochée à un passé révolu et réfractaire au progrès. Et c'était sans doute aussi l'avis de cette petite pintade de Jany, qui l'avait regardée avec de grands yeux écarquillés quand elle avait franchi la porte du bureau de poste, à sa sortie de l'usine, et qu'elle lui avait demandé de joindre le commissariat de Perpignan. Cette nigaude avait mis un temps fou à composer le numéro et quand elle avait eu son correspondant c'est avec la même mine effarée qu'elle avait indiqué à Luce la cabine deux. Ah, Marinette ne pouvait pas la renier, sa fille ! Les chiens ne font pas des chats. C'était à se demander comment Jany avait pu décrocher ce travail de préposée des Postes. Eh bien, elle allait leur montrer à ces deux incrédules qu'elle aussi pouvait être à la page !

— Vous ne m'appeliez pas, alors, comme j'avais du nouveau, j'ai pensé que vous voudriez être mis au courant.

En fait, c'était surtout elle qui voulait savoir s'il avait appris quelque chose et si cela recoupait ce qu'Ange lui avait raconté sur le quai devant la poissonnerie de sa fille. D'accord, *Perpinya i Santa Maria no s'han feta amb un dia*, Perpignan et Sainte-Marie ne se sont pas faits en un jour, mais quelque chose lui disait qu'il fallait faire vite dans cette affaire. Cette sensation d'urgence grandissait en elle et l'exhortation à la patience de Philippe Michel n'arrivait pas à l'apaiser. Qui était cette jeune fille à qui ces petits salauds avaient fait subir les derniers outrages ? Plus question pour elle de penser à eux comme à des *closques* [1] ayant fait une grosse bêtise qui avait mal tourné ; s'ils avaient violé une innocente, c'était un crime.

En rentrant de Port-Vendres, elle avait passé en revue toutes les *nines* de Collioure pas très malignes, un peu comme Jany quoi. Enfin, du moins celles qu'elle connaissait.

Fernand, qui lui avait proposé de la reprendre au retour de sa tournée, avait tenu parole, il l'attendait au volant de sa camionnette à onze heures tapantes. Toutes ses bouteilles de gaz étaient livrées et il était d'humeur bavarde, mais ses propos enjoués étaient tombés dans le vide : Luce ne répondait que par monosyllabes, un peu

1. Enfants turbulents.

au hasard, visiblement ailleurs. Il avait fini par se taire, la laissant plongée dans ses pensées.

Tout en s'efforçant de garder l'équilibre sur la banquette glissante entre deux cahots, elle essayait de préciser ses souvenirs, de revenir en esprit à la fin de la guerre, mais c'était assez flou. Il y a vingt ans, Luce n'était qu'une mère de famille avec ses deux gamines, qui essayait de s'en sortir en des temps difficiles, entre cartes de rationnement et bruits de bottes de l'occupant. A l'époque, elle avait assez à faire avec sa famille sans s'intéresser à ce qui se passait chez les autres !

A son retour à l'usine, le lendemain, cette histoire la travaillait toujours. Elle s'était montrée distraite mais aucune de ses camarades de l'atelier ne s'était risquée à lui en faire la remarque. Elles avaient toujours vu « la » Colomine entêtée, grognon, acerbe mais solide au poste, qu'elle fût fatiguée ou malade, et même au lendemain de la mort de son père, et sa « défaillance » les avait beaucoup impressionnées. C'était comme si un des piliers qui soutenaient le toit au-dessus de leurs têtes s'était lézardé, menaçant de s'écrouler et d'entraîner dans sa chute tout le bâtiment. Et il y avait un peu de crainte dans la façon dont elles la regardaient à la dérobée arracher mécaniquement les têtes des anchois, trois par trois dans sa main serrée, comme si elles s'attendaient à la voir s'effondrer au moindre mot. Luce avait profité de cette tranquillité momentanée pour fouiller encore et encore sa mémoire à la recherche d'un nom, d'un visage, d'une anecdote qui aurait pu la mettre sur la piste de la malheureuse « simplette ». En vain…

C'est là qu'elle aurait eu besoin des *chipoteres* du lavoir ! Luce était convaincue qu'au moins une de ces mauvaises langues avait connu la victime et sa famille. Mais il n'était pas question de leur en parler ; puisqu'elles ne voulaient pas « partager » leurs morts, Luce garderait « son » viol et trouverait toute seule. Enfin, seule avec Philippe Michel. C'est pourquoi elle avait passé outre ses principes qui voulaient que ce soit au plus jeune d'appeler, et téléphoné au commissariat.

— Et c'est quoi, ce « nouveau » ? s'enquit-il d'un ton que Luce trouva un peu léger.

Il s'attendait à quelque détail insignifiant, il allait être étonné.

Elle prit sur elle pour ne pas laisser transparaître son excitation et lui rapporta mot pour mot la triste affaire dont Ange se souvenait.

— Les circonstances ont fait qu'il n'y a pas eu de suite, conclut-elle. Le fait que Dalmau et Camps étaient fils de notables n'a pas dû y être non plus étranger. Mais je crois que nous avons trouvé le secret qui unissait nos quatre « victimes ».

Elle avait mis d'énormes guillemets dans sa voix. Il lui était désormais difficile de s'apitoyer sur la mort, même tragique, de ceux qui avaient peut-être été les bourreaux d'une enfant. En tout cas c'était sûr, elle ne pourrait plus jamais penser à son ancien patron comme avant. Coureur de jupons, ça avait un côté gaillard qui ne lui déplaisait pas au fond, mais violeur... La jeunesse n'excusait pas tout.

— C'est l'élément qui nous manquait, insista-t-elle.

Seul le silence lui répondit. Elle crut même, l'espace d'une seconde, que la ligne avait été coupée.

— Inspecteur, vous êtes toujours là ? Vous m'entendez ?

— Je vous ai très bien entendue, finit-il par émettre laconiquement, et toujours de ce même ton léger qui commençait à lui taper sur les nerfs.

— Et vous ne trouvez pas cela important ? s'étonna-t-elle en s'adossant au mur de l'étroite cabine comme pour y chercher un appui solide face au manque de réaction du jeune policier, qu'elle n'avait pas prévu et qui la déroutait.

— Je trouve surtout que ce n'est guère précis, expliqua-t-il dans le combiné de bakélite noire. Votre gendarme à la retraite n'est pas sûr de la date, aucune enquête n'a été diligentée, il s'agit tout au plus de « on-dit »...

— Ange n'est pas du genre à rapporter des ragots ! s'emporta-t-elle.

A travers la vitre, elle vit des têtes se tourner vers elle et les yeux de Jany s'agrandir encore. Et en plus cette cabine avait des parois en papier ! Partagée entre gêne et colère, Luce plaça une main devant sa bouche pour tenter d'étouffer le timbre un peu trop vigoureux de sa voix. Ce faisant, elle heurta du coude l'appareil téléphonique accroché au mur. Si elle tenait celui qui avait cru bon de construire un habitacle aussi étroit ! Elle étouffait. L'enfermement, la chaleur, la contrariété aussi…

— Mais il vous l'a dit lui-même, poursuivait la voix un peu nasillarde à l'autre bout du fil, c'était la confusion, l'affaire n'était pas très claire…

On percevait derrière lui des bruits indistincts de conversation, des crépitements de machines à écrire et la sonnerie grelottante d'un téléphone que personne ne songeait à décrocher.

— Tout de même, protesta encore Luce, un ton en dessous.

Il porta le coup de grâce :

— Je ne voudrais pas vous faire de peine, madame Colomine, mais je crois que votre Ange voulait surtout vous faire plaisir. Il a essayé de trouver quelque chose, n'importe quoi qui ressemblait à ce que vous attendiez…

C'est ça, il avait eu pitié !

— Et vous avez mieux peut-être ? s'énerva-t-elle, belliqueuse. Plus « précis » ?

— Justement oui, répondit-il en baissant la voix à son tour comme s'il ne voulait pas que ses collègues l'entendent. J'ai commencé mes recherches sur les neuf qui ont quitté Collioure. Je ne les ai pas encore tous retrouvés, mais j'ai découvert que deux avaient été tués récemment. Enfin, dans les six derniers mois.

Pourquoi n'était-elle pas étonnée ?

— Qui ? s'enquit-elle.

— Solère et Prats.

Deux noms soulignés en rouge au dos des photos de classe de Raymond. Deux anciens Irréductibles. Bien sûr.

— Assassinés comme les quatre autres ?

Elle avait oublié la chaleur de four qui la faisait transpirer. L'aiguille de la pendule, sur le mur blanc au-dessus de la tête de Jany, avançait inexorablement, à petits pas saccadés, vers l'heure de fermeture du bureau de poste. Il fallait faire vite.

— Prats s'est fait détrousser dans un quartier mal famé de Marseille. On l'a délesté de son portefeuille et de sa montre. Il a sans doute voulu résister et il a pris un mauvais coup de couteau. On l'a retrouvé, gisant dans une mare de sang, au fond d'une impasse.

Ce n'était pas le genre de meurtre auquel elle s'attendait.

— Je suppose que des vols avec agression, il y en a treize à la douzaine là-bas, murmura-t-elle, déçue.

— Sans doute, admit-il. Le cas de Solère me paraît plus prometteur. Sa voiture est sortie de la route dans un virage, au-dessus de Bourg-Saint-Maurice, et s'est écrasée quinze mètres plus bas. Il est mort sur le coup.

La déception de Luce grandit encore.

— Un banal accident, vous trouvez cela prometteur ?

— Attendez, vous allez comprendre... Un collègue savoyard m'a lu le rapport des gendarmes qui ont jugé bon de l'alerter : d'après les traces de freinage sur la chaussée, un autre véhicule lui aurait fait une queue de poisson. Ce n'était peut-être que la réaction imbécile d'un chauffard furieux d'avoir été doublé, mais, sait-on jamais, cela vaut la peine d'être creusé.

Si c'était la seule chose qu'ils avaient à se mettre sous la dent...

— Si notre mystérieux assassin est derrière ce pseudo-accident, réfléchit-elle à haute voix, il devrait y avoir un élément de la *creu dels improperis* à proximité de la carcasse de la voiture...

Elle perçut son hésitation. Derrière lui, dans le bureau, le téléphone qui sonnait obstinément dans le vide s'était enfin tu.

— Franchement, avoua-t-il, je ne m'y connais pas assez en procession de la semaine sainte pour le repérer. Mais le collègue m'a envoyé par bélinographe des photos du lieu de l'accident et du véhicule broyé dans le ravin. J'en ai fait tirer des copies. Si vous voulez, je vous les envoie. Vous pourrez les examiner tout à loisir et découvrir peut-être le détail qui m'aurait échappé.

Elle sentit son moral remonter en flèche. Enfin quelque chose de concret.

— Envoyez-les-moi et je vous dirai.

Dommage qu'il ait cru bon d'ajouter :

— Et ne vous découragez pas si vous ne trouvez rien. Je vous l'ai dit, cet accident n'a peut-être rien à voir avec l'affaire qui nous occupe. Il faut être patient.

Il n'avait vraiment que ce mot à la bouche ! Perdait-elle la mémoire pour qu'il le lui rappelle à tout bout de champ ?

— Je sais, grinça-t-elle, mais je ne vois toujours pas en quoi cette nouvelle mort suspecte ne pourrait pas s'expliquer par ce viol vieux de vingt ans...

Voilà qui lui apprendrait ! Luce Colomine ne se laissait pas sermonner comme une gamine de cinq ans. Et par un blanc-bec qui pourrait être son fils, en plus !

Philippe Michel dut sentir son exaspération. Il s'efforça de lui expliquer son raisonnement :

— Réfléchissez, le médecin est formel : ce n'est pas une femme qui a tué Camps. Votre simple d'esprit ne peut pas être l'assassin.

S'il croyait la convaincre aussi facilement !

— Et si c'était un homme de sa famille ? Un père, un frère. Ou les deux.

— Pourquoi auraient-ils attendu si longtemps ?

Là, elle devait reconnaître qu'il marquait un point.

— Vous savez, reprit-il, c'est une règle de base dans la police : ne pas tout miser sur la première hypothèse qui se présente. Cherchez encore et vous mettrez au jour d'autres secrets liant nos quatre victimes. Cinq, si l'on compte Solère. Et l'un d'entre eux vous semblera un motif de vengeance autrement plus solide et plausible, vous verrez.

Il avait peut-être raison après tout.

Un petit coup sec sur la vitre la fit sursauter. Elle se retourna pour découvrir Jany, derrière la porte de la cabine, le doigt pointé vers la pendule qui avait achevé son tour de cadran. Le bureau de poste s'était vidé, il était l'heure de fermer. Et pour Luce, grand temps de retourner à l'usine de salaison pour son ménage.

— Envoyez-moi les photos, souffla-t-elle avant de raccrocher, et je vous promets de continuer à chercher.

Ce n'était pas dans les habitudes de Luce d'assister à la messe du samedi, jour qu'elle réservait au lavoir, et plusieurs têtes s'étaient tournées vers elle lorsqu'elle s'était assise sur le banc, en bout de travée, à hauteur de la deuxième chapelle de droite, celle de la Sanch. Tant qu'elle y était, Luce s'agenouilla pour faire un petit bout de prière pour Solère et Prats. Juste un petit bout : ils avaient connu une fin tragique mais ils étaient peut-être eux-mêmes des criminels.

La grande nef n'abritait qu'une maigre assistance, constituée surtout de bigotes à chapelet et d'enfants du catéchisme que monsieur le curé venait de confesser. Les jeunes de Collioure aimaient beaucoup l'abbé Ribes, qui avait installé pour eux une table de ping-pong au presbytère afin d'occuper leurs jeudis désœuvrés.

Luce attendait le moment où tous seraient suspendus aux lèvres et aux gestes de l'officiant, dont le surplis blanc se détachait sur l'immense retable doré derrière le maître-autel, pour examiner tout à loisir la croix des outrages au mur de la chapelle.

La veille, elle avait trouvé une grande enveloppe dans sa boîte aux lettres : les photos de l'accident de Solère que lui avait promises Philippe Michel. Il y avait joint, pour faire bonne mesure, deux autres clichés montrant le corps de

Prats ensanglanté, affalé derrière une poubelle d'une ruelle de Marseille dans la position grotesque d'un pantin dont on aurait coupé les fils. Luce se serait bien passée de cette vision peu ragoûtante mais quoi, si elle voulait que le jeune policier la prenne au sérieux, il ne fallait pas qu'elle joue les effarouchées. Il lui avait confié une mission, elle s'en acquitterait de façon pour ainsi dire « professionnelle ».

Sur ces bonnes résolutions, elle avait ignoré les récriminations du Renat – pour une fois, c'était elle qui jouait la sourde – et passé la soirée à examiner les photos et en particulier le peu que l'on pouvait voir des alentours de la voiture réduite à l'état d'épave et du cadavre poignardé. Avait-on laissé à proximité un des objets de la Passion figurant sur la croix ? Luce essayait de se les remémorer. En dehors de la lanterne, de l'échelle, de la bourse et de la lance que l'assassin avait déjà utilisées à Collioure, lesquels pouvaient se trouver sur les lieux d'un crime sans attirer l'attention ? Il était évident que la présence incongrue d'une trompette ou d'un vase de parfum, comme celui qui avait servi à embaumer le corps du Christ, n'aurait pas manqué d'être remarquée par les gendarmes ou les policiers. Alors lesquels ? Le roseau que les Romains avaient mis comme un sceptre dérisoire dans la main du Divin Supplicié peut-être ? Mais l'accident de Solère avait eu lieu en Savoie, entre rochers et sapins. Elle s'efforça de raisonner comme l'assassin. Un harpon avait fait office de lance, un seau d'eau aurait pu éventuellement figurer l'aiguière dans laquelle Ponce

Pilate s'était lavé les mains. Elle n'était pas peu fière de sa déduction mais aucun récipient quel qu'il fût n'était visible, pas plus dans le ravin savoyard que dans l'impasse marseillaise. Le plus simple aurait évidemment été une poignée de clous, comme ceux qui avaient servi à crucifier Jésus, mais allez donc repérer quelques pointes métalliques dans l'herbe ou sur le goudron. Et en noir et blanc s'il vous plaît !

Peut-être y avait-il d'autres objets dont elle ne se souvenait pas. A bien y réfléchir, la *creu dels improperis* devait en compter une vingtaine. Elle avait donc décidé d'aller vérifier à l'église.

Le front dans les mains, particulièrement recueillie en apparence, elle examinait la croix du coin de l'œil et comptait mentalement : le vase, la bourse des deniers de Judas, la lanterne à la lueur de laquelle il fut reconnu au jardin des Oliviers, l'épée de Pierre et l'oreille tranchée de l'esclave du grand prêtre, le coq du reniement, la couronne d'épines, le roseau-sceptre, la main du garde qui gifla Jésus, les deux fléaux de la flagellation, la colonne auquel le Christ fut attaché, l'aiguière de Pilate, la trompette des soldats romains accompagnant le condamné au supplice, le linge de Véronique portant l'empreinte du visage du Christ, les clous, le marteau et les tenailles, l'écriteau portant les lettres INRI, les dés avec lesquels les gardes jouèrent sa tunique rouge, le calice, l'éponge imbibée de vinaigre qu'on lui présenta sur la croix, la lance qui perça son côté, l'étoile pour l'obscurité qui se fit lorsqu'il expira et l'échelle avec laquelle on redescendit son corps.

La clochette frénétiquement agitée par l'enfant de chœur l'obligea à lâcher la croix des yeux pour baisser la tête tandis que le prêtre levait le ciboire. Les yeux mi-clos fixés sur les dalles inégales, Luce se demandait pourquoi un signal d'alarme venait de se déclencher dans sa tête. Un de ces objets éveillait en elle une impression de déjà-vu. Mais lequel ? Et pourquoi ? La clochette s'agita derechef, Luce ne l'écoutait pas. De toute façon elle n'avait pas relevé la tête. Paupières crispées, elle tentait désespérément de capturer cette sensation fugitive, de préciser les contours de l'image qui lui avait traversé la tête à toute vitesse. C'était là, à portée de main, de regard. Mais quoi ? *Cat'de*, qu'est-ce que c'était énervant !

Elle dut prendre sur elle pour ne pas quitter son banc avant la fin de la messe. Il fallait qu'elle réexamine ces photos de près. De très près. Le *Ite Missa Est* à peine prononcé, elle jaillit de l'église comme un poisson se faufilant par la déchirure d'un filet et fonça chez le quincaillier. Pourvu qu'il ait ce dont elle avait besoin !

C'était bien ça. Derrière le pare-brise explosé. Comment ne l'avait-elle pas remarqué tout de suite ? Elle avait cherché autour de la voiture et c'était dedans. Luce rapprocha la table de la lumière qui entrait chichement par la petite fenêtre de la cuisine et posa sur la photo la loupe qu'elle venait d'acheter. Un et deux. Accrochés à ce qui restait du rétroviseur. Deux gros dés porte-bonheur qui n'avaient pas été très efficaces en la circonstance. Les dés des légionnaires du Golgotha. L'assassin mystérieux n'avait pas eu besoin de déposer quoi que ce fût sur les lieux de son crime, l'objet y était déjà.

Fiévreusement, elle saisit le cliché de la ruelle. Et si, là, l'objet n'était pas par terre mais sur le corps ? La tête, appuyée contre le mur, formait un angle bizarre avec le cou. Penchée sur la loupe, elle détailla le costume froissé de Prats centimètre par centimètre. Le plastron de sa chemise tachée de sang. Il avait perdu une chaussure dans la bagarre et sa chaussette était trouée au niveau du gros orteil. Où était-ce, *bon Deu* ? Elle sentait des fourmillements au bout de ses doigts. Elle savait que c'était là. Elle éloigna légèrement la loupe pour augmenter le grossissement et la ruelle se rua vers elle. Luce avait l'impression d'entrer dans la photo, de se retrouver debout à côté du cadavre. Philippe Michel ne lui avait pas dit quel métier exerçait Prats. En tout cas, il avait des prétentions à l'élégance. Seulement, s'il arborait une pochette à son costume, son ourlet de pantalon était défait. Ce n'était pas pour rien qu'elle avait vanté son œil d'aigle à Raymond.

La pochette. Elle n'était pas pliée correctement. Simplement roulée et enfoncée à la hâte dans la poche de la veste. Une minuscule tache sombre en maculait le pli. Elle se releva en frottant ses paupières douloureuses, avec une légère sensation de vertige. Elle savait ce que c'était.

Il fallait qu'elle téléphone tout de suite au commissariat de Perpignan ; Philippe Michel lui avait dit qu'il était de permanence. Seulement, la poste était fermée. Tant pis, elle irait dans un café. Ou à la Coba ; Gérard était déjà parti, sa guitare sur dos, elle devait être ouverte. Luce n'avait qu'une question à poser au jeune policier. Une seule. Juste pour vérifier. Mais elle connaissait déjà sa réponse. Ce ne pouvait pas être autre chose.

La Sainte Face. Comme Véronique pendant le chemin de croix, l'assassin avait essuyé le visage ensanglanté de celui qu'il venait de tuer.

Cela faisait six victimes. Six Irréductibles qui avaient scellé sur les bancs de l'école leur destin tragique.

12

C'était un de ces jours de couleur intense. Au lieu de les écraser jusqu'à en estomper les contours, de les diluer dans une brume de chaleur comme au cœur de l'été, le soleil de mai exaltait le blanc et l'ocre des maisons, le vert et le bleu des volets qui se détachaient avec netteté sur le turquoise quasiment solide de la mer immobile, moucheté des quelques taches aux teintes vives des barques. Le clocher de Notre-Dame-des-Anges élevait sa hampe turgescente aux reflets violets, coiffée de rose. Ces jours-là, Collioure s'encadrait dans sa baie comme un de ces tableaux brossés à petits coups de pinceau posés côte à côte que Gérard lui avait montrés dans un livre emprunté au lycée. Luce méprisait d'ordinaire les barbouilleurs de tout poil qui posaient leur chevalet sur la chaussée au pied du château des Templiers ou en bordure de la plage et s'acharnaient à reproduire encore et encore la silhouette familière du *campanar* se reflétant dans l'eau, mais elle devait reconnaître que ce Matisse et ce Derain avaient su capturer l'essence même du village. Toutes les couleurs de son âme.

Avant d'entamer l'ascension de la rue du Soleil, elle marqua un arrêt, sa bassine sous le bras, sur le mur qui bordait la plage du port d'Avall. Il avait été construit par les Allemands quand ils avaient fortifié Collioure en prévision d'un éventuel débarquement allié. Il complétait le dispositif des forts qui défendaient le site depuis des lustres : fort du Miradou au nord de la baie, Saint-Elme et Dugommier au sud. A la Libération, certains avaient voulu raser ce mur de la honte, qui n'avait d'ailleurs jamais servi, mais cela aurait coûté trop cher. On s'était contenté de l'étêter, d'en aplanir le sommet pour en faire une sorte de promenade bétonnée.

Contempler ce paysage immuable qu'avaient regardé avant elle son père, son grand-père et le père de son grand-père faisait du bien à Luce. Il la ramenait pour un instant à ce temps qui lui semblait si loin à présent et qui ne datait pourtant que de quelques semaines, où elle ignorait l'existence de cet assassin mystérieux qui avait déjà tué six fois. Au moins. C'était stupide, elle s'en rendait compte, mais il lui avait fallu la découverte des meurtres de Solère et Prats pour qu'elle prenne conscience de la monstruosité de celui qui s'acharnait ainsi à éliminer les anciens Irréductibles. Avoir été la seule à comprendre que les quatre premières morts étaient liées l'avait surtout remplie de fierté, elle devait l'admettre. Et de colère aussi contre ceux qui ne l'écoutaient pas. L'homme qui était derrière tout cela, elle le percevait surtout comme un défi à son intelligence. Une énigme à percer. Un peu comme les mots croisés du cousin Antoni. Mais cet homme n'avait pas hésité à parcourir des centaines de kilomètres, jusqu'en Provence et même en Savoie, pour assouvir sa vengeance implacable. C'était à vous donner froid dans le dos ! Un fou meurtrier rôdait dans les environs, d'autant plus dangereux qu'il ressemblait à monsieur Tout-le-Monde et passait inaperçu. Luce s'était surprise à redescendre le soir en chemise de nuit pour vérifier que la porte d'entrée de la maison était bien verrouillée.

Elle ne faisait d'ailleurs que mettre en application ce que Philippe Michel lui avait dit à son retour à Collioure :

« Méfiez-vous de tout le monde. S'il se rend compte que vous êtes sur ses traces, cet homme pourrait s'en prendre à vous ! »

Le jeune policier avait débarqué le dimanche en fin d'après-midi alors même que Luce et les siens s'attardaient à bavarder dans la *parraguera*. Catherine était venue rendre visite à ses parents avec son mari, ce qui était en soi un événement. Robert était instituteur à Saint-Jean-Lasseille, un village en bordure des Aspres, ce qui ne le mettait qu'à une vingtaine de kilomètres de Collioure, mais voilà, c'était un enragé de la montagne. Membre du Club alpin français, il entraînait sa femme, la cadette des Colomine, dans des randonnées sportives à travers les massifs pyrénéens, sac au dos et grosses chaussures aux pieds. Luce était d'avis que le port du short, c'est ainsi qu'il nommait cette improbable culotte courte bouffante qu'arborait fièrement Catherine sur les photos, était aussi grotesque qu'indécent pour une personne de sexe féminin ayant dépassé les douze ans, mais bien entendu personne ne l'écoutait. Comme d'habitude. Quoi qu'il en fût, le couple venait rarement partager le repas dominical rue du Miradou.

Comme Robert, qui décidément ne pouvait pas rester en place, avait émis le souhait de profiter du beau temps pour aller « se dégourdir les jambes afin d'aider à la digestion », ils étaient sortis faire un grand tour tous les cinq – Gérard ayant daigné émerger de sa chambre à l'arrivée de sa sœur sur le coup de onze heures et demie. Contournant le fort qui avait de servi de prison aux Républicains espagnols après la Retirada, ils arrivèrent en vue du Pla de las Fourques, le stade de rugby où les rouge et vert du Collioure Sportif avaient vécu de si glorieuses heures six ans plus tôt en remportant le titre de champion de France de troisième série. Malheureusement le club avait mis la clé sous la porte deux ans plus tard. Mais les jeunes du village continuaient à grandir avec un ballon ovale sous le bras et tous les dimanches il s'en trouvait toujours pour investir la pelouse. Le match du jour devait être animé s'il fallait en croire les acclamations qui s'élevaient des gradins. Les hommes voulurent s'arrêter jeter un coup d'œil et bientôt René se retrouva plongé dans une conversation passionnée avec Jep

Desclaux, accoudé à la barrière blanche, son éternelle pipe au bec. Jep, Joseph pour l'état civil, était le héros de tout Collioure : « le toréador », comme l'appelaient les *aficionados*, avait été capitaine de l'équipe de France de rugby et deux fois champion de France avec l'USAP, avec qui il avait décroché un troisième bouclier de Brennus en 1955 comme entraîneur. Mais sa célébrité ne lui avait jamais fait oublier son village et c'était lui qui avait amené le Collioure Sportif au titre en 1960. Il fallait bien ça pour que Luce l'apprécie alors qu'il était saleur et que sa famille détenait une des plus grosses usines de Collioure. Elle se résigna donc sans trop murmurer et s'assit avec sa fille au revers d'un talus pour attendre patiemment, en devisant, la fin des ébats rugbystiques de l'après-midi. Du coup, ils ne rentrèrent à la maison que vers les cinq heures, assoiffés et, pour ce qui était des hommes, la voix éraillée d'avoir trop crié. Tandis que ces derniers « refaisaient » les meilleures actions du match et comparaient les mérites des jeunes pousses du village, affalés sur des chaises pliantes, Luce disposa sur la table des verres, la bouteille de pastis et une grande carafe d'eau bien fraîche. Elle était allée la puiser à la pompe située à l'angle du rempart parce qu'elle se méfiait de l'eau du robinet, à laquelle elle trouvait « un goût ». Gérard aurait préféré de la bière mais il n'y en avait plus et, comme le lui fit malicieusement remarquer son père, travaillant à l'épicerie c'était quand même lui qui aurait été le mieux indiqué pour en rapporter. Les esprits s'échauffaient un peu et Gérard en était à raconter avec force gestes le récent assaut de bons mots lors d'une partie de menteur entre deux peintres qu'il appelait « monsieur Descossy » et « Balbino[1] » quand Philippe Michel apparut dans la cour. Luce fut surprise : ce n'était pas le genre du jeune homme d'entrer ainsi sans y avoir été invité. Mais avec tous ces éclats de voix, on ne l'avait sans doute pas entendu frapper.

Elle le présenta à sa fille et à son gendre, qui ne le connaissaient pas encore, un peu gênée :

— Comme vous le voyez, nous sommes en famille et je ne sais pas si...

C'est alors que, bondissant de sa chaise comme un diable de sa boîte, Gérard intervint, acide :

— Mais monsieur en fait aussi partie, si j'en crois la rumeur publique. Il ne dérange donc pas.

Son père tourna la tête vers lui, sans comprendre.

— Mais qu'est-ce que tu racontes, fils ?

— Tu n'étais pas au courant ? Monsieur l'inspecteur stagiaire (et Gérard insista lourdement sur le mot « stagiaire ») est le petit-cousin de maman. Le petit-fils d'une grand-tante dont on ne doit pas parler, paraît-il. Du coup, tout le village ne parle que de ça, bien sûr ! Que voulez-vous, nous ne lui suffisons plus !

Il parlait fort, en agitant les bras. Luce ne l'avait jamais vu dans un tel état.

1. Balbino Giner.

— Qu'est-ce qui te prend, à jouer les *ennaigats*[1] ? *Ja, es l'hora !* Tu déraillés ou quoi ?

Il ricana :

— Parce quc c'est moi qui déraille ? Ça fait des semaines que tu fais n'importe quoi. Depuis la mort de ton patron. Je sais que ça a été un choc, mais tu poursuis une idée fixe et tu ne te rends même pas compte que tout le monde rit de toi !

Il avait les larmes aux yeux mais elle était trop en colère pour s'en rendre compte. Les mâchoires serrées, elle pointa sous son nez un doigt comminatoire.

— Je t'interdis de me parler sur ce ton. Non mais, tu n'as pas ton bon sens ! Que va penser l'inspecteur Michel…

La voix de Gérard se cassa :

— Et sa mère, à monsieur l'inspecteur stagiaire, elle en pense quoi, que tu passes tant de temps avec son fils, tout en dédaignant le tien ?

Comme sur l'îlot Saint-Vincent, Philippe Michel devint livide ; sans le savoir, Gérard avait visé juste. Quel petit crétin !

— Là tu dépasses les bornes, tenta-t-elle de l'arrêter. Pas un mot de plus.

Elle agrippa son bras pour donner plus de poids à ses paroles :

— Tout grand dadais que tu es, je pourrais encore t'en retourner une, *sabes* !

Le visage de Gérard se crispa. Catherine tenta de faire diversion en bredouillant qu'il était

1. Se dit d'un enfant jaloux d'un petit frère ou d'une petite sœur.

largement temps pour Robert et elle de rentrer, demain il y avait classe, mais son frère fut plus prompt :

— Non, restez, vous, histoire de faire connaissance avec le « petit-cousin ». Moi je m'en vais, puisque je suis de trop dans la maison de mes propres parents !

Et sur cette sortie théâtrale, il s'enfuit en courant. Catherine et son randonneur de mari, mal à l'aise, en profitèrent pour s'éclipser à sa suite et soudain ils ne furent plus que trois dans la *parraguera*, debout près de la table couverte de verres encore à demi pleins. René entreprit de les ramasser, non sans jeter au passage un regard lourd de reproche à son épouse.

— Quoi ? Je n'ai rien fait, se défendit-elle avant de contre-attaquer : Et toi non plus, d'ailleurs ! Ton fils s'est comporté de façon inacceptable, il m'a insultée et tu l'as laissé faire...

René secoua la tête, exaspéré, et glissa la bouteille de pastis sous son bras.

— Parle si tu as quelque chose à dire ! s'énerva-t-elle.

— Pour quoi faire ? grogna-t-il. De toute façon, tu n'en feras qu'à ta tête !

Et, les mains pleines, faisant bien attention à ne pas laisser tomber un verre, il tourna les talons à son tour.

— Je suis désolé, je n'aurais pas dû venir ainsi à l'improviste...

La confusion de Philippe Michel ajoutait encore à la sienne. Luce se recomposa un visage plus calme avant de lui faire face.

— Ne vous excusez pas, vous avez bien fait. Il y a des moments où je me demande si mon fils grandira un jour. Asseyez-vous.

Cette fois, il n'eut aucune hésitation et prit la chaise en face de la *cadireta*.

— Je suis venu vous dire que vous aviez raison, madame Colomine. Ça devient une habitude ! La pochette du costume était en fait un mouchoir blanc que l'assassin avait pressé sur le visage de Prats. C'était bien ce que vous pensiez ?

Elle se contenta d'acquiescer d'un signe de tête. Sa prise de bec avec Gérard l'avait secouée.

— Nous en sommes donc à six cadavres, six assassinats dont la moitié au moins serait passée inaperçue et entre lesquels personne n'aurait fait le lien sans vous ; notre homme est habile.

— Il est surtout effrayant ! Et le savoir en liberté n'a rien de rassurant. Dire que nous n'avons toujours pas la moindre idée de son identité…

— Ce n'est pas tout à fait exact. J'ai poursuivi mes recherches sur les anciens camarades de classe de « nos » morts, et il y en a un sur lequel je n'arrive pas à mettre la main : un certain Gimenez. Vous voyez de qui je veux parler ?

— Attendez, je vais chercher les photos de Raymond.

Elle se précipita dans la cuisine. René avait posé les verres dans l'évier, rangé la bouteille dans le placard, et, sa chaise poussée près de la fenêtre, il lisait son sempiternel journal. Il ne leva même pas la tête à l'entrée de sa femme ; il était vraiment fâché. Mais qu'est-ce qu'ils avaient tous à lui en vouloir ? Elle était donc la seule de la famille à avoir un cerveau et à savoir s'en servir ? *Raï*, ils changeraient d'avis quand elle aurait démasqué l'assassin !

Elle ressortit, les photos à la main.

— Voici Gimenez, au premier rang à côté du maître d'école, dit-elle, le doigt pointé sur un gamin sérieux aux cheveux noirs coupés en brosse. Il est espagnol. Son père est arrivé de Valence ou de Murcie, je ne me souviens plus, au milieu des années vingt. Il a trouvé un engagement sur un bateau. C'était un bon marin, son patron l'a gardé. L'année suivante, il a fait venir sa femme et son petit garçon...

Philippe Michel l'interrompit, intéressé :

— Ses parents habitent toujours ici ?

— Oh non ! se récria Luce. En 1943, son père a rejoint le maquis, dans le Vallespir. Il paraît qu'ils étaient une bonne centaine de guérilleros, des républicains espagnols, sous les ordres d'un ancien brigadiste, un certain Dédé [1]. Le père Gimenez a été tué dans un accrochage avec des douaniers allemands. Après la Libération, sa femme a rejoint avec son fils des parents dans la région de Toulouse. C'est tout ce que je sais.

Luce paraissait presque vexée de ne pouvoir en dire plus. Le jeune policier était songeur :

1. Emile Sabatier, de son vrai nom.

— Le fils Gimenez a donc perdu son père alors qu'il avait dix-sept, dix-huit ans, calcula-t-il. Un choc qui explique sans doute bien des choses…

Du regard, elle lui signifia son incompréhension. Il feuilleta rapidement son fameux calepin qu'il venait de sortir de sa poche.

— D'après le peu d'informations que j'ai pu rassembler sur lui, sa mère serait morte peu après.

— La pauvre, elle n'aura pas eu la vie facile, s'apitoya Luce.

Mais le triste destin de la veuve espagnole n'intéressait apparemment pas l'inspecteur (« stagiaire », aurait précisé Gérard).

— Après ça, poursuivit-il, Gimenez a changé plusieurs fois de travail, ce n'était pas un garçon très stable. Pour finir, il s'est engagé dans l'armée. La Légion étrangère. Il a combattu à Diên Biên Phu. Une blessure lui a permis d'être évacué in extremis. Il serait revenu à la vie civile il y a trois ans et c'est là qu'on perd sa trace.

— Et vous pensez que ce peut être lui ?

— Il en a en tout cas le profil idéal : la perte de son père puis de sa mère, l'instabilité qui en a découlé, l'entraînement militaire… N'oublions pas que notre assassin est très organisé, il planifie ses meurtres et il tue à chaque fois de façon différente. Oui, ça colle.

— Mais pourquoi cette hécatombe ?

— Ça, nous n'en savons rien pour l'instant. Il s'est sûrement passé quelque chose entre les Irréductibles et lui, mais quoi ? Cela dit, si nous parvenons à lui mettre la main dessus, il nous le dira sûrement…

— Qu'est-ce que vous entendez par « lui mettre la main dessus » ? interrogea Luce, inquiète.

— Il nous faut d'abord le localiser. J'ai eu du mal, la Légion n'est pas très coopérative, mais j'ai fini par dénicher une photo de Gimenez en uniforme. Tenez, le voilà.

Luce dévisagea le militaire aux larges épaules qui fixait le photographe, au garde-à-vous, sans sourire. Elle ne l'aurait jamais reconnu.

— Si je pouvais diffuser ce portrait à tous les commissariats de la région, ce serait plus facile, grimaça Philippe Michel. Mais notre enquête n'est pas officielle et nous ne pouvons compter que sur nous-mêmes.

— Même avec six morts, la police ne va pas rouvrir son enquête ?

— Pour l'instant il n'est question que d'un meurtre, d'une agression qui a mal tourné, de trois accidents et d'une mort naturelle, sans lien apparent. Tout repose sur cette histoire de croix des outrages. Vous m'avez convaincu mais il en faudrait davantage pour mes supérieurs.

Elle ne put se contenir :

— Alors c'est qu'ils sont stupides ou de mauvaise foi !

Philippe Michel eut du mal à garder son sérieux.

— Disons qu'il va nous falloir de la chance... ou de la patience. Gimenez finira bien par faire une erreur !

Luce n'était pas pressée de voir ce moment arriver : l'erreur en question risquait d'être mortelle. Elle se retint d'en faire la réflexion mais c'est la voix mal assurée qu'elle demanda :

— Vous pensez qu'il est dans le coin actuellement ?

C'est alors qu'il l'avait mise une nouvelle fois en garde :

— Je l'ignore, mais méfiez-vous de tout le monde. S'il se rend compte que vous êtes sur ses traces, cet homme pourrait s'en prendre à vous !

La rue du soleil était vraiment très en pente et son genou lui faisait mal, mais il en aurait fallu bien plus pour entamer la bonne humeur de Luce. Elle avait passé deux semaines usantes à attendre « l'erreur » du sextuple assassin, que ce fût Gimenez ou un autre, se retournant pour voir si quelqu'un la suivait dans la rue lorsqu'elle allait à l'usine ou en revenait. Le soir, quand elle était seule pour faire le ménage dans l'atelier, elle sursautait au moindre bruit. Et tant pis si le carrelage mettait plus de temps à sécher, elle laissait désormais la fenêtre du couloir fermée. A la maison, l'atmosphère était irrespirable. Gérard l'évitait et passait tout son temps libre à la Coba, qui ne désemplissait pas à l'approche de l'été. René était encore plus « sourd » que d'habitude, sa manière à lui de montrer sa désapprobation. Comme subir ne lui valait décidément rien, elle avait fini par décider de reprendre l'offensive. Cette fois, elle s'était bien gardée de prévenir Philippe Michel, il aurait tout fait pour l'en dissuader. Elle lui en parlerait après... quand elle aurait trouvé ce qui avait déclenché cette folie meurtrière.

Le jeune policier estimait qu'il fallait d'abord arrêter Gimenez et qu'il avouerait ensuite son « mobile », comme il disait. Mais Luce n'était pas sûre que ce soit un bon calcul. D'abord parce qu'il restait à prouver que l'Espagnol était bien l'homme qu'ils cherchaient. Certes il avait le bon « profil », mais justement c'était presque trop évident. L'assassin avait prouvé qu'il savait passer inaperçu et brouiller les pistes. Gimenez faisait un suspect commode pour détourner les soupçons.

Luce n'était pas dupe : elle coupait les cheveux en quatre et il y avait de grandes chances pour que l'inspecteur Michel ait raison. Pour être stagiaire, il n'en était pas moins un professionnel. Mais elle ne supportait pas d'être ainsi mise à l'écart, condamnée à l'inactivité. Alors elle avait fait le choix de prendre le problème à l'envers : trouver le mobile pour identifier l'homme et peut-être anticiper ses gestes. Disons qu'elle préférerait le trouver avant qu'il ne la trouve.

Et Philippe Michel avait beau dire, avancer les arguments les plus solides, les plus logiques, elle en revenait toujours à l'agression dont se souvenait Ange. Cette histoire méritait d'être éclaircie.

Le gendarme à la retraite avait parlé de la rue du Soleil, près de la voie ferrée. Elle allait commencer par là. Parmi les gens du quartier, il y en aurait bien quelques-uns pour se souvenir de cette malheureuse « simplette ». Quant au prétexte pour les interroger, il était tout trouvé : il y avait un lavoir en haut de la rue.

Cette idée l'avait comme revigorée. Elle n'en pouvait plus de passer ses samedis à regarder tourner son linge par le hublot de cette maudite machine qui vibrait, ronronnait mais n'articulait pas la moindre parole sensée. Discuter de tout et de rien en faisant sa lessive lui manquait.

Voilà pourquoi elle pressait le pas sans même s'en rendre compte en approchant du bassin où une demi-douzaine de lavandières s'activaient déjà. Luce les salua avec entrain. Un murmure enjoué lui répondit. Une voix s'éleva cependant :

— Tiens donc, Luce Noell ! Quel mauvais vent t'amène ?

Zut, la Marie-Rose ! Apparemment, chaque lavoir avait sa Fine...

— Une envie de changer un peu de quartier, de voir de nouvelles têtes. Mais si j'avais su que je verrais la tienne, Marie-Rose, je serais restée chez moi !

Leur antagonisme datait de la communale. Déjà dans la cour, elles s'agrippaient aux nattes et la maîtresse devait les séparer. Mais chacune dans son coin, le nez contre le mur, elles trouvaient encore le moyen de s'invectiver à voix basse. Luce aurait été bien incapable aujourd'hui de dire pour quelle raison elles se disputaient alors ! Mais de toute évidence, la détestation qu'elles se portaient survivait au motif qui l'avait suscitée.

Elle posa son linge, sa brosse et son cube de savon de Marseille le plus loin possible de ce *carcany*[1]. Sa voisine, une maigre aux yeux fatigués, se poussa pour lui faire de la place. Tout en frottant avec application un vieux caleçon de René, Luce ne tarda pas à engager la conversation :

— Vous habitez au Faubourg depuis longtemps ? demanda-t-elle, avenante.

— Une dizaine d'années, répondit l'autre en donnant un vigoureux coup de battoir au drap qu'elle avait tordu et roulé en boule devant elle. Mon mari était cheminot, à La Souterraine, dans la Creuse. Nous sommes revenus quand il a pris sa retraite. Nous habitons la maison de ma belle-mère, là-bas, précisa-t-elle, en montrant le coin de la rue, un peu plus bas, de sa main pleine de savon. Elle est morte l'an passé. Dieu merci. Elle me rendait folle !

A l'autre bout du lavoir, la Marie-Rose pérorait en leur jetant des regards mauvais. Luce retint l'apostrophe qui lui démangeait le bout de la langue. Elle avait mieux à faire.

— Une de mes amies connaissait une famille dans le quartier, mentit-elle effrontément. Je ne me souviens plus du nom. Je sais seulement qu'ils avaient une fille un peu niaise. Vous voyez ce que je veux dire…

Sa voisine ponctua son hochement de tête d'un nouveau coup de battoir.

— Ma belle-mère m'en avait parlé. Elle était alitée et s'ennuyait, alors elle me tenait le crachoir pendant des heures. Comment l'appelait-elle

1. Femme autoritaire, pète-sec.

déjà ? Griselda, c'est ça. Un joli prénom, n'est-ce pas ? C'était sa grand-mère qui s'occupait d'elle. Mais la gamine a disparu à la fin de la guerre. Ma belle-mère disait qu'elle avait dû mal tourner, qu'un sale type l'avait sans doute mise sur le trottoir. Cette petite n'était pas vraiment attardée mais elle était incapable de voir le mal autour d'elle. Elle était trop confiante et aurait suivi le premier venu.

Et à plus forte raison des jeunes gens qu'elle connaissait depuis toujours !

— Et sa grand-mère, elle est toujours là ? s'enquit Luce, le cœur battant.

La maigriotte souleva son drap et le laissa retomber sur le bord du lavoir. Qui eût cru qu'un petit bout de femme comme elle pût avoir autant de force ? Elle était tout en nerfs.

— Madame Comes, c'était son nom, est morte il y a un peu plus de six mois. Elle s'était cassé le col du fémur et ne s'en est pas remise.

Luce tenta tant bien que mal de dissimuler sa déception.

— Dommage, j'aurais bien voulu lui poser quelques questions sur Griselda. Mon amie m'a raconté une drôle d'histoire à son sujet... Tant pis.

L'obligeante lavandière vola à son secours :

— Madame Moliner pourrait peut-être vous renseigner ? Elle connaissait bien la famille Comes.

L'intérêt de Luce pour le passé du quartier ne l'étonnait même pas. C'était fou la complicité que le lavoir pouvait faire naître entre deux inconnues.

— Et où puis-je trouver cette madame Moliner ?

— Elle habite rue de l'Aire, mais elle n'est pas là actuellement. Elle est allée à Thuir aider sa fille qui vient d'avoir son quatrième enfant. Elle devrait être de retour dans une semaine ou deux, je pense.

Luce remercia avec reconnaissance. Elle en avait oublié Marie-Rose. Ayant fini de rincer ses caleçons, elle prit congé en promettant de revenir. Dans une semaine ou deux.

13

Luce se réveilla en sursaut. En sueur. Une angoisse terrible lui serrait le cœur. Avec le mois de juin, l'été s'était abattu d'un coup sur Collioure, exacerbant l'odeur d'anchois qui collait au bitume, s'incrustait dans les façades, engluait jusqu'aux galets de la plage où les premiers touristes posaient leurs serviettes aux rayures multicolores. L'air était lourd, poisseux, et, la nuit, les murs restituaient la chaleur emmagasinée le jour. Luce dormait mal et faisait des cauchemars. Une ombre sans visage fondait sur elle, elle voulait s'enfuir mais ne pouvait bouger, les pieds collés au sol. Une voix martelait « le trouver avant qu'il ne me trouve, le trouver avant qu'il ne me trouve ». Et soudain, tandis que l'ombre géante tombait du plafond et qu'elle roulait désespérément sur elle-même pour tenter de lui échapper : « le trouver avant qu'il ne *le* trouve », elle se réveilla debout à côté du lit, haletant comme un soufflet de forge.

— Hein, quoi ? ronchonna René sans ouvrir les yeux.

Il émit un borborygme étrange puis se retourna en tirant le drap sur lui. Bientôt, son ronflement caractéristique, saccadé avec une pause toutes les trois expirations, emplit à nouveau la chambre. Les mains croisées sur la poitrine, Luce essayait de calmer les battements désordonnés qui l'ébranlaient des pieds à la tête. Le septième Irréductible, où était-il ? Son esprit était confus. Le septième, qui était-il ? Frissonnante malgré la touffeur nocturne, elle trébucha jusqu'à la cuisine. Faisant fi de ses préventions, elle ouvrit le robinet de l'évier en grand, plaça son visage sous le jet d'eau froide et but à longs traits.

Puis elle s'assit à la table. La brise marine entrant par la fenêtre ouverte plaquait sur son torse sa chemise de nuit mouillée et soulevait mollement ses mèches humides.

Comment n'y avaient-ils pas pensé ? Six morts mais sept Irréductibles. Il en restait un. Un encore à tuer.

Elle repoussa sa chaise dont les pieds raclèrent le plancher avec un bruit assourdissant dans le silence de la maison et se leva pour fouiller fiévreusement le tiroir du buffet. Elle retourna la photo derrière laquelle Raymond, ou sa mère, avait noté les noms des élèves et souligné en rouge les membres du « club ». Roca. C'était lui, le septième. Si l'assassin éliminait tous les Irréductibles un par un, Roca était sa prochaine victime. Et la dernière.

Philippe Michel la décevait : à aucun moment il n'avait évoqué la possibilité que la série n'était peut-être pas close. Ils s'étaient lancés tous les deux sur la piste de meurtres passés sans imaginer que d'autres étaient encore à venir. Enfin, au moins un. Et ce jeune coq d'inspecteur qui affirmait qu'ils avaient tout leur temps, qu'il fallait être patients ! Elle devait prévenir Roca du danger qu'il courait. L'assassin était sans doute déjà en train de dresser ses plans, d'imaginer la meilleure façon de procéder, différente des précédentes si possible. Comptait-il faire passer cette nouvelle mort pour accidentelle ? Ou serait-ce un crime spectaculaire comme pour Dalmau ? Quel objet de la croix des outrages pensait-il poser à côté du corps ? Une épée ? Un marteau ? Une éponge pour l'étouffer ? L'esprit de Luce s'emballait. Cette fois, il fallait l'empêcher de réussir. Il y avait déjà eu trop de cadavres. En plus, s'il tuait Roca, sa vengeance serait assouvie, il disparaîtrait dans la nature et on n'en entendrait plus parler. Jamais. Les assassinats de Ripoll, Solère, Margall, Prats, Camps, Dalmau, puisque c'était dans cet ordre qu'ils avaient eu lieu, resteraient impunis. Quoi qu'ils aient fait, c'était inacceptable.

Luce fixait le visage aux rondeurs enfantines de Roca sur la photo de classe qu'elle tenait entre ses mains. Il lui manquait une dent sur le devant et ce trou dans son sourire bouleversait Luce à un point qu'elle n'aurait pu imaginer.

Jacques Roca. Le petit Jacky, comme tout le monde l'appelait. C'est vrai qu'il était chétif à l'époque ; ses parents étaient d'ailleurs inquiets. Qu'est-ce qu'il avait pu ingurgiter comme huile de foie de morue ! Etait-ce l'effet de ce gavage nauséabond, ou bien sa nature, un peu paresseuse, avait-elle fini par se réveiller d'elle-même ? En tout cas, il avait bien grandi. Grandi et forci. Oublié, le petit Jacky. A quel moment avait-il commencé ainsi à rattraper puis à dépasser les autres ?

Luce étala les clichés en éventail sur la toile cirée. Sur les deux derniers, correspondant aux deux plus grandes classes, Jacky, qui rendait encore une tête à ses camarades, était assis à côté de Gimenez. Les deux gamins étaient-ils amis ? Etait-ce pour cela que l'Espagnol – si c'était bien lui l'assassin – hésitait à le tuer aussi ? Ou au contraire, ayant été trahi par celui qui lui était le plus proche, le réservait-il pour la fin, comme le meilleur morceau que l'on garde pour la bonne bouche ?

De toute façon la conclusion restait la même : il fallait prévenir Roca. Les autres avaient été pris par surprise ; si Luce mettait « le petit Jacky » en garde, peut-être échapperait-il à son sort tragique ?

Cette fois, elle ne laisserait pas ce salaud faire, elle le promettait à ce sourire édenté, à ce *gafet* joufflu qui regardait l'objectif avec confiance sans penser qu'un jour une ombre sans visage menacerait sa vie.

La cave coopérative était installée dans l'ancien couvent des Dominicains, au bout du port d'Avall. Une puissante odeur de vin assaillit ses narines lorsqu'elle passa la porte qui s'ouvrait dans une ogive de la façade. Dire que c'était dans ce bâtiment que cinq cent cinquante ans auparavant un sourd-muet du nom de Pere Cerda avait soudainement retrouvé l'ouïe et la parole en tendant son manteau à maître Vincent Ferrier, l'autre saint Vincent de Collioure, le fondateur de la procession de la Sanch.

— Tiens, Luce, tu viens voir ton frère ?

Cagaresta, qui ressortait de la cave, des papiers à la main, parut surpris de la voir. Il y avait de quoi ! Luce et Aimé, son frère, ne se parlaient plus depuis plusieurs années. A cause des vignes justement. Lorsque le vieux Noell était mort, elle avait trouvé normal qu'il lègue presque toutes ses propriétés à Aimé : c'était l'aîné, c'était un garçon, et il avait toujours été le préféré de leur père. Ne portait-il pas le même prénom que lui ? La moitié des bateaux, c'était tout ce que Luce demandait ; elle était une femme de la mer, pas de la terre. Et les quatre bouts de terrasse qui lui avaient été dévolus suffisaient à produire le vin quotidien. Mais quand la pêche s'était mise à péricliter, que les barques étaient restées sur la plage, l'argent avait commencé à manquer. Aimé, lui, s'était reconverti dans la vigne. Le terroir était bon. Le meilleur du coin : au Vall de Pintas, sur le versant sud-est du Puig Japone, entre le fort Saint-Elme et la redoute Dugommier. Les ceps tourmentés, brûlés par le soleil, effeuillés par le vent, agrippés au schiste feuilleté à flanc de coteaux, donnaient un grenache corsé, riche en couleur et en tanin. Aimé s'était lancé à corps perdu dans l'élaboration de son vin et sa commercialisation. Il aurait pu s'associer avec René, son beau-frère, et partager ainsi avec le ménage de sa sœur les fruits des terres familiales. Mais il n'en avait rien fait. Et Luce se serait fait couper en petits morceaux plutôt que de le lui demander. Alors elle avait pris ce travail à l'usine de salaison. Et elle n'avait plus adressé la parole à Aimé. Ça n'avait pas eu l'air de lui manquer ; il n'était même pas venu rue du Miradou prendre des nouvelles de Luce après le meurtre de Guy Camps. Sans doute était-il trop absorbé par son poste d'administrateur de la cave coopérative !

C'est sûr, on voyait rarement Luce dans les parages et Cagaresta avait de quoi être surpris.

— Non, c'est Roca que je viens voir. Il est là ?

« Le petit Jacky » était en pleine opération d'ouillage. Il rajoutait du vin dans chaque fût pour compenser l'évaporation et éviter ainsi que le précieux breuvage ne s'oxyde au contact de l'air. Il se releva, une bouteille à la main, et faillit tomber à la renverse en découvrant Luce, en robe et *vigatanes* [1] noires, debout derrière lui.

— Oh, Luce, quel bon vent vous amène ?

— Un vent de tempête, j'en ai peur. On peut parler ?

Il posa la bouteille, essuya ses mains avec un chiffon et l'invita à le suivre dans le bureau. Il devait baisser la tête pour franchir la porte ; il avait bien grandi, « le petit Jacky » ! Il était intrigué, cela se voyait, inquiet même, mais il attendit d'avoir fait asseoir la vieille dame pour l'interroger.

1. Espadrilles catalanes à lacet noué autour de la cheville.

— Alors, c'est quoi cette mauvaise nouvelle ?

Luce était assez embarrassée. Par quel bout prendre cette histoire pour qu'il ne la soupçonne pas d'emblée d'être une vieille folle, comme cet imbécile de Bosc ?

— Eh bien, biaisa-t-elle, si c'était un livre, il aurait pour titre « La Fin des Irréductibles »...

Il eut un hoquet stupéfait.

— Les Irréd... Ceux de monsieur Gaspard à l'école ? Comment en avez-vous entendu parler ?

Elle lui expliqua alors ce qui était arrivé à Camps et Margall et Ripoll et tous les autres. Au fur et à mesure qu'elle énumérait les noms et la façon dont ils avaient trouvé la mort, les traits de Roca se défaisaient, s'affaissaient, exprimant tour à tour l'étonnement et l'horreur, sans visiblement savoir pour quel sentiment opter.

— Compte toi-même, Jacky, conclut-elle, il ne reste qu'un Irréductible : toi.

— C'est vraiment incroyable ! Vous êtes sûre que...

Il ne termina pas sa phrase mais elle pouvait la finir à sa place : « ... que vous n'avez pas tout imaginé, tout inventé ? »

— J'en suis sûre, comme je suis sûre que tu es le prochain sur la liste du tueur !

Elle avait été volontairement brutale ; il fallait qu'il comprenne que c'était sérieux. Roca se frotta le menton, perplexe.

— Un tueur ? Toute cette histoire me paraît bien mélodramatique !

— Pourtant l'inspecteur Michel pense comme moi, avança-t-elle avec assurance.

— Le policier blond ? Votre petit-cousin ?

Et voilà : l'histoire avait fait le tour de Collioure, il n'y avait plus à faire les présentations. Son stratagème avait réussi au-delà de ses espérances.

— Exactement, acquiesça-t-elle. Il poursuit l'enquête et il soupçonne même quelqu'un.

Ne pas trop en dire pour que l'autre sollicite des précisions et avance dans la direction que vous souhaitez, c'était là une des tactiques du lavoir.

— Qui donc ? interrogea-t-il, en retenant son souffle.

— Gimenez.

Prenant appui de ses deux mains sur le bureau, il se rejeta en arrière.

— Paco ? Quelle idée ! Enfin, c'est stupide. Je...

Elle coupa court à ses protestations :

— Je sais : cela semble inimaginable. Mais si l'inspect... si mon petit-cousin a raison, il faut te méfier.

Il secoua la tête, incrédule.

— De Gimenez ? Ah non, là vraiment...

— De Gimenez ou d'un autre, admit-elle. Pour l'instant nous n'avons aucune certitude si ce n'est qu'il va s'en prendre à toi, et au moment où tu t'y attendras le moins !

Si elle pouvait au moins l'effrayer un peu ; la peur est souvent bonne conseillère. Le front plissé, Roca réfléchissait.

— Mais pourquoi ?

C'est à partir de ce moment qu'il fallait jouer serré si elle voulait en apprendre davantage.

— Vu que les autres ne sont plus de ce monde, tu es désormais le seul à le savoir.

Une sincère incompréhension se peignit sur son visage :

— Je ne saisis pas...

— Il s'est sans doute passé quelque chose du temps où vous étiez à l'école, expliqua-t-elle patiemment. Un camarade de classe blessé, humilié peut-être. Quelque chose qui aura fait naître en lui l'envie, le besoin de se venger ?

Il pencha la tête, les yeux dans le vague, passant sans doute ses souvenirs en revue.

— Je ne vois pas, non. Il ne s'est passé rien d'autre que ce qui se passe dans toutes les cours de récréation.

— Et en dehors de l'école ? insista-t-elle. Le soir après la cloche, le jeudi...

— Rien qui m'ait marqué, je vous assure.

Luce sentit que l'intérêt de Roca faiblissait. Elle se pencha en avant et posa une main pressante sur son poignet pour le forcer à la regarder dans les yeux.

— Jacky, écoute-moi. Il y a forcément un secret qui unit les Irréductibles, et tu le connais.

Le visage de Roca resta impassible mais une ombre glissa sur son front.

— Tu vois, opina-t-elle, satisfaite, tu sais de quoi il s'agit.

Il se leva, mal à l'aise, et lui tourna le dos comme pour échapper à son regard inquisiteur.

— Non, protesta-t-il, ce n'est pas ce que vous cherchez. Ce à quoi je pense n'a rien à voir avec l'école, de toute façon !

S'il croyait qu'il allait s'en tirer aussi facilement !

— Et avec Griselda, ça a à voir ?

Il se figea, pâle comme la mort.

— Qui vous a parlé d'elle ?

— Ça n'a pas d'importance, éluda-t-elle. Que s'est-il passé avec Griselda, Jacky ?

Il se mit à marcher nerveusement de long en large.

— Je n'ai pas envie d'en parler. Nous étions jeunes et stupides…

— Que s'est-il passé ? martela-t-elle, impitoyable.

— Je ne sais pas exactement, lâcha-t-il avec répugnance. Je ne tenais pas le vin, à l'époque, et je me suis endormi comme une masse. Je n'ai rien vu, rien entendu. Ce sont les autres qui m'ont raconté. Après.

— Que t'ont-ils raconté, Jacky ?

Planté devant la fenêtre, il parut balancer un instant, soupesant le pour et le contre. Mais quand il se retourna, son regard était fuyant.

— Quelle importance ? Ils sont tous morts, à présent. On ne doit pas médire des morts.

— Et Gimenez, il connaissait Griselda ?

— Comme nous tous.

— Pas plus ?

Roca semblait au supplice.

— Ils habitaient des maisons voisines, au Faubourg, finit-il par admettre. Paco aidait souvent la grand-mère à porter son linge mouillé, au retour du lavoir. C'est elle qui élevait Griselda depuis la mort de ses parents.

— Alors il a pu vouloir la venger !

— Paco ? Non, Luce, je vous assure...

Elle l'interrompit d'un geste. Des pas approchaient. Un bruit de voix dans le couloir. Elle reconnut le roulement des *r*, prononcé, de son frère. Sa façon de s'écouter parler, de hausser le ton pour passer par-dessus la voix de son interlocuteur et poursuivre sa péroraison.

— Je ne veux pas croiser Aimé, il faut que je m'en aille. Mais pense à ce que je t'ai dit et fais attention à toi. Et, même si tu as du mal à y croire, méfie-toi de Gimenez !

Il voulut une fois de plus protester, mais Luce n'était déjà plus là.

Cette fois, Jany ne posa pas de question. Au contraire, lorsque Luce lui demanda le numéro du commissariat, elle s'empressa de lui indiquer la cabine du fond en prenant un air entendu. L'histoire du « petit-cousin » s'avérait décidément bien pratique !

Luce avait hésité avant de téléphoner à Philippe Michel : il lui avait bien recommandé d'être patiente et de le laisser faire. Mais il fallait cependant qu'elle lui dise ce qu'elle avait appris de Roca, ce pouvait être important. Luce ne parvenait pas à se départir d'un sentiment d'urgence de plus en plus pressant.

Une voix qu'elle ne connaissait pas lui répondit qu'il allait chercher la « bleusaille ». Bosc n'était pas le seul balourd arrogant de la police ! Elle attendit en tambourinant nerveusement contre la vitre. Si Philippe Michel tardait encore, elle allait être en retard pour son ménage à l'usine. Déjà ce matin, en sortant de la coopérative, elle avait eu le plus grand mal à arriver à l'heure à son poste. Maguy lui avait lancé un regard étonné mais n'avait pas fait de commentaire ; il faut dire qu'à l'autre bout de l'atelier Louisette et Renada étaient en train de se crêper le chignon bien comme il faut. Pour l'instant elles n'échangeaient que des noms d'oiseaux mais cela n'allait pas durer, Louisette accusant sa collègue de tourner autour de son homme ! Attiré par les cris, le neveu de Camps – Luce n'arrivait pas à l'appeler « patron » – était intervenu avant que les entrailles d'anchois volent bas, mais les deux rivales avaient continué à échanger des mots aigres-doux. Le bon côté de la chose, c'est que du coup le temps avait semblé un peu moins long à Luce. Néanmoins, dès son service fini, elle s'était précipitée au bureau de poste.

Au bout du fil, elle ne percevait que les habituels bruits de conversations étouffées, les sonneries de téléphone et le tap tap rythmé des machines à écrire. Peut-être le jeune inspecteur en avait-il assez de ses appels à répétition ? Elle l'imaginait levant les yeux au ciel, comme Bosc l'avait fait, au seul énoncé de son nom.

— Allô, madame Colomine ?

Il était essoufflé et elle entendit sa chaise craquer quand il se laissa tomber dessus. Apparemment, ses craintes étaient vaines.

— Allô, inspecteur, excusez-moi de vous déranger encore mais j'ai pensé que...

— Ne vous excusez pas et dites-moi plutôt ce que vous avez trouvé. Car c'est bien pour cela que vous m'appelez ?

— Eh bien, la nuit dernière, une idée soudaine m'a réveillée : il reste encore un Irréductible en vie. Du moins pour l'instant. *Mare de Deu*, je me demande comment nous avons pu l'oublier !

Elle l'entendait tâter ses poches, fouiller les papiers sur son bureau.

— Je n'ai pas mon calepin sur moi, constata-t-il. Lequel est-ce ?

— Jacky Roca. C'est lui, la prochaine victime.

— C'est possible.

La réserve du jeune policier la fit une fois de plus sortir de ses gonds :

— Possible ? C'est sûr, oui ! C'est pourquoi je suis allée le prévenir. Il travaille à la cave coopérative...

— Et comme les autres, il ne vous a pas crue, compléta-t-il.

— Pour l'instant, il a du mal à admettre l'idée, reconnut-elle. Mais je l'ai interrogé sur le secret qu'il avait pu partager avec ses camarades.

— Et alors ?

Elle décida d'avoir le triomphe modeste :

— J'avais raison, ce n'était pas à l'école, mais plus tard. Et ça concerne Griselda.

— Qui est... Griselda ?

Il avait marqué un temps d'arrêt comme pour se familiariser avec ce prénom, il est vrai peu courant dans les environs.

— La jeune « simplette » dont a parlé Ange.

La suite lui coûtait davantage :

— Gimenez était son voisin et un ami de la famille. Là, c'est vous qui aviez raison.

— Peu importe qui a raison ! s'impatienta-t-il. L'important est que cet assassin est toujours introuvable. C'est comme s'il avait disparu de la surface de la terre !

Luce opina pour elle-même, seule dans sa cabine, le combiné collé à l'oreille.

— Tant qu'il est libre de ses mouvements, Roca est en danger.

— Roca et vous, Luce, la reprit-il. Vous n'avez pas l'air de vous rendre compte de quoi cet homme est capable ! Avec la Légion, ce n'est pas facile d'obtenir des informations, mais j'ai cependant appris que Gimenez était un spécialiste du close-combat.

— Du quoi ?

Qu'est-ce que c'était que cette « chose » ?

— Du combat rapproché, expliqua-t-il. Du corps-à-corps. Un peu comme les commandos, vous voyez ?

Non, elle ne voyait pas mais ça n'avait pas grande importance, elle avait compris l'idée générale.

— Camps n'avait aucune chance contre lui, murmura-t-elle en se remémorant la position grotesque du corps de son patron, plongé dans le tonneau, les jambes en l'air, qu'elle avait senti sous ses doigts.

— Prats non plus au fond de sa ruelle, répondit l'inspecteur en écho.

— Il n'y a que Dalmau qui aurait pu lui résister, estima-t-elle. Sa taille, sa carrure lui auraient posé problème. C'est pour cela sans doute qu'il a choisi la flèche, enfin le harpon, pour l'atteindre en restant à distance. Il a eu peur.

— Peur ? Je ne crois pas. C'est une véritable machine à tuer. Il a sans doute seulement préféré faire croire à un accident malencontreux pour qu'on n'y regarde pas de trop près et qu'on ne fasse pas le lien avec la mort de Camps !

— Peut-être… mais il a raté son coup. On l'a fait quand même, ce lien.

— C'est vous seule qui l'avez fait. Et c'est pour cela que je le répète, Luce : maintenant que Roca est prévenu, vous me laissez faire. Si vous continuez à vous exposer ainsi, il finira par vous arriver quelque chose. Promettez-moi que vous serez sage !

Elle raccrocha le téléphone, touchée : il semblait vraiment inquiet pour elle. Il était gentil, ce petit. C'est alors qu'elle réalisa qu'il l'avait appelée « Luce » pour la première fois.

14

Evidemment, elle ne l'avait pas écouté. La sagesse n'avait jamais été le fort de Luce. La curiosité, oui, en revanche. Et elle ne serait pas satisfaite tant qu'elle ne saurait pas ce qui était exactement arrivé à la malheureuse Griselda. D'ailleurs si l'assassin, que ce fût Gimenez ou un autre, voulait la venger, que son histoire sorte enfin de l'oubli dans lequel on s'était empressé il y a vingt ans de l'ensevelir ne pouvait que le réjouir. D'accord, elle cherchait ainsi surtout à se rassurer ; elle devait bien s'avouer que la sollicitude inquiète de Philippe Michel l'avait ébranlée. Mais elle n'en reprit pas moins le chemin du lavoir de la rue du Soleil comme elle se l'était promis.

La bonne nouvelle, c'était que Marie-Rose n'était pas là. Peut-être était-elle venue plus tôt, peut-être viendrait-elle plus tard ou pas du tout, mais au moins Luce n'aurait-elle pas à supporter ses insinuations et ses perfidies. La mauvaise, c'était que la maigrichonne, sa voisine de lavoir lors de sa première venue, n'était pas là non plus. Or elle était la seule à pouvoir présenter Luce à la fameuse madame Moliner, qui connaissait si bien la famille de Griselda. Dire qu'elle avait été assez étourdie pour ne pas lui demander son nom ; elle ne pouvait même pas s'enquérir de son logis. Elle se donnerait des gifles !

Luce alla poser sa bassine au même endroit que la fois précédente. Elle voulut engager la conversation avec la jeune femme qui était déjà installée à la place d'à côté avant de se rendre compte qu'il s'agissait de la nièce de la Mimi du Mouré. *Bon Deu*, qu'est-ce qu'elle avait changé ! La dernière fois que Luce l'avait vue, elle devait avoir dix-sept ans et traînait en riant une demi-douzaine de prétendants à ses jupons. A la voir frotter, les lèvres pincées, son linge sur sa planche avant de le frapper à grands coups de battoir vengeurs, on avait peine à imaginer qu'il s'agissait de la même femme. Le mariage lui avait fait perdre son insouciance et son rire. Luce se surprenait à le regretter.

Heureusement, la femme avec laquelle elle avait longuement discuté deux semaines auparavant apparut enfin à l'entrée du lavoir. Arborant son sourire le plus avenant, Luce lui fit signe. Eblouie par son passage du grand soleil à l'ombre, la femme ne la vit d'abord pas. Elle clignait des yeux, attendant que les silhouettes qui s'agitaient confusément autour du bassin se précisent. Luce réitéra son geste de la main assorti d'un « *Iu* ! » sonore, au grand dam de la nièce de Mimi, qui jugeait sans doute ces démonstrations d'amitié inconvenantes de la part de quelqu'un qui n'était même pas du Faubourg. Sa tante était pareille. Mimi avait une notion très restrictive et tout à fait personnelle du « territoire du lavoir » : toute nouvelle venue était regardée avec méfiance et si d'aventure elle venait de par-delà le Douy on lui faisait bien sentir qu'elle était une intruse et qu'elle ferait mieux d'aller laver son linge ailleurs !

Luce, dont la curiosité ne se limitait pas à la Ville, avait toujours trouvé cet ostracisme stupide et plus encore maintenant qu'elle en était elle-même victime. Elle lança à la nièce de Mimi un regard peu amène qui la défiait de risquer le moindre commentaire et poussa sa bassine pour faire de la place à la femme qu'elle était tout spécialement venue voir.

— Tiens, vous revoilà, constata celle-ci en posant sur le rebord maçonné sa bassine dont elle tira une nappe à grands carreaux.

Elle avait l'air toujours aussi fatiguée, désabusée même.

Luce s'accorda le temps de tordre délicatement sa combinaison des dimanches en nylon, cadeau de sa fille Eliane, avant de répondre.

— J'ai repensé à notre conversation au sujet de la petite Comes. Ne m'avez-vous pas dit que madame Moliner devait revenir ces jours-ci ?

Que ses paroles eussent occupé l'esprit de Luce depuis tout ce temps ne sembla pas étonner outre mesure la femme à la nappe. A vrai dire, on pouvait même se demander si quoi que ce soit pouvait la surprendre ou l'émouvoir. Luce ne s'en plaignait pas ; sa tâche en était d'autant facilitée.

— Je l'ai croisée jeudi alors qu'elle descendait à la boulangerie, confirma sa complaisante voisine.

Elle m'a montré une photo de son nouveau petit-fils. Il a de ces joues ! On en mangerait. En voilà un qui ne fait pas pitié, *mira* !

Luce la laissa s'extasier tout son saoul sur les bonnes joues du bébé et ses cuisses grassouillettes ; il ne fallait jamais interrompre une femme lancée sur ce sujet, son expérience le lui avait appris. Et puis, en évoquant le bambin, les yeux de sa voisine retrouvaient un peu de leur éclat et cela méritait bien quelques minutes de patience.

— Madame Moliner doit être fière de son petit-fils, se risqua-t-elle au bout de quelques minutes, pour essayer de ramener la conversation sur le sujet qui l'intéressait. Vous pensez que je pourrais la rencontrer ?

— Mais oui, pourquoi pas ? Ecoutez : je finis ma petite lessive et je vous y emmène.

Luce, qui avait déjà terminé la sienne, dut prendre sur elle pour ne pas lui proposer son aide afin d'aller plus vite. Il ne fallait pas qu'elle laisse transparaître son impatience et l'importance que cette entrevue revêtait pour elle. La tête ailleurs, elle donna machinalement la réplique à la femme à la nappe tout en réfléchissant à la meilleure façon d'amener sans en avoir l'air cette fameuse madame Moliner à lui dévoiler le secret des Comes.

Elle leur ouvrit dès le premier coup frappé au battant de sa porte peinte en vert, comme si elle était juste derrière attendant leur visite. C'est du moins l'impression qu'eut Luce sur le coup. En fait, si on se fiait à l'enveloppe qu'elle tenait à la main, madame Moliner s'apprêtait à sortir pour poster une lettre. Elle avait sans doute raté le passage du facteur. Luce craignit une seconde d'être obligée de revenir un autre jour, mais la perspective d'un papotage entre femmes était trop tentante ; madame Moliner reposa l'enveloppe sur le coin du buffet et les invita à entrer. La femme à la nappe se récria qu'elle devait aller étendre son linge et que par conséquent elle ne pouvait rester que quelques minutes.

Elle n'en entama pas moins le récit détaillé de l'accident de vélo dont avait été victime son mari. Un chien, qui courait sans doute après un lapin, avait déboulé sans crier gare et lui avait coupé la route alors qu'il rentrait de la vigne. La bicyclette était partie tout droit dans le fossé et Riri, le cantonnier, n'avait trouvé ledit mari, inconscient, que deux heures plus tard. Celui-ci n'avait qu'un poignet foulé mais ne se souvenait plus très bien des circonstances exactes de l'accident. Le choc, vous comprenez. Quant au chien chasseur, on ne l'avait pas retrouvé. Luce se dit à part elle que si le Renat lui avait servi une telle histoire elle lui aurait ri au nez et que la femme à la nappe, que madame Moliner appelait Victorine, aurait mieux fait de renifler l'haleine sans doute pas mal alcoolisée de son mari plutôt que de chercher un clébard fantôme, mais elle se garda bien d'intervenir. Une seule réflexion aurait sans doute provoqué une avalanche de protestations indignées qui aurait encore retardé un peu plus le départ de la trop crédule épouse. Madame

Moliner, qui connaissait bien sa voisine, resta elle aussi sur une réserve prudente, hochant simplement la tête pour montrer qu'elle ne perdait pas une miette de l'histoire. La femme à la nappe s'étant suffisamment apitoyée sur son alcoolique de mari, elle reprit enfin sa bassine, s'exclama qu'elle était incorrigible et qu'elle parlait trop, et disparut par la porte restée ouverte.

— Cette pauvre Victorine, soupira madame Moliner en refermant le battant derrière elle, son Joan la mène par le bout du nez. Il est fainéant comme ce n'est pas croyable et elle trime du matin au soir en le plaignant encore !

Cette femme était intelligente et avisée. Comment se faisait-il que Luce, qui se flattait de connaître tout Collioure, ne l'ait pas rencontrée avant ? Elle éluciderait ce mystère plus tard, elle en avait un autre plus important sur les bras.

— Il y a des femmes qui méritent leur malheur, moi je vous le dis, conclut-elle sentencieusement.

Ayant ainsi réglé le sort de Victorine, elle en profita aussitôt pour ajouter :

— Ce n'est pas comme cette pauvre Griselda. Quel triste destin !

L'air de ne pas y toucher, elle avait lancé ce prénom comme un pêcheur sa ligne, en espérant que le poisson morde. Elle n'eut pas à attendre. Madame Moliner leva un sourcil étonné.

— Griselda Comes ? Vous la connaissiez ?

Luce nota l'usage du passé avec un serrement de cœur. La malheureuse enfant était-elle morte ?

— Pas vraiment, reconnut-elle, mais j'ai une amie qui m'a parlé de ce qui lui était arrivé en 1944...

Elle s'attendait à ce que madame Moliner enchaîne et raconte la suite mais celle-ci, une main sur la bouche, se contenta de gémir :

— Pauvre, pauvre Griselda. C'est sûr, elle ne méritait pas ça !

Cédant à la vague d'émotion et de souvenirs qui la submergeait, elle se laissa choir sur une chaise aux barreaux joliment chantournés, faisant tomber dans le mouvement deux aiguilles à tricoter plantées dans une pelote de laine bleu ciel. Luce fut ravie de voir qu'elles avaient les mêmes goûts en matière de layette.

Le siège était placé juste à côté de la fenêtre, de telle façon qu'on pouvait voir tout ce qui se passait dans la rue sans être soi-même vue. C'était sans doute là que madame Moliner se tenait lorsqu'elle avait un peu de temps dans la journée. C'était sa *cadireta* en quelque sorte. Dans cette cuisine petite mais impeccablement tenue, Luce se serait sentie presque chez elle. Elle rapprocha une autre chaise et s'assit.

— C'est étrange que nous ne nous soyons pas rencontrées plus tôt, laissa-t-elle échapper un peu malgré elle. Je connais pourtant tout le monde à Collioure et un certain nombre de Moliner...

— C'est sans doute parce que je suis de Banyuls et que nous sommes restés longtemps partis, expliqua son hôtesse en ramassant la laine qui faisait un nuage mousseux sur le rouge bien astiqué des tomettes. Mon mari était douanier...

Ah, c'était ce Moliner-là ! Luce se disait aussi qu'elle devait le connaître. Elle se sentit d'un coup rassérénée.

— ... et quand il est passé chef, poursuivait l'épouse du fonctionnaire des douanes, il a été nommé à Sète. C'est là que nous avons vécu et élevé nos enfants. Nous ne sommes revenus que lorsqu'il a pris sa retraite. Il n'en aura pas profité, le pauvre !

A cette épithète, Luce comprit que monsieur Moliner était décédé. Hochant la tête avec componction, elle fit signe qu'elle avait compris et qu'elle compatissait. Très pratique, décidément, le hochement de tête. Puis elle changea avec tact de conversation. En fait de tact, elle voulait surtout en revenir à ce qui l'intéressait, mais après tout l'un n'excluait pas l'autre et son hôtesse, avec qui elle se sentait de plus en plus d'affinités, méritait bien qu'on lui exprime un peu de sympathie.

— Mais si vous étiez à Sète, reprit Luce, comment savez-vous, pour Griselda ?

— Nous n'avons quitté le département qu'après la guerre, et donc après sa tragique mésaventure. Lorsque nous sommes revenus, la grand-mère Comes était encore en vie et m'a raconté le reste.

— C'est elle qui avait élevé la petite, non ?

— Ma foi, Griselda n'avait pas d'autre famille. Son père, le fils Comes, est mort alors que sa femme était enceinte. Vous vous souvenez de la barque qui a fait naufrage en 1925 ?

— Qui ne s'en souvient pas à Collioure ? Sept morts d'un coup, quelle pitié !

— Eh bien, Comes en faisait partie. Sa femme en est devenue à moitié folle de chagrin et on ne m'ôtera pas de l'idée que c'est pour cela que la petite n'était pas tout à fait normale. Un enfant, ça sent la douleur de sa mère jusque dans son ventre !

Nouveau hochement de tête approbateur de Luce. Elle n'aurait pas mieux dit.

— Bref, Griselda n'a pas connu son père, et sa mère à peine davantage, la pauvre femme ayant suivi de peu son mari dans la tombe. La grand-mère est restée seule avec ce bébé sur lequel pesaient déjà tant de malheurs... Il y a vraiment des familles sur lesquelles le ciel s'acharne !

A nouveau, elle posa sa main sur sa bouche ; ça paraissait être une manie. Mais Luce n'avait pas le temps d'entrer dans un duo de lamentations sur l'injustice du destin. Elle avait besoin d'en savoir plus.

— La petite était vraiment retardée ?

— Non, ce n'est pas le mot, même si elle a eu beaucoup de mal à apprendre à lire et qu'elle a quitté l'école très tôt. Disons que son cerveau ne fonctionnait pas vite. Mais à part ça, c'était une charmante enfant, douce et gentille, timide aussi, et surtout terriblement naïve. Mon mari s'amusait à lui faire croire qu'il pouvait lui couper le bout de son nez : il le lui pinçait puis lui montrait l'extrémité bien ronde de son pouce coincé entre son index et son majeur. A chaque fois la petite fondait en larmes et il fallait l'amener devant la glace pour lui prouver que son nez était toujours intact !

Madame Moliner souriait à ce souvenir. Encouragée, Luce poursuivit son interrogatoire :

— Elle avait quel âge en 1944 ?

— Dix-neuf ans mais pas plus de tête qu'une gamine de six ans. En revanche, pour ce qui était des formes, elle faisait largement son âge. Elle était même plutôt bien faite... pour son plus grand malheur !

On en venait enfin au vif du sujet. Luce jeta un coup d'œil à la pendule qui égrenait les secondes, imperturbable, dans son coin : la poste allait fermer, pas de risque que son hôtesse abrège leur conversation pour se précipiter mettre sa lettre à la boîte. Luce s'installa plus confortablement sur sa chaise et se lança :

— Que s'est-il passé ?

— Un après-midi, on a vu revenir la petite en larmes, la jupe chiffonnée et les genoux écorchés. Elle avait perdu son petit panier. On a cru qu'elle était tombée...

— Elle venait d'où ?

— De Notre-Dame de Consolation. Elle montait souvent à l'ermitage mettre dans les vases des fleurs qu'elle cueillait en chemin. Elle aimait regarder les ex-voto offerts par les marins sauvés du naufrage par leurs prières à la Vierge. Elle admirait les tableaux et les modèles réduits de bateaux en chantonnant le cantique : « Sainte Marie, guidez le marin de Collioure qui se confie à vous ; du port montrez-lui le chemin quand arrive la tempête. » Dans sa petite tête, elle s'imaginait peut-être sauver de la noyade ce père qu'elle n'avait jamais connu ! Sa grand-mère lui interdisait d'y aller seule, à cause des Allemands, mais Griselda, pourtant si obéissante pour le reste, n'aurait manqué son petit pèlerinage personnel pour rien au monde. Rien ni personne n'aurait pu l'en détourner.

Luce sentit sa gorge se serrer. Elle imaginait la gamine fredonnant sous les frais ombrages bruissants de chants d'oiseaux de l'ermitage perché en haut de la vallée du Douy, sur les pentes du Taillefer. Allons, il ne fallait pas qu'elle se laisse gagner par l'attendrissement, il y avait un assassin en liberté.

— Et qu'est-il arrivé, à Consolation ?

— La petite était trop bouleversée pour en parler sur le coup. Ce que je sais, c'est ce que sa grand-mère m'a raconté ensuite. La façon dont ces jeunes brutes éméchées l'ont entourée, bousculée...

Madame Moliner évitait les mots crus et les images trop précises mais Luce n'avait aucune peine à imaginer la scène. Elle voyait le grand Dalmau et Camps « le chef », l'ombrageux Ripoll et Solère le joueur, et tous les autres se passer la gamine de bras en bras en riant. Et Griselda riait avec eux. Candide comme elle l'était, sans malice, elle ne comprenait pas ce qu'ils avaient derrière la tête. Ils étaient rouges, ils transpiraient. Ils riaient toujours, mais plus Griselda. Elle avait peur. Elle demandait qu'ils arrêtent, qu'ils la laissent repartir. Mais eux riaient de plus en plus fort, la touchaient partout, soulevaient sa jupe. Qui l'avait fait tomber sur l'herbe ? Lequel l'avait tenu pour l'empêcher de se débattre pendant que son copain déboutonnait sa braguette ? Roca ronflait-il, comme il le prétendait, au pied d'un muret de pierres sèches, trop saoul pour rien voir ?

— Madame Comes est allée voir les gendarmes, mais Griselda n'a pas voulu leur parler et ils n'ont pas donné suite.

— Ils avaient d'autres chats à fouetter avec l'évacuation de Collioure, compléta Luce en répétant mot pour mot ce que lui avait dit Ange.

— Et surtout, ils n'avaient pas envie de mettre leur nez dans une sale affaire qui impliquait les rejetons de familles connues de tous. *Raï*, si ça avait été des étrangers, là ils se seraient remués, les pandores !

Elles s'entre-regardèrent d'un air entendu.

— *Qui treu el cap d'un lloc brut, sempre put*, qui retire la tête d'un endroit sale, sent toujours mauvais, ironisa Luce. Ils ont préféré faire un détour !

Dehors, l'air se mit à vibrer, résonnant des premiers coups de midi. L'horloge de madame Moliner retardait ; elle marquait moins cinq. Cinq minutes pour conclure avant que son hôtesse ne la congédie aimablement.

— Qu'est devenue Griselda ?

— La pauvrette n'osait plus sortir. Elle restait cloîtrée dans sa chambre. Et puis, ça a été l'évacuation. Nous sommes partis à Thuir, où ma fille a d'ailleurs rencontré son futur mari. Quant à madame Comes, elle avait, je crois, une cousine du côté du Boulou qui a bien voulu les héberger.

— Et quand elles sont revenues, à la Libération ?

— Madame Comes est revenue, pas Griselda.

Madame Moliner se pencha vers Luce et baissa la voix, comme si quelqu'un pouvait les entendre :

— La vieille dame a prétendu que sa petite-fille avait trouvé du travail à Montpellier, mais quel emploi était-elle capable d'occuper ? Et puis la gamine ne venait jamais voir sa grand-mère, elle si affectueuse, et j'ai bien compris que c'était un mensonge.

Instinctivement, Luce l'imita et chuchota :

— Vous avez eu le fin mot de l'histoire ?

Son hôtesse secoua la tête, la mine navrée. Elle aurait tellement voulu le connaître !

— C'est le moment où mon mari a été nommé à Sète. Nous avons déménagé et nous ne sommes revenus qu'il y a quatre ans.

La respiration de Luce s'accéléra.

— Griselda avait-elle réapparu ?

— Non. Lorsque nous avons interrogé madame Comes à notre retour, elle nous a dit que la petite était morte.

— Oh, mon Dieu !

Cette fois, ce fut au tour de Luce de mettre sa main devant sa bouche.

— La vieille dame n'a jamais voulu en dire plus. Elle disait que c'était du passé, qu'il ne fallait pas revenir dessus, mais elle ne s'en est jamais remise. Les derniers temps, je l'ai même surprise à parler toute seule chez elle, à Griselda sans doute. Elle a traîné comme une âme en peine jusqu'à l'an dernier. C'est alors qu'elle a fait une mauvaise chute, sur un trottoir de Perpignan, et qu'elle s'est fracturé le col du fémur. Quelques semaines après, elle a rendu à Dieu son âme, qui était de toute façon morte depuis longtemps.

Cette fois, la pendule marquait midi. Madame Moliner se leva et se dirigea vers le buffet.

— Evoquer cette histoire m'a toute retournée. Vous m'excuserez mais j'ai des médicaments à prendre à heure fixe. J'ai été ravie de bavarder un peu avec vous, madame…

— Madame Colomine. Luce Colomine. Tout le plaisir a été pour moi. Je me sauve, mon mari doit m'attendre et la faim le rend grognon !

Mais c'est Gérard qu'elle trouva, à son arrivée rue du Miradou. Un Gérard en pyjama qui émergeait tout juste de sa grasse matinée habituelle du samedi et l'accueillit en bâillant, une lettre à la main.

— Tiens, le facteur a déposé ça pour toi tout à l'heure.

Elle saisit l'enveloppe, intriguée, tandis que, traînant les pieds, son fils allait au jugé prendre un bol et la cafetière tenue au chaud sur le coin du poêle.

L'adresse était tapée à la machine : *Madame Colomine E.V.* Qui dans le village préférait écrire plutôt que de venir lui rendre visite et lui parler de vive voix ? Aimé peut-être ? Certes, il ne lui adressait plus la parole, mais là il poussait quand même un peu loin !

Luce déchira l'enveloppe, les doigts tremblants d'irritation. Mais lorsqu'elle déplia la feuille de papier qu'elle en sortit, elle changea de visage.

15

La maison de Roca était située dans le tournant de la petite rue en pente qui démarrait devant le temple protestant à la façade rose et blanc. Gérard disait qu'il était l'œuvre d'un architecte danois [1], le même qui avait imaginé le château de Valmy, dont la gracieuse silhouette hérissée de clochetons se profilait au-dessus d'Argelès. On la distinguait très bien quand on montait vers Madeloc. Quand elle passait comme en ce moment devant le temple, Luce, elle, se faisait surtout la remarque qu'à Collioure le Faubourg avait toujours été plus religieux que la Ville et que ce n'était pas un hasard si l'édifice avait été construit là. Enfin, elle se faisait la remarque d'ordinaire, parce que, aujourd'hui, elle avait bien autre chose en tête ! Elle pressa le pas autant qu'elle le put mais la montée était sévère et elle était essoufflée en arrivant devant la porte au heurtoir de cuivre terni. Il faut dire qu'elle venait de faire un sacré tour…

1. Viggo Dorph Petersen (1851-1937).

René n'avait jamais mangé aussi lentement. Qu'est-ce qu'il l'avait agacée, à mastiquer aussi longuement chaque bouchée ! Et en plus, il avait retendu son assiette ! Elle avait refusé de le resservir en prétextant qu'il prenait du ventre et il s'était vengé en prenant tout son temps pour siroter son café. Sitôt la table débarrassée et la vaisselle dans l'évier, Luce était repartie à la cave coopérative, la lettre qu'elle venait de recevoir à la main, se retournant tous les trois pas pour s'assurer que personne ne la suivait. Mais Roca n'était pas là. La secrétaire s'en était étonnée : lui qui était toujours ponctuel ! Luce avait donc longé la plage du port d'Avall dans l'autre sens, en empruntant pour plus de sécurité le trottoir où il y avait le plus de monde, jusqu'à ce fameux temple, afin de voir si par hasard Roca ne se trouverait pas encore chez lui.

Elle dut frapper à plusieurs reprises avant qu'un pas pesant dans l'escalier lui annonce que « le petit Jacky » daignait enfin venir lui ouvrir. Il avait sa mine des mauvais jours et deux paires de chaussettes à la main. Une grise et une bleu marine. Il l'accueillit sans aménité :

— Madame Colomine ? Que voulez-vous donc encore ? Excusez-moi, mais je suis pressé…

Il fuyait son regard, mal à l'aise. Il était ridicule avec ses chaussettes.

— Qu'est-ce que tu fais là, Jacky ? l'interpella-t-elle froidement. Tu ne devrais pas être à la cave ?

Il paraissait sur des charbons ardents et jeta même un coup d'œil furtif à sa montre. Il ne mentait pas en disant qu'il était pressé. Mais pourquoi ?

— J'ai décidé d'aller passer quelques jours chez ma sœur, à Laroque-des-Albères, expliqua-t-il précipitamment. Je suis en train de boucler ma valise et je pars tout de suite après.

Il restait là, debout dans l'encadrement, lui barrant le passage. Visiblement, il n'avait aucune envie de la convier à entrer. Mais à ce moment précis, il aurait fallu beaucoup plus qu'un grand gaillard embarrassé pour empêcher Luce de passer. Elle l'écarta du bras et se faufila dans l'entrée, non sans le délester au passage de ses deux paires de chaussettes qu'il brandissait comme un sceptre.

— Et ça t'a pris comme ça ? demanda-t-elle, sardonique. D'un seul coup ?

Nouveau coup d'œil appuyé à sa montre. Il ne se donnait même pas la peine de dissimuler son agacement.

— Je suis libre de faire ce que je veux, Luce. Je suis célibataire et je n'ai de comptes à rendre à personne... et surtout pas à vous !

— Oh mais je ne te demande rien. Et tu pourras partir quand je t'aurai montré... ça.

Et joignant le geste à la parole, elle lui mit sous le nez la feuille qu'elle avait retirée de l'enveloppe.

A son tour, il blêmit.

— Mais qu'est-ce que c'est à la fin que cette foutue histoire ? bégaya-t-il en lui rendant le feuillet d'une main tremblante.

Luce à présent se sentait calme. Plus calme qu'elle ne l'avait été depuis des semaines. Elle l'avait déjà remarqué par le passé : lorsque quelqu'un paniquait auprès d'elle, elle en oubliait sa propre peur. Instantanément.

Elle planta son regard dans le sien.

— Quelque chose me dit que tu n'es pas vraiment surpris, Jacky.

Cette fois, les yeux du vigneron ne se dérobèrent pas. Sans ciller, il avoua :

— J'ai reçu presque la même tout à l'heure.

Ils étaient tous les deux debout devant la table de la cuisine, penchés sur les deux lettres posées bien à plat, côte à côte. Collées sur des feuilles blanches arrachées à un bloc bon marché, les lettres inégales découpées dans du papier journal formaient en effet deux brefs messages à peu près similaires, anonymes bien sûr. Ils commençaient tous les deux par « Les fantômes du passé ont resurgi ». C'est ensuite qu'ils différaient légèrement : celui de Roca se terminait par « et ils vont t'emporter » tandis que celui de Luce prévenait d'un « prenez garde à ne pas vous laisser emporter ». La juxtaposition des lettres de différentes tailles et polices, majuscules et minuscules mélangées, donnait aux phrases un petit air bancal et fantaisiste qui aurait prêté à sourire si le contenu n'en avait pas été aussi sinistre. Luce avait droit au « vous » et à un avertissement ; Roca au tutoiement brutal et à la condamnation sans appel. Elle comprenait pourquoi il était si pressé de fuir Collioure.

— Un autre jour, j'aurais cru à une blague, commenta-t-il. Mais vu ce que vous m'avez dit, j'ai pris la menace très au sérieux.

D'un geste de la main, il indiqua la valise cabossée en carton bouilli ouverte sur le divan qui lui servait de lit.

— Je n'ai pas l'intention de faciliter la tâche de ce fou furieux en restant ici, où il n'aura aucun mal à me trouver. Je préfère prendre le large.

— Et tu fais bien, approuva-t-elle en rangeant soigneusement les deux paires de chaussettes dans un creux entre les caleçons et la pile de chemises.

Machinalement, elle chercha des yeux du papier journal pour emballer la paire de chaussures de rechange que Roca voulait emporter. Mais quand donc les hommes apprendraient-ils à faire leurs bagages correctement ?

— Tu as dit à quelqu'un d'autre où tu allais ? demanda-t-elle en refermant le couvercle.

Plongé dans la contemplation des deux lettres jumelles, il répondit distraitement :

— Vous êtes la seule à le savoir.

— Tant mieux, approuva-t-elle en faisant claquer les fermetures métalliques. Et surtout n'en parle à personne.

Comme si quelqu'un pouvait être à l'écoute, l'oreille collée au battant de la porte, elle baissa la voix pour ajouter :

— La moindre indiscrétion pourrait le remettre sur ta piste.

Elle revint près de la table que Roca fixait toujours, comme hypnotisé. Luce saisit les deux enveloppes.

— « E.V. », murmura-t-elle, pensivement. Les deux ont été postées à Collioure. Gimenez est ici. Tout près.

Le nom de son ancien camarade de classe arracha Roca à sa fascination :

— Gimenez ? Encore ! Mais pourquoi voulez-vous absolument que…

Elle le coupa avec impatience :

— Ce serait trop long de t'expliquer comment mon petit-cousin en est venu à le soupçonner, mais il est catégorique : tout colle. C'est Gimenez qui ressuscite les ombres du passé. Après tous les drames qu'il a vécus, les combats sanglants qu'il a menés à la Légion, sa raison a dû finir par vaciller. Il ne peut ressusciter ni son père, ni sa mère, ni, qui sait, tous ceux qu'il a tués pour obéir aux ordres ou simplement sauver sa peau, alors il a décidé de venger la pauvre Griselda Comes.

Au souvenir de ce que lui avait raconté madame Moliner, une bouffée d'indignation lui fit hausser le ton. Il faisait bien deux têtes de plus qu'elle, mais Luce n'en empoigna pas moins l'ancien Irréductible par le devant de sa chemise.

— Comment avez-vous pu lui faire une chose pareille, Jacky ? Et comment avez-vous pu vous taire pendant si longtemps ? Dis-moi comment…

Elle relâcha sa prise et il se laissa tomber sur une chaise, la tête entre ses mains.

— Si vous saviez combien de fois je me suis posé la question ! gémit-il. Combien de nuits blanches à regarder le plafond sans trouver la réponse ? Aucun d'entre nous n'était un voyou, encore moins un pervers, je vous assure. Ça a été comme un coup de folie. Non, c'est l'époque qui était folle ! Début 1944. On sentait bien qu'on arrivait à la fin. Mais dans combien de temps ? Et comment tournerait l'affrontement final ? Nous en parlions souvent entre nous. Nous nous montions la tête mutuellement. Nous avions quoi ? Dix-sept, dix-huit ans ? Nous nous attendions tous les jours à recevoir la convocation pour le STO. Les nazis redoutaient un débarquement sur la côte et Collioure était sur le point d'être évacuée. Il y avait ceux qui faisaient leurs paquets pour partir dans la famille, dans l'arrière-pays, les autres qui restaient parce que leurs parents avaient un commerce ou une activité dont les Allemands avaient besoin. On faisait des pieds et des mains pour obtenir des dérogations, des petits cadeaux aux personnes bien placées. Ça traficotait dans tous les coins. C'était une atmosphère étrange. Rien n'était normal. Nous étions montés ensemble vers Consolation pour parler une nouvelle fois de la situation et boire. Certains comme Camps voulaient rejoindre le maquis. D'autres comme Margall refusaient de bouger, de tenter quoi que ce soit, en prétextant que la guerre allait finir, un jour ou l'autre, et qu'avec un peu de chance les Alliés nous épargneraient le voyage en Allemagne. Moi, je ne me voyais pas rester assis sur mon cul en attendant qu'on vienne me chercher. Mais en même temps, le vieux fusil de chasse de mon père me paraissait être une arme bien dérisoire pour combattre l'occupant nazi. Le ton est monté. Et plus les invectives volaient, plus on buvait. Ce genre de conversation assèche le gosier.

— Et Griselda dans tout cela ?

— On l'a vue passer, toute seule, avec son panier. Elle nous a salués de la main. Elle descendait en direction des sources, j'ignore pourquoi. Elle allait souvent y cueillir des fleurs, mais si tôt dans l'année, il n'y en avait pas encore. Il faisait froid et à chacune de ses respirations, un petit nuage blanc se formait autour de sa bouche. Je ne me souviens plus qui lui a dit d'approcher. Qui l'a invitée à venir boire un coup « pour se réchauffer ». Elle est montée vers nous, souriante, sans méfiance... Oh mon Dieu !

Toujours caché derrière le paravent de ses mains, il se recroquevilla sur lui-même avec un sanglot étranglé.

— Mais tu m'as dit que tu n'avais rien vu parce que tu étais saoul et que tu dormais !

Il secoua longuement la tête sans pouvoir répondre pendant un long moment.

— C'est ce que je leur ai fait croire, finit-il par articuler. Et c'est ce que j'ai presque fini par croire, moi aussi.

Il écarta ses mains, se redressa et fit face à Luce, les yeux rougis.

— Mais la vérité c'est que, quand ils ont commencé à la peloter et qu'elle s'est mise à pleurer, j'étais comme paralysé. J'aurais dû intervenir, m'interposer, leur dire d'arrêter. Si vous saviez combien de fois j'ai imaginé ce qui serait advenu si... Mais je n'ai pas osé. Ils étaient tous là à se défier mutuellement d'aller plus loin « si t'es un homme ». Je ne voulais pas me faire traiter de trouillard ou d'impuissant. D'eunuque, comme disait Camps. Alors j'ai fait le mort. Je me suis écroulé contre un muret, les yeux fermés, la bouche ouverte, comme si je cuvais mon vin. Mais j'entendais tout. C'était horrible. Je priais intérieurement pour qu'ils en finissent vite. Mais ça durait, encore et encore. Quand ils l'ont enfin laissée partir, j'ai fait semblant d'émerger de mon sommeil d'ivrogne. En revanche, je n'ai pas eu à me forcer pour vomir tripes et boyaux derrière un arbre !

Cette fois, c'était au tour de Luce de se cacher les yeux derrière les paumes de ses mains comme pour ne pas voir les images insoutenables que les mots de Roca faisaient naître dans son esprit.

— Maintenant, vous savez tout. Vous comprenez pourquoi je ne me suis jamais marié.

Etrangement, la voix de Roca ne tremblait plus. Il semblait rasséréné. Le premier réflexe de Luce fut de lui en vouloir. Sa conscience ne le tourmentait pas bien longtemps ! Et puis elle comprit que parler l'avait soulagé d'un grand poids. Un tel secret gardé pendant tant d'années était lourd à porter. A bien y réfléchir, il était celui qui avait le moins à se reprocher et pourtant toute sa vie en avait été affectée. Camps dans son usine, Dalmau dans sa pharmacie ou Ripoll dans son étude, les autres avaient « réussi », comme on disait. Les remords ne les avaient pas étouffés. Roca, lui, était resté célibataire et vivait seul dans cette maison sombre à l'ameublement sommaire. Luce jeta un regard circulaire autour d'elle. Il n'y avait que le strict nécessaire. Pas la moindre couleur vive pour égayer la pièce, pas de rideaux aux fenêtres, pas de cadres avec des photos. Depuis vingt-deux ans, Roca punissait « le petit Jacky » de n'avoir rien dit.

— Ta valise est prête, tu devrais y aller, murmura-t-elle, touchée malgré elle.

Roca serra vigoureusement un robinet qui s'obstinait à goutter et ferma les volets sur la lumière crue du dehors. Tamisés par les lamelles à claire-voie, les rais du soleil flamboyant de ce début d'été découpaient sa haute silhouette qui s'affairait dans la pénombre de la pièce. Luce repensa au fantôme sans visage de son cauchemar.

— Et fais bien attention à Gimenez. Si jamais il se doute que tu es chez ta sœur…

Il empoigna d'un geste résolu la poignée de sa valise.

— Gimenez ? Lui, je ne le crains pas.

Peut-être effectivement que le pire ennemi du « petit Jacky », c'était sa mémoire. Elle lui tapota affectueusement l'avant-bras.

— Je préfère cependant te savoir loin de Collioure.

Il la remercia d'un signe de tête et s'engouffra dans l'escalier obscur. Mais une idée subite l'arrêta sur la première marche :

— Vous devriez peut-être partir aussi. Chez une de vos filles, par exemple.

Luce leva les bras au ciel.

— Et mon mari ? Qu'est-ce que je vais pouvoir lui dire ? Et Gérard ? Il a son travail, il ne peut pas s'absenter. Non, je suis obligée de rester.

— Même si c'est une question de vie ou de mort ?

Luce avala péniblement sa salive, la gorge soudain nouée. Evidemment, dit en ces termes…

— Si j'ai bien compris le message de notre assassin, s'efforça-t-elle néanmoins de raisonner tout en faisant attention à ne pas rater une marche dans le noir, je ne fais pas partie de sa vengeance, il veut juste que j'arrête de chercher.

Roca, qui la précédait, s'arrêta devant le battant de la porte d'entrée. Tout en fouillant la poche de son pantalon à la recherche de sa clé, il grommela :

— « Notre » assassin, c'est bizarre dans votre bouche, cette expression. Elle me donne la chair de poule. On dirait que nous l'avons créé et qu'il nous appartient…

Luce en resta un instant la bouche ouverte, interloquée. Le terme lui était venu tout naturellement, sans y penser, mais Roca n'avait pas tort au fond.

— Il appartient à notre vie en tout cas, que nous le voulions ou non, essaya-t-elle d'expliquer. Le viol de Griselda puis les différents meurtres le relient à nous comme une sorte de fil. Un lien dont nous nous serions bien passés, je te l'accorde, mais qui n'en existe pas moins. C'est aussi pour cela qu'il faut que je reste : à tort ou à raison, j'ai la sensation que ma présence est indispensable au dénouement de cette histoire. C'est comme aux dames, quand j'y pense. Jeune, j'y jouais souvent avec mon père. L'adversaire vous prend des pions, vous en déplacez d'autres pour contre-attaquer et au final un seul pion, s'il est bien placé, peut faire toute la différence.

Debout sur le seuil de la porte qu'il avait réussi à ouvrir malgré son trouble, Roca suivait son raisonnement, les sourcils froncés.

— Mais vous avez dit qu'il valait mieux que je parte…

Il restait là, la valise à ses pieds, indécis. Luce lui prit les clés de la main et referma le battant. Elle voyait le damier sur lequel se jouait toute cette affaire très clairement à présent.

— Trop de pions ont déjà été sacrifiés dans cette partie, Jacky. La stratégie de ce monstre a bien failli être payante. Mais tu dois te préserver maintenant, afin que nous puissions jouer le dernier coup l'esprit tranquille.

— Qui ça, « nous » ? demanda-t-il, un peu perdu dans cette métaphore.

— Moi et l'inspecteur Michel… mon petit-cousin, ajouta-t-elle précipitamment. Donne-moi la lettre anonyme que tu as reçue. Je vais lui faire parvenir les deux messages, ça l'aidera peut-être à faire rouvrir officiellement l'enquête. Et le plus vite possible.

Docilement, il lui tendit l'enveloppe à son nom. Luce l'examina une nouvelle fois, le front plissé, comme si la réponse à toutes ses questions allait soudainement s'y inscrire en lettres de feu.

— Philippe m'a dit qu'il était de permanence ce « week-end », quel mot affreux, tu ne trouves pas ? Il faut que je l'appelle tout de suite au commissariat, décida-t-elle, mais la poste est fermée le samedi après-midi. Tu n'as pas le téléphone, bien sûr ?

— Non, mais mes voisins en ont un. Dans les cas d'urgence, ils me permettent de m'en servir. Et je crois que cette fois, c'en est vraiment un. Allons leur demander...

Luce revint chez elle, rue du Miradou, un peu tranquillisée. Roca avait quitté Collioure au volant de sa petite Simca 1000 d'un blanc poussiéreux, il était en sécurité, du moins pour l'instant. Par ailleurs, l'inspecteur Michel avait annoncé qu'il venait lui-même, et sans attendre, chercher les lettres de menaces :

« Il vous faudrait attendre lundi pour les poster, c'est trop tard. Je viens demain matin et j'en profiterai pour chercher une chambre à louer.

— Pour qui ? » avait-elle bêtement demandé.

Elle l'avait senti sourire à l'autre bout du fil.

« Pour moi, évidemment. J'ai du congé à prendre. Je rapporterai les lettres au labo puis je reviendrai à Collioure avec mon sac. Je n'aime pas la tournure que prennent les événements, je préfère être à pied d'œuvre... et garder un œil sur vous ! »

Elle avait protesté, un peu embarrassée :

« C'est gentil mais je ne veux pas vous obliger à...

— Ce n'est pas vous mais lui qui m'y oblige, avait-il corrigé. Vous avez écarté sa dernière victime, il voudra peut-être vous le faire payer. Alors, je vous en supplie, pour l'instant faites-vous oublier. Ne bougez ni un œil ni une oreille d'ici mon arrivée. »

Cette fois, ce n'était pas un conseil mais un ordre. Bien. Elle obéirait. Elle avait un peu négligé sa maison ces dernières semaines, elle avait de quoi s'occuper chez elle. De toute façon, il n'y avait plus qu'à attendre. Quand les derniers pions seraient en place, la partie pourrait enfin se terminer.

16

La chambre était petite et sombre mais sentait bon l'encaustique. Les tomettes du sol comme les draps du haut lit en bois de fruitier étaient lavés de frais et il n'y avait pas de poussière sur les meubles, elle avait vérifié en passant le doigt dessus. Les gonds de l'armoire avaient été huilés et les deux battants s'ouvraient sans un grincement. La maison, tout au bout d'une étroite ruelle du Botiguer, ne payait pas de mine mais le logement était convenable.

— Vous n'aurez qu'à me donner votre linge sale à laver et vous serez tout à fait bien installé…

Il ouvrit la bouche pour protester mais elle l'arrêta avant même qu'il ait pu proférer le moindre son :

— Tatata, n'oubliez pas que pour tous vous êtes mon petit-cousin. C'est normal que je m'occupe de vous !

Décidément, elle devenait de plus en plus maternelle avec lui. Gérard n'aimerait pas ça !

Philippe Michel s'inclina avec un « merci » presque rougissant. En deux enjambées, il alla ouvrir la fenêtre et, passant le torse par l'ouverture, il se dévissa le cou pour apercevoir la baie dont l'eau scintillait au bout de la ruelle.

Il avait posé son grand sac de voyage sur le lit et Luce, mue par l'habitude, s'approcha pour l'ouvrir et en ranger le contenu dans l'armoire quand un « non » impérieux interrompit net son geste.

— Laissez, Luce, je m'en occuperai moi-même.

— Je peux le faire, vous savez, ça ne me dérange pas. En général, les hommes posent leurs vêtements sur les étagères au hasard, comme ils les sortent du sac, et ils se retrouvent tout chiffonnés.

Tout en parlant, elle avait commencé à faire glisser la fermeture éclair mais Philippe Michel lui prit la main et l'en écarta. Gentiment mais fermement.

— Je vous suis très reconnaissant pour toute l'aide que vous m'apportez mais je suis un peu maniaque. Je n'aime pas que quelqu'un d'autre touche à mes affaires. J'ai toujours été habitué à me débrouiller seul.

— Ah oui, c'est vrai, acquiesça-t-elle en se détournant, un brin vexée, vos années de pensionnat...

Il se mordit la lèvre inférieure mais ne releva pas. Au lieu de cela, il extirpa une épaisse enveloppe en papier kraft d'une poche sur le côté de son sac et la posa sur la table de nuit.

— J'ai apporté les photos des corps de Camps, Dalmau, Prats et Solère, et les fiches que j'ai rédigées à partir de mes notes et tapées à la machine…

— Pourquoi ? Vous avez pourtant une belle écriture ! ne put-elle s'empêcher d'objecter.

— Je sais mais cela m'aide à fixer mes idées. Comment vous expliquer ? Une fois que je les ai tapées à la machine, je vois parfois des choses qui m'avaient échappé quand ce n'était écrit qu'à la main. C'est comme si je chaussais des « lunettes » différentes, vous comprenez ?

Elle comprenait surtout qu'il ne mentait pas en affirmant qu'il était maniaque !

— J'ai donné votre lettre et celle de Roca à un de mes collègues, qui se passionne pour ce genre d'énigme. C'est un fan de Sherlock Holmes…

Qui était ce « Cherloc je-ne-sais-quoi » ? Un Anglais, apparemment. Un musicien de « rock », peut-être ? En tout cas, ça rimait. Gérard n'avait-il pas déjà prononcé ce nom ? Qu'importait, de toute façon Luce n'aimait ni les Anglais ni les musiciens.

— Je suis sûr, poursuivait le jeune policier, que mon camarade pourra nous dire dans quel journal et avec quel genre de paire de ciseaux les caractères qui composent les messages ont été découpés !

— Et à quoi cela va-t-il nous avancer ?

— Si Gimenez a fabriqué ces messages chez lui, avant de venir à Collioure, cela peut nous donner une indication sur sa région d'origine. Chaque quotidien a son papier, sa police de caractère…

— Et s'il a attendu d'être sur place et qu'il a utilisé *L'Indépendant* ou le *Midi Libre* que lisent tous les gens d'ici ?

— Alors il faudra chercher autre chose. Peut-être la colle dont il s'est servi… Soyez tranquille, s'il y a quelque chose à trouver, mon collègue le trouvera.

C'était sans doute destiné à lui donner confiance mais cette énumération d'indices aussi ténus qu'improbables eut exactement l'effet contraire sur Luce.

— Et s'il n'y a rien ? Jusqu'ici l'assassin…

— Gimenez, corrigea-t-il. Vous pouvez l'appeler par son nom à présent, vous savez, toutes les pistes convergent vers lui.

— Si vous voulez. Gimenez donc n'a guère fait d'erreur jusqu'ici. Vous aviez raison en disant qu'il est très habile.

L'inspecteur fronça le sourcil.

— Espérons qu'il ne le sera pas trop pour nous et qu'il fera un faux pas, sinon…

Le silence accablé qui s'installa entre eux parut durer à Luce une éternité. Le réveille-matin que Philippe Michel avait posé sur sa table de nuit, à côté de l'enveloppe, semblait compter les pas du fantôme sans visage qui s'éloignait d'eux. Insaisissable.

Luce fut la première à se secouer.

— Ça ne nous vaut rien de tourner en rond dans cette chambre minuscule. Sortons un peu prendre l'air le long de la plage pour nous éclaircir les idées.

Les parasols et les serviettes de bain parsemaient de fleurs multicolores la plage du Faubourg. Les enfants se lançaient des ballons avec des cris aigus sous le regard indulgent de leurs mères qui tricotaient en bavardant. De jeunes beautés impudiques offraient leurs corps au soleil. Luce leur jeta un regard outré. Il fallait avoir une bonne vue pour distinguer les petits bouts de tissu qui servaient de maillot à ces écervelées. Gérard appelait ça un bikini. Il disait que ça avait un rapport avec la bombe atomique. Mais où la jeunesse allait-elle chercher des idées pareilles ?

Le quartier du Botiguer occupait l'extrémité sud de la baie de Collioure, en face et à l'opposé du *campanar* de Notre-Dame des Anges. Luce n'avait pas l'habitude de voir le clocher sous cet angle. Dans leur dos, au-dessus de la ruelle où Philippe Michel avait trouvé une chambre à louer, la tour coiffée elle aussi d'un dôme de la superbe villa du sénateur Gaston Pams semblait refléter son image emblématique.

— Vous avez vu ce magnifique voilier ? s'enthousiasma le jeune inspecteur en sautant d'un bond sur un des bancs de la promenade pour mieux voir le fin bateau amarré dans la baie.

Plusieurs naïades aux cheveux longs se retournèrent au son de sa voix. Il fallait bien reconnaître que la blondeur de sa chevelure et sa silhouette élancée dans sa chemise à manches courtes et son pantalon de toile avaient quelque chose de séduisant. Les yeux brillants, il paraissait plus détendu que Luce ne l'avait jamais vu jusqu'ici. L'espace d'un instant, le jeune homme laissait tomber son masque de policier appliqué, sérieux et concentré. Cela faisait plaisir à voir.

Mais comme elle était Luce Colomine et donc pas du genre à faire des compliments, elle se contenta de grommeler :

— Comme on dit chez nous : *quan la mar esta bonança, tothom pot ser mariner*, quand la mer est calme, tout le monde peut être marin.

La gracieuse goélette au pont de bois verni ne méritait sans doute pas son agressivité mais le cœur de Luce, femme, fille et petite-fille de pêcheurs, saignait toujours lorsque des vacanciers fortunés coiffés d'une casquette de capitaine d'opérette jetaient l'ancre dans la baie comme aujourd'hui. Naguère, à cette heure de la matinée, les dernières barques revenaient de leur sortie nocturne alourdies par leur calée d'anchois. L'été, la noria des voiles blanches ne s'arrêtait pas. Tandis que le soleil, fatigué d'avoir blanchi le ciel de Collioure pendant des heures interminables, faisait rougeoyer de ses derniers feux les crêtes des Albères, les hommes poussaient joyeusement leurs bateaux dans les vagues encore molles et tièdes, et mettaient le cap au large. La sardine musait non loin des côtes mais l'anchois, c'était vers l'horizon qu'il fallait aller le chercher. Quand elle avait une dizaine d'années, Luce aurait tout donné pour se réveiller un beau jour garçon et s'embarquer comme mousse pour ces mystérieuses pérégrinations nocturnes sur une mer d'encre ourlée d'écume phosphorescente. De ce qui se passait pendant ces traques aux bancs de poissons d'argent, les hommes parlaient peu, une fois revenus à la maison. Ils ne l'évoquaient qu'entre eux, lorsqu'ils se retrouvaient après la sieste, dans les cafés ou sur les quais, en attendant l'heure de rejoindre le bord pour une nouvelle nuit de pêche. Et encore avaient-ils leur propre langage, où les silences tenaient souvent lieu de mots, le langage secret des gens de la mer qui vivent des choses que ceux qui restent à terre ne peuvent pas comprendre. Désormais, la plupart des Colliourencs passaient la nuit dans leur lit mais ils avaient gardé l'habitude de se retrouver l'après-midi à l'ombre d'un mur ou autour d'un verre, à l'heure où jadis ils ressortaient de chez eux, requinqués par quelques heures de sommeil. Les *forasters* [1] brocardaient entre eux la nonchalance des habitants du cru, passant leur temps à bavarder plutôt qu'à travailler, sans savoir qu'ils entendaient en passant devant eux le dernier écho de la splendeur maritime de Collioure.

— Vous ne travaillez pas ces jours-ci, Luce ? s'enquit Philippe Michel en sautant à bas de son poste d'observation.

Depuis quelques jours, peut-être parce que à jouer les estivants il était plus détendu, il avait pris l'habitude de l'appeler par son prénom et elle avait trouvé cela tout naturel. Tout comme le ton d'affectueux respect qu'il employait à son égard. Leurs liens devenaient presque filiaux. Gérard aurait aimé de moins en moins ça.

1. Ceux qui ne sont pas du village.

— J'ai fait comme vous, répondit-elle d'un ton léger, j'ai pris quelques jours de vacances. Il paraît que j'y ai droit. Ça tombe bien, je dois préparer la maison : comme tous les ans, ma fille Eliane vient passer l'été chez nous avec ses enfants. Mon beau-fils les rejoindra pour les fêtes de la Saint-Vincent, à la mi-août. Il vend des machines à laver, précisa-t-elle avec dédain.

Décidément, elle avait toujours cette fichue machine en travers de la gorge !

Il approuva de la tête.

— Vous allez être très occupée, à ce que je vois. Je ne vais pas chômer non plus. J'irai distribuer dans tous les commerces la photo de Gimenez que j'ai fait retirer. Comme il ne s'agit pas de semer la panique dans toute la ville, j'expliquerai que je le recherche comme témoin. Il y aura bien quelqu'un qui pourra me mettre sur une piste pour le retrouver... en espérant bien sûr que mes manigances ne reviendront pas aux oreilles de mes supérieurs !

Luce s'arrêta net.

— Ils n'ont pas rouvert officiellement l'enquête ? s'étonna-t-elle. Pourtant, vous aviez dit qu'avec ces lettres anonymes...

Le jeune policier ouvrit les deux bras en signe d'impuissance.

— Je les leur ai montrées mais l'inspecteur Bosc, qui, sauf votre respect, n'a pas l'air de vous porter dans son cœur, assure que vous êtes bien capable de les avoir fabriquées vous-même !

— Comment ? s'étrangla-t-elle. *Quina vergonya !* Je ferai voir à ce petit...

— C'est pourquoi, l'interrompit à la hâte le jeune policier, qui n'avait nulle envie d'entendre ce que pensait de son chef la virulente vieille dame, c'est pourquoi j'attends de voir ce que va en tirer mon Sherlock Holmes de collègue pour avoir du concret à présenter !

Attendre. Encore attendre. Luce inspira un grand coup pour apaiser la colère qui bouillait en elle.

— Bon, et moi dans tout ça, je fais quoi ?

Il leva la tête vers le haut des murailles du château des Templiers, comme s'il voulait en détailler l'architecture.

— Mais rien, répondit-il sans la regarder. Vous restez sagement chez vous et vous cultivez l'art d'être grand-mère.

— Mais...

Il s'arracha à sa supposée contemplation pour planter ses yeux, qui étaient aujourd'hui plus bleus que verts, dans les siens.

— Ne protestez pas et pour une fois écoutez-moi. Je vous rappelle que Gimenez vous a à l'œil, alors ne vous exposez plus. Je prends le relais. Je vous demanderai juste de me donner l'adresse de la sœur de Roca pour aller là-bas lui faire une petite visite et l'interroger.

Elle le fusilla du regard comme s'il était Gimenez lui-même.

— Je vous la donnerai. Mais pas question de rester terrée rue du Miradou : je ne veux pas que cet assassin s'imagine qu'il a réussi à faire peur à Luce Colomine !

Des cris de triomphe saluèrent sa fière tirade. Philippe Michel et Luce se retournèrent en même temps vers la plage, surpris. Abandonnant leurs ballons, les enfants trépignaient de joie au bord de l'eau en montrant du doigt une forme fuselée qui venait d'entrer dans la baie.

— Un dauphin ! Regardez, c'est un dauphin !

Laissant Philippe Michel s'élancer pour les rejoindre et admirer de plus près le peu sauvage cétacé, Luce s'éloigna en marmottant. Fichu marsouin ! C'était la hantise de son père et de tous les pêcheurs. Combien de filets ces satanées bestioles avaient-elles mis en pièces en poursuivant les poissons dont elles faisaient leur ordinaire ? « Marsouins en vue, pêche perdue », répétait le père Noell en prenant la mer, comme une incantation. Et maintenant, les enfants les applaudissaient. Quelle époque !

Luce se figea en voyant l'enveloppe que René, retranché comme à son habitude derrière *L'Indépendant*, venait de lui indiquer d'un simple geste du pouce. Elle s'approcha au ralenti de la table de la cuisine, tétanisée. Le rectangle blanc se détachait nettement sur la nouvelle nappe cirée à fleurs jaunes et bleues qu'elle avait achetée à un marchand ambulant en l'honneur de la venue de ses petits-enfants. René marmonnait des commentaires incompréhensibles en tournant les pages de son journal. Elle retint sa respiration, ferma les yeux et saisit délicatement le coin de l'enveloppe entre le pouce et l'index, comme si celle-ci risquait de lui exploser à la figure.

Par la fenêtre, la pétarade d'une mobylette la fit sursauter. Elle ouvrit les yeux et laissa échapper un soupir de soulagement. L'adresse était complète et écrite à la main. Une écriture élégante et penchée. Féminine. Elle ouvrit fébrilement l'enveloppe et en sortit un feuillet couvert de la même écriture.

— « Chère madame Colomine, lut-elle à mi-voix pour éviter d'attirer l'attention de son mari. Je quitte Collioure pour aller m'installer à Thuir chez ma fille. Mes derniers examens médicaux ne sont pas bons : le crabe me mange le ventre. Le docteur parle de nouveaux traitements expérimentaux, des sortes de rayons, mais je n'ai pas envie de devenir un rat de laboratoire. J'en ai pour six mois, au plus. J'ai apprécié que vous preniez autant à cœur ce qui est arrivé à la pauvre Griselda. Certains pourraient penser qu'il s'agit de curiosité malsaine, mais moi je sais que c'est parce que vous avez bon cœur. J'ignore si j'ai pu répondre à toutes vos questions, mais en faisant ma valise j'ai retrouvé cette photo au fond d'un tiroir. Gardez-la afin que la petite continue à vivre dans la mémoire de quelqu'un. Bien à vous… »

Et c'était signé : *Angèle Moliner*.

Luce secoua l'enveloppe et un petit rectangle de carton s'en échappa. La photo, un peu jaunie, avait été prise pendant les vendanges. La *colle* posait au milieu des ceps chargés de lourdes grappes sombres. Les garçons en casquette et foulard noué autour du cou pour absorber la sueur en profitaient pour chatouiller les filles qui riaient aux éclats en clignant des yeux au soleil. En bout de rangée, tenue fermement par la main par une vieille femme toute de noir vêtue, une gamine enroulée dans un tablier trop grand pour elle fixait gravement l'objectif. Elle semblait un peu effrayée et ses grands yeux clairs s'écarquillaient sous le foulard à pois qui lui couvrait les cheveux. Griselda.

17

Qu'est-ce qui la tira en premier de son sommeil ? Est-ce la subite lueur orange qui dissipa les ténèbres de la chambre malgré les volets ? Ou les craquements lorsque les flammes attaquèrent les sarments secs de la treille ? A moins que ce ne soit un des ces mauvais rêves qui avaient hanté sa courte nuit ?

Il y avait bal sur la place de la mairie. Juché sur une estrade décorée de drapeaux, l'orchestre de Georges Barre enchaînait les chansons à succès et les airs plus traditionnels. Chemises blanches et robes bain de soleil en toile de couleurs vives, les jeunes tourbillonnaient sous les yeux de leurs aînés qui avaient apporté chacun une chaise de la maison, comme c'était l'usage, et échangeaient des commentaires en bord de piste. Hommes et femmes, en groupes séparés comme de juste. C'est qu'ils n'avaient pas les mêmes centres d'intérêt. Ces messieurs roulaient leurs cigarettes avec application, en guettant d'un air faussement indifférent l'envol de jupon qui dévoilerait une cuisse délicieusement galbée et peut-être même le bord en dentelle d'une petite culotte. Il leur en venait de soudaines suées qui les obligeaient à sortir un grand mouchoir à carreaux de leur poche pour éponger leur front dégarni. Un de ces soirs, l'un d'eux en tomberait raide au pied de sa chaise, la bouche figée en un sourire idiot pour l'éternité ! Ces dames, elles, pratiquaient leurs deux sports favoris : médire et faire des mariages. Après quelques considérations acides sur le petit Machin, raide comme un piquet, qui tenait sa partenaire à une telle distance qu'on aurait pu croire que les femmes lui faisaient peur, et mademoiselle Chose qui ferait mieux d'éviter les jupes trop moulantes qui faisaient ressortir son gros derrière, chacune se mettait en devoir de répertorier les moindre gestes et sourires laissant augurer un début d'inclination. Le temps de se pencher à l'oreille de sa voisine pour faire remarquer que « Jocelyne et Georges en sont à leur troisième danse d'affilée » ou que « Henri colle d'un peu trop près Christiane, vous ne trouvez pas ? » et ces pythonisses aux cheveux blancs auguraient déjà de la date des fiançailles ! Renat, qui devenait de plus en plus sauvage avec l'âge, avait annoncé, dès la dernière bouchée du souper avalée, qu'il allait prendre le frais sur la jetée. Il avait fait très lourd toute la journée, et même à la nuit tombante l'air semblait aussi épais que de la soupe. Il l'oppressait. Un petit coup de brise marine l'aiderait à mieux respirer.

Luce était donc descendue seule jusqu'à la place en traînant après elle sa *cadireta*. Mues par l'habitude, les cancanières du lavoir avaient regroupé leurs chaises au pied du platane. Luce hésita, mais la douce Marie du Rimbau lui ayant fait gaiement signe de les rejoindre elle s'exécuta. Elle avait refusé de se l'avouer jusqu'ici mais la conversation de ces mauvaises langues lui manquait. Toutes ces heures délicieuses à partager les dernières nouvelles, à remâcher les potins, à faire et défaire les réputations, en un mot tout ce qui faisait la saveur de sa vie ordinaire, elle l'avait perdu depuis qu'elle courait après son fantôme sans visage. Marie ne lui fit aucun reproche de son absence ; c'était une heureuse nature qui se contentait de profiter de l'instant. Les autres, à commencer par cette loucheuse de Fine et la Mimi du Mouret, la regardèrent d'un air pincé, mais Luce décida de les ignorer pour profiter de sa soirée.

La nuit était tombée et les lampions accrochaient des lucioles en guirlandes le long des murs et des branches, tout autour de la place. Tapant du pied au rythme de la musique, elle était en train d'écouter Marie lui raconter la nouvelle aventure extraconjugale de la volage charcutière, celle-là même qui avait été la dernière conquête de Camps, lorsqu'elle perçut, couvrant le son des instruments de l'orchestre, la voix acide de la Fine pérorant complaisamment pour la plus grande joie de ses amies, émoustillées :

— Non mais, qu'est-ce qu'elle croyait ? Qu'il lui suffisait de réapparaître pour que mon frère lui mange dans la main ?

C'était d'Ange qu'elle parlait ? Luce tendit l'oreille, intéressée.

— Il ne faut pas avoir honte, moi je vous le dis, pour laisser son mari à la maison et faire du stop pour venir relancer mon frère à Port-Vendres ! A son âge, en plus. Vous parlez d'une moralité !

Luce n'écoutait plus le récit rougissant de la bonne Marie, qui en était à se demander comment la charcutière à la cuisse légère avait fait pour éviter jusqu'ici de se retrouver enceinte d'un petit bâtard. Il y avait plus important : qu'était-il arrivé au serviable gendarme à la retraite ?

— Elle lui a raconté, poursuivait la Fine que l'excitation faisait loucher plus que jamais, une histoire abracadabrante sur l'enfance de ce pauvre monsieur. Camps, un prétendu secret partagé avec des camarades d'école... Comme si Ange était dupe !

Luce se leva d'un bond, livide... avant de réaliser trop tard que c'était exactement ce que la perfide attendait :

— Ah tiens, fit mine de s'étonner la Fine, il y en a une qui s'est reconnue !

Et toutes les têtes de se tourner avec un bel ensemble vers Luce au moment même où l'orchestre plaquait le dernier accord d'un tango langoureux. Elle resta debout au bord de la piste qui se vidait tandis que les musiciens prenaient une pause pour se rafraîchir, point de mire de tous les regards. D'autres se seraient liquéfiées sur place, pas Luce. Elle releva le menton et, toisant dédaigneusement la manipulatrice, laissa tomber :

— Très bientôt tu verras qui avait raison et ce jour-là tu en mordras ta langue de vipère !

Et sur cette prédiction, elle tourna les talons, tirant toujours après elle sa petite chaise, comme une reine la longue et majestueuse traîne de son manteau de cour.

Luce rentrait chez elle, de fort mauvaise humeur, quand elle reconnut une silhouette parmi les chevelus qui jouaient de la guitare assis en rond sur la plage du Boramar.

— Gérard ! cria-t-elle, la voix perçante. Qu'est-ce que tu fais là ?

Il se retourna, contrarié. Impatiente, elle lui fit signe d'approcher. Il se leva à contrecœur et s'approcha en traînant les pieds.

— Tu ne travailles pas demain ? l'apostropha-t-elle, agressive. Tu devrais déjà être couché, sinon tu ne te lèveras pas !

Il jeta un coup d'œil par-dessus son épaule.

— Je suis assez grand pour savoir ce que j'ai à faire. Et tu n'as pas à venir me mettre la honte devant mes copains.

Son trop-plein de colère déborda d'un coup. Luce savait que c'était après cette garce de Fine qu'elle en avait, mais tant pis, Gérard était là et c'est lui qui prendrait !

— Parce que maintenant, grinça-t-elle, tu es copain avec ces « bitnics » qui dorment dans les barques, que si mon pauvre père voyait ça, il se retournerait dans sa tombe ?

Mais Gérard n'était plus un gamin qui baisse la tête quand sa mère hausse le ton.

— Ce ne sont plus des barques, répliqua-t-il du tac au tac, mais des tas de planches pourries que les éboueurs feraient mieux d'emporter avant qu'il y ait un accident !

Elle n'eut même pas le temps de réfléchir, déjà sa main claquait sur la joue de son fils. Il blêmit mais son regard ne cilla pas.

— Je passerai la nuit sur la plage et j'irai directement travailler demain matin. Tu n'as qu'à aller te passer les nerfs sur ton « petit-cousin », il te doit bien ça après tout ce que tu as fait pour lui !

Avant qu'elle ait eu le temps de répliquer, il était déjà reparti en courant vers ses « copains » qui fredonnaient en tapant dans leurs mains, assis en tailleur sur les galets.

Après une telle soirée c'est sûr, une fois entre les draps, Luce avait eu du mal à trouver le sommeil ! Mille pensées tournaient et se heurtaient dans sa tête et, dans ses rêves agités, elle criait à la Fine, qui riait de la voir courir en vain derrière un fantôme sans visage mais aux cheveux longs, qu'elle allait écrire à madame Moliner…

La chaleur était étouffante. Elle arracha le drap qui collait à sa peau mouillée de transpiration et René gémit à son côté. Luce ouvrit les yeux.

Des ombres monstrueuses dansaient une sarabande infernale au plafond. Une odeur âcre emplit ses narines. Le feu.

Les voisins rameutés par ses cris faisaient la chaîne avec des seaux par la rue de derrière, depuis la pompe au ras du rempart. Le Baptiste Arcens, juché à califourchon sur le mur, en était le dernier maillon : de là-haut, il arrosait d'eau la *parraguera* en flammes. Le dernier sarment de la treille venait de disparaître dans une gerbe d'étincelles.

En une seconde, Luce avait sauté au bas du lit et secouait son mari en hurlant qu'ils allaient tous mourir carbonisés. Lui qui avait horreur d'être réveillé en sursaut avait réagi au quart de tour, force lui était de le reconnaître. S'étant rué vers la fenêtre, il avait ouvert les volets pour se rendre compte de l'ampleur de l'incendie. Une bouffée d'air chaud leur sauta au visage. Epouvantée, Luce recula jusqu'à coller son dos contre le mur le plus éloigné. La silhouette de René se détachait en ombre chinoise sur la lumière mouvante qui émanait du brasier. Il jura dans sa barbe.

— *Me caga un Deu*, qu'est-ce que... Vite, de l'eau ! Tout flambe !

Il se précipita dans la cuisine à la recherche d'un seau, d'une bassine, enfin n'importe quoi qui puisse faire office de récipient. Elle l'entendit farfouiller frénétiquement sous l'évier. Les hommes ne trouvaient jamais rien ! Elle s'arracha à son mur pour voler à son secours.

Tandis qu'ils dégringolaient l'escalier, on tambourina à la porte.

— Luce, René, ça va ? C'est quoi, cette fumée ?

Des cris s'élevaient dans les maisons voisines. Des portes et des volets claquaient. Dans la cour, tout était en flammes. La table et les chaises, la treille, les cagettes et les paniers. René balança le contenu de son seau et courut le remplir à nouveau. La tête de Baptiste Arcens apparut au-dessus du mur et bientôt tout le quartier se retrouva en train de combattre l'incendie.

Une demi-heure plus tard, quand les pompiers arrivèrent, tout était fini. De toute façon, étant donné l'étroitesse des rues, ils n'auraient pas été d'un grand secours.

Les bras ballants, le visage maculé de suie, Luce contemplait, incrédule, sa *parraguera* calcinée. René avait jeté son seau vide et s'était accroupi près des débris noircis de la *cadireta*. Il tâtait précautionneusement le bois brûlé qui fumait encore.

— C'est étrange, on dirait qu'on l'a badigeonnée de poix...

Il se pencha et renifla longuement.

— Et ça sent encore l'essence. Ce n'est pas un accident, quelqu'un a mis volontairement le feu à la chaise !

Arcens, toujours perché sur son mur, étouffa une exclamation.

— Ce sont peut-être des jeunes qui ont voulu s'amuser, risqua-t-il, hésitant. Ils ne pensaient sûrement pas que cela prendrait tant d'ampleur...

— Tu parles d'un amusement ! commenta la voix de son épouse, invisible dans la rue de derrière. Quand on n'a pas plus de cervelle que ça...

— Mais pourquoi auraient-ils fait une chose pareille ? interrogea une autre voix désincarnée dans laquelle Luce reconnut celle de Mimi, évidemment accourue voir ce qui se passait.

René se tourna vers sa femme.

— Tu ne m'as pas dit qu'hier soir tu avais engueulé Gérard devant ses copains, sur la plage ?

Elle hocha la tête sans parvenir à émettre le moindre son.

— Alors ne cherchez pas, conclut Arcens, à qui sa position dominante prêtait plus d'autorité qu'il n'en avait d'ordinaire, ces petits cons ont voulu se venger en vous faisant peur !

Un murmure d'assentiment, émaillé de quelques épithètes malsonnantes, enfla derrière le mur.

— N'empêche que vous devriez prévenir les gendarmes, préconisa la voix de Gasco, qui habitait deux maisons plus haut. Ils auraient pu mettre le feu à toute la rue avec leurs bêtises, il ne faut pas qu'ils s'en tirent comme ça !

Arcens et le chœur invisible approuvèrent comme un seul homme.

— J'irai à la gendarmerie à la première heure, promit le Renat, en se redressant avec difficulté à cause de ses articulations douloureuses. En attendant, merci à tous pour votre aide. Sans vous, ce qui n'était au départ qu'un mauvais tour qu'on a voulu nous jouer aurait tourné au drame. Vous pouvez retourner vous coucher maintenant, il n'y a plus aucun risque.

Baptiste Arcens quitta à regret son poste d'observation pour sauter dans la rue où on échangeait commentaires et bonsoir dans le cliquetis métalliques des seaux désormais inutiles.

Luce entendit nettement Mimi assurer que si Gérard était son fils elle saurait lui apprendre à mieux choisir ses amis ! Mais ce soir, elle était trop anéantie pour riposter vertement et clouer le bec de la mégère, en lui rappelant la conduite scandaleuse de sa propre fille par exemple. Luce restait là, debout, sonnée, incapable de faire le moindre geste, le moindre commentaire. René lui jeta un coup d'œil inquiet.

— Il ne faut pas t'inquiéter, tu sais, tenta-t-il maladroitement de la réconforter, un bon coup de balai, quelques planches et quelques clous pour bricoler un banc et une table et il n'y paraîtra plus.

Elle le laissa rentrer dans la maison sans réagir. Elle ne pouvait détacher ses yeux du petit tas charbonneux qui était tout ce qui restait de la *cadireta* où elle seule prenait place. Luce savait bien que les beatniks de la plage n'y étaient pour rien. Elle avait négligé la lettre de Gimenez, il venait de lui montrer jusqu'où il serait capable d'aller si elle persistait à ignorer ses avertissements.

La fraîcheur et le silence. Là-haut, sur les collines, entre les terrasses des vignes et les chênes kermès, les cigales électrisaient l'air surchauffé. Mais ici, à l'ombre des arbres qui posait comme un baume apaisant sur la terre poussiéreuse, elles se taisaient et dans la quiétude retrouvée le doux murmure des sources berçait l'âme. Quels que soient le tumulte qui agitait son esprit, les blessures que lui infligeait la vie, le vallon où se nichait l'ermitage de Consolation lui apportait toujours réconfort et sérénité. Et c'était sans doute pour cette raison que, sans même y penser, les pas de Luce avaient emprunté le chemin qui y montait, au lendemain de l'incendie.

Une fois l'agitation calmée, René et elle s'étaient bien recouchés mais évidemment ils n'avaient pu retrouver le sommeil. Etendus côte à côte, ils avaient attendu en silence que le soleil se lève enfin. Les yeux ouverts dans le petit jour gris lavande, Luce ne cessait de revoir au plafond l'autodafé de sa *cadireta* et l'angoisse posait sur sa gorge une lame acérée.

Ils n'avaient pas été les seuls à passer une nuit blanche, tout le Mouré était en émoi.

Gérard était enfin accouru, le visage déformé par l'angoisse, peu après neuf heures : il n'avait appris la nouvelle qu'en arrivant à l'épicerie. Dieu sait où et avec qui il avait passé la nuit ! Il avait battu sa coulpe, il aurait dû être là, pardon maman, mais Luce l'avait serré sur son cœur, tellement soulagée qu'il n'ait point été dans sa chambre au moment où les flammes menaçaient la maison. Philippe Michel avait fait son apparition une heure plus tard, alors que René et Gérard étaient partis ensemble à la gendarmerie. Il est vrai que le Botiguer était à l'autre bout de Collioure, la rumeur mettait plus de temps à y arriver. Le jeune policier avait une fois de plus supplié Luce de renoncer et de rester chez elle désormais, pour que Gimenez sache qu'elle avait compris le message qu'il venait de lui adresser.

Mais Luce ne supportait plus sa maison où flottait une âcre odeur de brûlé. Il fallait qu'elle sorte.

Elle avait écrit un mot à la courageuse madame Moliner. Son fantôme à elle, c'était le crabe qui lui grignotait les entrailles. Lui aussi était un assassin. En ce moment, Luce se sentait plus proche de la veuve du douanier que de n'importe laquelle de ses « amies » du lavoir. Elle était donc partie sans tarder mettre sa lettre dans la boîte mais, une fois à la poste, elle n'avait pu se résoudre à revenir rue du Miradou. C'est là que, sans l'avoir prémédité, elle avait pris le chemin de Consolation.

Le récit du calvaire de la malheureuse Griselda que lui avait fait Roca n'était sans doute pas non plus étranger à la direction qu'avait prise sa promenade solitaire. Elle se laissait juste guider par les émotions qui s'agitaient en elle.

Chassant les relents de fumée qui collaient encore à ses narines, la nature embaumait. Tout en marchant, Luce effleurait du doigt les corolles mauves et blanches en se demandant lesquelles avaient la préférence de la gamine lorsqu'elle confectionnait les petits bouquets qu'elle déposait au pied de la Vierge protectrice des marins. Une idée folle lui flottait dans la tête. Elle n'était pas encore formée, Luce n'en discernait pour l'instant que les contours, mais elle était là, toquant avec insistance à la porte de sa conscience. Il suffirait de rien, d'un détail, pour qu'elle se précise et s'impose enfin. Madame Moliner pourrait peut-être lui fournir l'élément qui lui manquait et qui déclencherait tout.

Un frôlement derrière les fourrés. Luce fit volte-face, le cœur battant la chamade. Personne. Et plus aucun bruit. Etait-elle bête de s'affoler ainsi, ce n'était sans doute qu'un animal. Elle reprit sa marche, l'oreille aux aguets cependant. Elle approchait des sources, le bruissement de l'eau était plus perceptible. Des murets de schiste retenaient les racines des chênes lièges. Etait-ce contre celui-ci que Roca avait fait semblant de dormir pour ne pas participer à la curée ? A moins que ce ne soit l'autre, en contrebas, qui affectait la forme d'un « S » ?

Une pierre roula derrière elle. Sous quel pied ? La panique envahit Luce. Et si c'était Gimenez ? Seule ici, loin de tout, elle était une proie facile. Mais quelle idée lui était passée par la tête ? Comme si les assassins respectaient les sanctuaires !

Une grêle de gravillons dévala la pente. Luce voulut courir mais son genou se déroba et elle faillit tomber. Elle se rattrapa Dieu sait comment et s'adossa, le souffle court, au tronc d'un arbre de Judée dont les fleurs formaient un nuage rose au-dessus de sa tête. Elle allait payer cher son entêtement.

Cette fois, c'était sûr, elle perçut un pas. Léger et furtif. Celui de quelqu'un qui ne veut pas être vu, qui cherche à surprendre. La main de Luce tremblait et sa poitrine, haletante, se soulevait comme les vagues de la mer ; elle les plaqua l'une sur l'autre pour les obliger à se calmer toutes les deux. Elle ne voulait pas qu'il la trouve terrifiée et décomposée ainsi qu'un animal traqué. Elle ferait face. Pourquoi fallait-il qu'en ce moment terrible ce soit la voix de sa cruelle maîtresse d'école qui retentît à son oreille ? Elle lisait l'histoire de la chèvre de Monsieur Seguin et Luce se dit qu'elle aurait beaucoup de mal à résister aussi longtemps que la vaillante biquette.

A tâtons et sans quitter des yeux le sentier par où l'assassin pouvait surgir d'un instant à l'autre, elle chercha une pierre, un morceau de bois qui pourrait lui servir d'arme. Mais elle revit le visage livide de Camps, étranglé, allongé raide sur le sol du magasin à sel, et la chemise ensanglantée de Prats, poignardé au fond d'une ruelle de Marseille. Si ces deux hommes dans la force de l'âge n'avaient rien pu faire, que pouvait espérer une vieille femme au corps lourd et aux jambes flageolantes ?

Les pas se rapprochaient. Sans précipitation. Il prenait son temps. Dans une minute, quelques secondes à peine, il tiendrait à sa merci celle qui l'avait privé de l'impunité qu'il croyait s'être assurée en frappant chaque fois différemment. Et pour elle, quelle fin et quel objet avait-il choisis ? Dans un instant, il aurait levé le dernier obstacle et pourrait parachever sa vengeance.

Elle releva la tête avec le mouvement volontaire du menton que tout Collioure connaissait bien. Non, son triomphe ne serait pas complet. Elle serait peut-être morte mais il n'aurait pas gagné pour autant puisqu'elle lui avait enlevé Roca. Il manquerait une victime à son sinistre décompte.

Au moment même où un frémissement dans les buissons la prévint qu'il s'apprêtait à bondir et qu'elle se ramassait sur elle-même, comme la chèvre de Daudet, pour encaisser le choc, à ce moment précis un bruit de conversation ponctué d'exclamations joyeuses rompit le silence tendu comme la corde d'un arc. Des jeunes touristes en short et polo de couleurs vives, le sac sur le dos, apparurent au détour du sentier. Ils passèrent devant Luce, toujours adossée à son arbre de Judée, la saluèrent poliment en une langue étrange aux sonorités brutales et rugueuses que démentaient leurs sourires aux dents très blanches, et poursuivirent leur chemin vers l'ermitage, dissimulé par les feuillages, un peu plus haut, sans se rendre compte qu'ils venaient sans doute de lui sauver la vie.

Hébétée, elle les regarda disparaître, toujours riant, entre les arbres.

— Vous ne devriez pas vous promener seule ainsi dans un endroit désert…

Elle ne put réprimer un sursaut mais aussitôt après ses épaules se détendirent et c'est les yeux noyés de larmes de soulagement qu'elle vit Philippe Michel sortir de derrière le buisson où il était posté.

— Mais que dois-je faire pour que vous m'écoutiez enfin, Luce ? la sermonna-t-il, la mine sévère. Je ne serai pas toujours derrière vous, à vous suivre, comme aujourd'hui, afin de vous protéger…

18

Il avait glissé une rose en bouton dans le vase en étain sur la table de nuit, juste à côté du réveille-matin. Pensive, Luce reposa la photo dans le cadre en cuir, ôta délicatement la fleur et saisit la gracieuse anse ouvragée. On retrouvait le même motif au bord du bec verseur qu'elle caressa du bout du doigt comme pour se convaincre de sa réalité. Le vase était lourd, le métal mat et patiné ; c'était une pièce ancienne, pas un de ces articles de bazar en aluminium doré.

Ses pensées prenaient des directions surprenantes comme pour éviter de regarder en face la vérité qui venait de se faire jour dans son esprit. Paradoxale. Inacceptable. La chambre était telle qu'elle l'avait toujours connue et pourtant tout était changé. Ses yeux hésitaient encore à reconnaître ce qu'ils voyaient et elle retardait le moment où, en mettant un nom dessus, l'inévitable conclusion s'imposerait à elle.

Un bruit de pas dans l'escalier. A moins que ce ne soit le sourd martèlement de son cœur. Elle serra le vase entre ses mains, réchauffant l'étain massif de ses paumes. La porte s'ouvrit lentement dans son dos. Elle ne bougea pas. Ne chercha même pas à se donner une contenance. C'était inutile : sur le lit étaient posés, alignés comme pour un inventaire, la matraque et le poignard dans son étui, et le pistolet au canon luisant qu'elle avait extrait du sac en nylon noir fermé par un lien coulissant dissimulé sous une pile de couvertures au bas de l'armoire. Juste à côté du linge propre, repassé et plié.

— Je suppose que c'est pour Roca, énonça-t-elle calmement, sans se retourner, juste pour lui montrer qu'elle savait qu'il était là. Vous avez prévu de la laisser à côté de son corps. L'aiguière de Ponce Pilate, bien sûr.

Une infime hésitation, due peut-être à la surprise.

— Pour celui qui s'est lavé les mains de l'ignominie qui était en train de se perpétrer sous ses yeux, oui, confirma-t-il finalement. Vous me surprendrez toujours, Luce.

Il était essoufflé comme s'il venait de courir pendant des kilomètres et sa voix était plus aiguë que d'ordinaire. Elle pouvait sentir sa fébrilité.

— Pour ce qui est de surprendre, rétorqua-t-elle, vous n'avez rien à m'envier. Malheureusement. Vous étiez bien le dernier que j'aurais soupçonné…

Tenant toujours le vase en étain devant elle, comme si un dernier doute y restait accroché et lui donnait une dernière chance de dissiper le malentendu, elle pivota lentement sur elle-même.

Une silhouette élancée s'encadrait dans l'ombre de la porte. Lorsqu'elle lui fit face, Philippe Michel esquissa un mouvement de recul, comme pour s'y fondre encore un peu plus, comme s'il n'osait pas affronter son regard. Mouvement vite réprimé. Il avança d'un pas afin d'apparaître en pleine lumière.

Il marmonna entre ses dents une phrase décousue où il était question de sa curiosité devenue gênante, ou quelque chose d'approchant, mais elle l'entendit à peine, fascinée qu'elle était par ce visage qu'elle ne reconnaissait pas.

Ses traits s'étaient durcis, figés jusqu'à en devenir presque minéraux. Un masque de pierre d'une fixité dérangeante, peut-être plus effrayante encore que l'arme qu'il tenait dans sa main, pointée sur elle.

Le canon du pistolet la regardait de son œil noir et rond sans ciller, comme s'il ne l'avait jamais vue auparavant. Indifférent.

Un relent aigre lui brûla la gorge.

Le doigt se crispa sur la détente.

Une idée. Vite. Elle ouvrit convulsivement la bouche pour obliger l'air à entrer dans sa poitrine.

— Qui était-elle pour vous ? réussit-elle à demander d'une voix à peine audible, en s'emparant de sa main libre de la photo sur la table de nuit.

— Reposez-la tout de suite, siffla-t-il en s'empourprant. L'aiguière aussi.

D'un mouvement impérieux du menton, il désigna le vase.

— Et remettez la fleur dedans.

Elle s'exécuta docilement. Le doigt avait relâché sa pression sur la détente, pour l'instant c'était l'essentiel. Luce réarrangea le bouton de rose de façon à ce qu'il donne l'impression de courber la tête vers le cadre de cuir au centre duquel souriait le joli visage candide de Griselda sous une masse de cheveux blonds.

— Quelle adorable enfant, s'apitoya-t-elle, et quel horrible destin. C'était votre mère ?

Elle avait lâché le mot un peu au hasard. Une intuition soudaine. De toute façon, elle n'avait pas le temps de réfléchir, d'analyser. Elle ne pouvait se fier qu'à son instinct.

L'arme s'abaissa légèrement. Très légèrement.

— Vous m'épatez, Luce, admit-il. Je ne vous ai pas lâchée d'une semelle afin de savoir tout ce que vous découvriez, j'ai tout fait pour vous décourager et vous envoyer sur de fausses pistes et vous avez quand même trouvé. Chapeau !

Son intuition était bonne. Elle devait continuer à s'y fier.

Le visage du jeune policier avait retrouvé sa mobilité et son regard perdu sa fixité effrayante. Une lueur de curiosité traversa même ses prunelles bleues qui avaient aujourd'hui l'éclat de l'acier.

— Comment avez-vous compris ? s'étonna-t-il.

Luce ne le savait pas très clairement elle-même mais elle devait lui donner une réponse. Il lui fallait gagner du temps. L'œil du pistolet était toujours rivé sur elle. Il était difficile d'en faire abstraction et de se concentrer, mais elle n'avait pas le choix. Elle se lança :

— Nous avions évoqué ensemble la vengeance d'un parent. Mais Griselda n'avait plus de père et pas de frère. J'ai mis du temps à réaliser qu'il y avait une autre possibilité : un enfant né de ce viol. J'ai écrit il y a quelques jours à madame Moliner. J'ai reçu sa réponse ce matin : elle m'a confirmé que la pauvre Griselda était enceinte en quittant Collioure.

C'était du moins ce que Luce avait cru comprendre entre les lignes. Elles étaient toutes deux d'une génération où on ne parlait de certaines situations qu'à mots couverts.

Philippe Michel l'écoutait, captivé, mais gardait son arme pointée sur elle. Elle devait continuer à suivre son intuition.

— Je savais que vous étiez orphelin…

— Comment ? ne put-il s'empêcher de l'interrompre. Je ne vous ai jamais dit que…

— Votre nom, répondit-elle, laconique. Les bonnes sœurs qui tiennent les orphelinats n'ont en général guère d'imagination pour trouver un patronyme aux enfants qui n'en ont pas. Pour éviter la confusion avec des familles existantes, elles choisissent un autre prénom. Souvent celui du saint fêté le jour de la naissance ou de l'arrivée du bébé dans l'établissement. C'est très caractéristique. Quand vous avez dit que vous avez été élevé dans un « pensionnat religieux », je n'ai plus eu de doute. Vous êtes un gamin de l'Assistance.

Etrangement, et malgré le pistolet toujours dans sa main, elle eut l'impression qu'il se détendait. Il avait sans doute caché à ses collègues, son entourage, qu'il n'avait pas de famille, c'est une chose dont on n'aime guère se vanter. Que quelqu'un au moins le sache lui faisait du bien.

— Et ça vous a suffi pour conclure que... commença-t-il, perplexe.

Luce se récria :

— Bien sûr que non ! Mais l'idée ne cessait de tourner dans ma tête. En reprenant le fil de ces derniers mois, je me suis rendu compte que dès que j'approchais de la vérité vous trouviez des arguments pour m'en écarter, me brouiller les idées. Vous avez bien dû vous amuser à tirer les ficelles !

La flatterie. Les hommes y résistaient rarement. Le jeune policier n'avait-il pas insisté à plusieurs reprises sur l'habileté du tueur ? Mais Philipe Michel ne tomba pas dans le panneau. Il attendait la suite.

Luce sentit la sueur lui mouiller le front. Elle avait l'impression d'être devant un *escampillement* [1] de pièces de puzzle mélangées qu'elle devait assembler dans la foulée alors même qu'elle ignorait à quoi ressemblerait exactement l'image finale !

— Vous aviez dit aussi, se risqua-t-elle, que pour se déplacer aussi souvent et entrer chez les gens sans que personne y prête attention, l'assassin devait avoir un métier du genre représentant de

1. Eparpillement.

commerce. C'était logique. Subitement, j'ai réalisé que c'était aussi valable pour un policier…

Le raisonnement qu'elle développait, petit bout par petit bout, démontant un à un tous les stratagèmes et les faux-fuyants dont il s'était servi, semblait l'agacer à présent. Il sentait que la situation lui échappait et voulut reprendre la main :

— Cependant vous n'en étiez pas sûre, sinon vous seriez allée me dénoncer à la gendarmerie.

Le conforter dans l'idée qu'il était resté de bout en bout maître du jeu.

— J'ai retenu vos leçons : j'avais besoin de preuves. C'est ce que je suis venue chercher ce matin. Vous m'aviez dit que vous deviez aller à Perpignan pour voir votre « Sherlock » au sujet des lettres. J'ai fini de repasser votre linge et je me suis fait ouvrir la porte par votre logeuse. Tout le monde à Collioure sait que vous êtes mon « petit-cousin »…

Elle avait sciemment placé dans la conversation ce lien de parenté, imaginaire certes mais auquel ils s'étaient tous deux habitués, espérant rétablir un peu de la connivence qui avait existé entre eux. Malgré les mensonges, la manipulation et maintenant cette arme braquée sur elle, elle était sûre que tout au fond de lui le jeune homme éprouvait pour elle une certaine affection. Finalement, elle avait été pour lui, qui n'en avait jamais eu, ce qui ressemblait le plus à une famille.

— Cette bande de violeurs n'a eu que ce qu'elle méritait, si on y réfléchit bien, hasarda-t-elle.

Lui faire croire qu'elle le comprenait, l'approuvait même, qui sait ? C'était sans doute un peu gros, mais abonder dans son sens l'inciterait peut-être à se livrer, et donc à relâcher la pression.

— Il fallait bien que la justice les rattrape enfin. S'en prendre ainsi à une gamine innocente et pure, insista-t-elle, et s'en tirer sans le moindre dommage, c'est... scandaleux.

Elle avait failli dire « c'est à devenir fou », mais il aurait pu le prendre pour lui. Et la dernière chose que tolère un ivrogne c'est qu'on lui dise qu'il boit trop.

Il eut un rictus amer.

— Ça a tué madame Comes à petit feu...

— Madame Comes ? Votre... arrière-grand-mère ?

Il eut l'air étonné, comme si l'idée ne l'avait pas effleuré jusqu'ici.

— Ah tiens, oui, c'est vrai. Elle devait effectivement être mon arrière-grand-mère.

Il avait prononcé le mot avec circonspection, comme pour l'apprivoiser. Luce ne comprenait plus rien.

— Comment ça, « devait » être ? Vous n'en êtes pas sûr ?

Il eut un geste las de sa main libre et se laissa tomber sur le coin du lit, juste à côté de la pile de linge repassé. Elle voulut en profiter pour s'écarter en direction de l'armoire dont la porte restée ouverte aurait pu la protéger, mais il avait déjà redressé le canon dans sa direction.

— Vous ne comprenez pas, Luce. Vous avez eu des parents, vous savez d'où vous venez et qui vous êtes. A l'orphelinat, je n'étais qu'un matricule et un nom fabriqué de toutes pièces pour l'état civil.

Il la fixait mais son regard semblait la traverser pour voir loin derrière elle. Seul l'œil du pistolet veillait, grand ouvert. Au moindre mouvement, il cracherait la mort. Et même si Luce parvenait à esquiver la première balle, la deuxième ne la raterait pas ; elle n'était plus jeune et Philippe Michel était entraîné, c'était son métier. Il fallait attendre. Et l'écouter.

— Ce doit être terrible en effet de ne rien savoir, compatit-elle.

— Sœur Marie-Thérèse m'aimait bien. Elle disait que je ressemblais à un petit ange. Je l'ai suppliée de me dire si elle savait quelque chose...

— Et que t'a-t-elle dit, *nin* ?

Le mot et le tutoiement lui avaient échappé. Malgré la situation, la souffrance qu'elle lisait sur le visage du jeune homme touchait Luce. L'arme trembla dans sa main.

— Un jour où je la pressais une fois de plus de questions, reprit-il, la voix cassée, elle a fini par lâcher que ma mère avait commis un péché mortel juste après m'avoir abandonné. Et comme je me mettais à pleurer parce que je l'imaginais vouée aux flammes de l'enfer, c'était ce qu'on nous apprenait à l'orphelinat, Sœur Marie-Thérèse m'a serré contre elle en me disant de ne pas m'inquiéter, que Dieu lui pardonnerait parce que la malheureuse avait elle-même souffert ce qu'il y avait de pire pour une femme et que malgré cela elle avait préservé ma vie avant d'en finir avec la sienne...

Il s'interrompit, incapable de poursuivre. Elle n'eut pas le cœur de briser tout de suite le silence. Cette histoire si triste, si banalement épouvantable, lui en faisait presque oublier le pistolet qui tremblait de plus en plus fort, comme si lui-même pleurait sans bruit. Et ce n'était plus l'assassin récidiviste qui était assis en face d'elle, mais le gamin blond sans mère écrasé par une révélation trop lourde pour ses frêles épaules.

— Et c'est là que la religieuse t'a dit son nom, conclut-elle à sa place.

Il fallait absolument qu'il aille au bout de son histoire. Peut-être qu'ensuite il reprendrait ses esprits. Ou qu'elle trouverait un moyen de se tirer de ce mauvais pas. Mais en attendant il devait continuer à parler.

Il secoua la tête.

— Non, d'ailleurs elle ne le connaissait pas. Et même si elle l'avait su, elle ne me l'aurait pas dit, elle n'avait pas le droit. Alors, devenu grand, j'ai cherché, j'ai fouillé les archives des journaux pour voir s'il était fait mention d'un suicide dans la région, peu après la date de ma naissance. C'est sans doute aussi pour cela que je suis entré dans la police. Je commençais à désespérer et puis à l'automne dernier, je venais d'être intégré comme stagiaire, on m'a envoyé pour prendre le témoignage d'une vieille dame ici à Collioure. C'était madame Comes.

— Un témoignage sur quoi ? ne put-elle s'empêcher de demander, stupéfaite.

Qu'est-ce qu'une veuve, vivant seule, quasiment recluse, recroquevillée sur un passé douloureux, pouvait savoir qui intéressait la police ?

— Un malfaiteur qui sortait en courant du bureau de tabac qu'il venait de dévaliser l'avait renversée sur le trottoir à Perpignan. Dans sa chute, elle s'était cassé le col du fémur. C'est pourquoi j'ai dû venir la voir ici...

— Elle a pu identifier le truand ?

— Non, elle l'avait à peine entrevu. Mais elle a commencé à me raconter sa vie. Elle disait que mes cheveux blonds, mes yeux bleus et ma fossette, là, sur la joue gauche, lui rappelaient sa petite-fille Griselda...

Luce jeta un regard à la dérobée sur le visage souriant dans le cadre en cuir. Elle ne s'en était pas avisée jusqu'ici mais c'était vrai, il y avait une ressemblance. Sur la photo des vendanges, Griselda était sérieuse, presque apeurée, et portait un foulard qui cachait ses cheveux, mais sur celle-ci on distinguait bien ses tresses blondes et la fossette qui creusait sa joue au velouté enfantin. Luce imaginait sans mal la vieille madame Comes, au soir de sa vie, voyant apparaître ce jeune homme comme une réminiscence de sa petite-fille tant aimée. Et en face d'elle, ce gamin en mal de mère qui entendait enfin les mots qu'il attendait depuis si longtemps : un viol, une jeune fille enceinte qu'on envoie chez une tante, à Béziers, et qui disparaît, puis un corps qu'on retrouve, flottant dans l'Orb qu'on drague à la recherche d'un bébé, sans jamais le trouver...

— Les dates correspondaient, expliquait-il, ce ne pouvait être une coïncidence.

Bien sûr que ce pouvait en être une ! L'enfant de Griselda avait pu aussi bien être emporté par le courant. Jeté dans une poubelle parce qu'il était mort-né. C'était peut-être une fille, d'ailleurs. Et le petit Philippe le fruit d'amours défendues. Ou le fils de gens trop pauvres et déjà trop chargés d'enfants pour l'élever. Les possibilités ne manquaient pas. Et s'il était bien le fils de la malheureuse « simplette », pourquoi ne l'avait-on pas confié à sa grand-mère ? Mais cela bien sûr il ne voulait pas l'entendre.

— J'ai dit à madame Comes qu'en tant que policier je pouvais rouvrir l'enquête, alors elle m'a donné les noms des criminels, que Griselda lui avait révélés en pleurant...

— ... et tu as décidé de la venger, compléta-t-elle.

Il hocha la tête et le pistolet dans sa main fit le même mouvement.

— C'était bien le moins que je pouvais faire pour ma mère !

Luce se mordit les lèvres. Il avait parlé longtemps et s'était libéré de son secret. A présent, il était plus calme. Restait le plus délicat : lui faire prendre conscience de la folie de son entreprise. Et surtout l'inciter à lâcher son arme. Mentalement, elle adressa une courte prière à la petite Notre-Dame de la Soledat sauvée par Cosme Nomdedeu, inspira profondément et se jeta à l'eau :

— Mais enfin, *nin*, te rends-tu compte que tu n'as aucune certitude ?

Elle lui parlait d'une voix douce, maternelle. Comme à un enfant qui a fait une bêtise et non pas à un assassin qui avait six morts sur la conscience.

— Tu t'es bâti un roman sur ce que t'a raconté la vieille madame Comes, mais tu n'as aucune preuve que la pauvre Griselda était bien ta mère. Camps, Dalmau, Ripoll et les autres se sont comportés comme des saligauds en abusant ainsi d'une malheureuse fille sans défense…

Elle reprit son souffle. C'est ici qu'il fallait bien choisir ses mots.

— … mais ils étaient aussi jeunes qu'elle et ils vivaient des temps troublés qui leur étaient montés à la tête autant que l'alcool.

Il blêmit et s'agita.

— Vous ne leur trouviez pas d'excuses il n'y a pas si longtemps !

Les yeux rivés sur le pistolet qui dansait nerveusement au bout de son bras, Luce s'efforça de se montrer conciliante :

— Je ne dis pas que ce qu'ils ont fait est excusable, je dis qu'ils ne méritaient pas d'être tués pour cela.

— Il fallait que justice soit faite, énonça-t-il en posant sa main libre sur son cœur comme pour appuyer sa bonne foi.

Ce geste par lequel il affirmait son bon droit, avec le front serein et impitoyable d'un Saint-Just, la fit exploser :

— Si ces six hommes méritaient la mort pour un viol, alors que mérites-tu, toi, pour les avoir condamnés et exécutés tous les six ?

C'était sorti tout seul, elle n'avait pu s'en empêcher. Elle comprit aussitôt qu'elle n'aurait pas dû. Le visage de Philippe Michel avait retrouvé sa rigidité marmoréenne et son regard sa fixité. Elle l'avait perdu.

— Six ? Mais il en manque encore un, articula-t-il froidement. Lorsque Roca sera mort, alors seulement j'aurai terminé mon travail.

— Mais il n'a rien fait, protesta-t-elle faiblement.

— C'était le seul qui était assez lucide pour s'interposer et il a préféré faire semblant de dormir, c'est vous-même qui me l'avez raconté. C'est le pire de tous ! Et je lui réserve une mort lente et douloureuse…

Le rictus cruel qui déformait ses traits réguliers fit reculer Luce d'un pas. Son dos heurta la poignée de la fenêtre. Elle était acculée. Foutue. Au point où elle en était, elle rugit :

— Tu ne l'auras pas !

Il ricana :

— Vous m'avez donné l'adresse où il se terre, à Laroque-des-Albères. J'irai en repérage dès demain.

Les bras croisés sur sa poitrine, elle le défia :

— Tu ne l'y trouveras pas. J'ai téléphoné à sa sœur ce matin et je lui ai laissé un message : qu'il parte ailleurs et surtout qu'il ne dise à personne où…

Il étouffa un cri de rage et marcha sur elle, le pistolet au bout de son bras tendu, pointé sur son front.

— Vous m'aurez décidément pourri la vie jusqu'au bout, Luce !

La bouche sèche, elle vit l'œil noir et rond s'approcher de sa tête. Ses jambes se dérobaient sous elle et elle devait bander toute sa volonté pour ne pas s'effondrer.

Arrivé à trois pas, il s'arrêta et baissa son arme.

— Je finirai bien par le retrouver, vous savez, promit-il en esquissant un lent sourire carnassier. Il faudra bien qu'il réapparaisse un jour. Je sais être patient et toutes vos manœuvres auront été inutiles !

Il agita son arme sous le nez de sa « cousine », moqueur.

— Eh oui, Luce, votre mort ne servira à rien.

Il éclata de rire en rejetant la tête en arrière. Il avait l'air de trouver la plaisanterie excellente. Mais au flou de son regard, Luce comprit que sa raison était en train de vaciller. Une main glacée lui broya le cœur tandis que le jeune homme, tout sourire, reculait jusqu'au lit.

— Vous ne pensiez quand même pas que j'allais vous laisser partir et tout raconter à votre vieux soupirant gendarme.

Il gloussa nerveusement et lui lança une œillade qui se voulait coquine.

— Rendez-vous compte : il a peut-être encore un faible pour vous et il serait capable de vous croire !

De sa main gauche, il rafla à tâtons, sur le dessus de la pile de linge, la chemise bleu ciel que Luce avait mis tant de soin à repasser et s'en servit pour s'emparer de l'autre pistolet, celui au canon luisant, posé à côté. Il brandit le tout comme un trophée.

— Voilà qui va donner un sujet de conversation à vos amies commères du lavoir. D'ailleurs, tout Collioure ne va parler que de ça.

Il s'approcha à pas comptés, la mine gourmande.

— Je vois déjà l'article dans le journal : en venant apporter du linge propre à son petit-cousin policier, madame Colomine a voulu manipuler son arme de service qu'elle croyait déchargée et elle s'est tiré accidentellement une balle dans la tête. Et tout le lavoir de renchérir : cette pauvre Luce, sa curiosité l'a tuée !

— Personne ne le croira ! émit-elle d'une voix étranglée.

Son sourire dément s'élargit encore.

— Mais bien sûr que si, dit-il gentiment. Surtout si le récit leur en est fait par le petit-cousin éploré, s'accusant de négligence criminelle pour avoir laissé traîner son pistolet... et qu'on trouve vos empreintes sur la crosse que vous tiendrez encore dans votre main !

La main protégée par la chemise bleu ciel à présent toute chiffonnée, il pointa délicatement le canon luisant sur la tête de Luce. Elle ferma les yeux et gémit.

— Allons, la gourmanda-t-il affectueusement, ne me compliquez pas la tâche. Ce sera vite fini.

19

Elle attendait un « clic », une détonation, une explosion peut-être. A la place, il y eut un grand tumulte, des cris, des jurons, le bruit d'une bagarre et le choc d'un objet métallique sur le carrelage de tomettes. Et elle était toujours en vie.

Luce rouvrit prudemment un œil.

Philippe Michel, le visage convulsé de rage, était allongé à plat ventre, solidement maintenu au sol par Roca et un costaud qu'elle ne connaissait pas. Encore qu'à y regarder de plus près sa physionomie lui rappelât vaguement quelqu'un. Elle porta la main à son front et vacilla ; la tête lui tournait un peu.

Tout à coup, deux bras l'enserrèrent avec force. Elle se débattit avec l'énergie du désespoir mais ils la tenaient fermement. Une voix résonna à son oreille :

— C'est fini maintenant, calme-toi. Je suis là, maman.

Gérard ? Elle s'immobilisa, surprise, et il en profita pour couvrir ses joues de baisers entre deux exclamations :

— Qu'est-ce que tu m'as fait peur ! Ne recommence plus jamais un truc pareil !

Ces embrassades étaient une agréable façon de reprendre pied dans la réalité et le monde des vivants mais l'attendrissement n'était pas le fort de Luce. Du moins pas longtemps. Son vertige s'était dissipé, elle repoussa son fils. Avec douceur cependant.

— Qu'est-ce que tu fais là ? marmonna-t-elle en rajustant sa robe qui avait quelque peu souffert de ces effusions, un peu gênée de s'être ainsi donnée en spectacle, même si c'était devant un public restreint.

Gérard se passa les doigts dans les cheveux pour rejeter en arrière la mèche qui avait la fâcheuse manie de lui tomber sur les yeux. Depuis tout petit, ce geste qu'il faisait sans même y penser exprimait chez lui l'embarras.

— Ben, j'ai trouvé ton message sur la table en revenant à la maison…

Luce avait pris en effet la précaution de noter ses instructions au dos d'une enveloppe dans laquelle elle avait en outre glissé un court compte rendu de ce qu'elle savait, ou croyait savoir, de cette affaire. Le texte, rédigé sous le coup de l'émotion, était sans doute un peu brouillon, le style laborieux, émaillé de fautes d'orthographe, quand elle mélangeait catalan et français, mais au moins l'affaire ne serait pas à nouveau étouffée, si jamais il lui arrivait quelque chose. Elle avait calculé le temps qui lui était nécessaire pour faire l'aller et retour au Botiguer et en avoir le cœur net. Si elle s'était trompée, elle n'aurait plus eu qu'à récupérer l'enveloppe et à la jeter dans le fourneau de la cuisinière.

— Mais, s'avisa-t-elle brusquement, je demandais à ton père de prévenir les gendarmes si je n'étais pas rentrée avant midi !

Gérard fourragea derechef dans ses cheveux. Quand donc allait-il se décider à les couper ?

— Je sais, mais papa était toujours au café et c'est à ce moment-là que Roca est arrivé...

Luce tourna la tête vers « le petit Jacky », qui s'était assis sans façon sur le dos de Philippe Michel afin de l'immobiliser pendant que son compagnon achevait consciencieusement de le ligoter.

— Quand ma sœur m'a transmis votre message, expliqua-t-il en assénant au jeune policier une claque sur la nuque pour le calmer, j'ai compris que quelque chose n'allait pas. J'ai pris la voiture et j'ai foncé chez vous.

L'inconnu avait terminé son saucissonnage en règle. Roca se releva, non sans balancer au passage un nouveau *cofat* sur la tête de celui qui avait bien failli faire une septième victime dans cette chambre.

— Riche idée que vous avez eue de laisser ce mot et l'adresse où vous vous rendiez, madame Colomine, apprécia-t-il, hilare. Mais prévenir les gendarmes aurait été trop long ; nous avons préféré courir immédiatement jusqu'ici, c'était plus rapide. Mais quand même vous n'auriez pas dû venir toute seule, c'était vraiment tenter le diable !

Luce s'approcha du jeune homme aux bras et aux jambes entravés que l'inconnu finissait de bâillonner avec la chemise bleue. Il était réduit à l'impuissance maintenant, le diable en question ! Elle se pencha pour essayer de croiser son regard mais ses yeux clairs ne paraissaient plus la voir, ni elle, ni la chambre, ni sans doute le monde réel. Comme les yeux de Griselda.

Elle se détourna.

— C'est-à-dire que je n'étais pas sûre. J'avais un doute mais il demandait à être confirmé…

— Et ça a bien failli vous coûter la vie ! commenta l'inconnu en saisissant Philippe Michel par l'épaule.

Le soulevant d'une seule main, il le rassit et l'adossa au lit. On sentait qu'il avait l'habitude de ce genre d'exercice.

— Mais qui êtes-vous ? demanda Luce.

L'homme sourit tout en se frottant les mains l'une contre l'autre comme si le contact du policier assassin les avait salies. C'est Roca qui répondit :

— Vous ne le reconnaissez pas ? C'est Gimenez.

Luce dévisagea, interloquée, le costaud à la carrure d'athlète qui lui faisait face, les poings sur les hanches.

— Gimenez ? bredouilla-t-elle. Mais l'inspect… enfin, cet individu affirmait que vous étiez un homme dangereux, un ancien légionnaire rompu aux techniques de combat rapproché…

Le costaud haussa un sourcil ironique.

— Il n'avait pas tort.

Luce n'en revenait toujours pas. Elle jeta un coup d'œil méfiant sur les muscles qui saillaient sous le tricot du dénommé Gimenez.

— Et pire que ça même. Selon lui, vous n'étiez pas quelqu'un de très recommandable et vous aviez dû commettre pas mal de méfaits, voire de crimes, puisque vous vous cachiez. Disparu de la surface de la terre, c'était son expression.

Nouveau haussement de sourcil.

— J'ai tout simplement changé de nom quand je suis entré dans la clandestinité. Je suis espagnol, vous le savez, et j'ai rejoint les rangs de la lutte contre le franquisme. Je passe souvent la frontière avec des tracts, des documents, des armes même, et je ne peux pas le faire sous mon vrai patronyme !

Elle n'était pas encore convaincue :

— C'est pour cela que personne ne savait où vous trouver ?

Gimenez, ou quel que soit le nom qu'il portait à présent, posa une main carrée mais fraternelle sur l'épaule de Roca, toujours souriant.

— Jacky lui, le savait. C'est le seul avec lequel je suis resté en contact toutes ces années...

— J'ai essayé de vous le dire à plusieurs reprises, expliqua ce dernier, j'étais sûr que ce ne pouvait être lui, et pour cause !

— Je n'en disconviens pas mais, dans ce cas, vous ne l'avez pas dit bien fort, grommela-t-elle, en jetant aux deux hommes un regard vexé.

Luce détestait avoir tort. Et force lui était d'admettre que si elle avait mieux écouté Jacky, au lieu de suivre aveuglément la piste que lui avait suggérée son « petit-cousin », la solution lui serait sans doute apparue plus tôt. Et qu'elle ne se serait pas retrouvée avec le canon d'un pistolet pointé sur elle.

— Quand Jacky m'a prévenu qu'un policier me recherchait pour je ne sais combien de meurtres, reprit Gimenez, j'ai sauté dans le premier train pour venir voir ce qui se manigançait ici et qui avait l'audace de me mettre tout ça sur le dos !

Luce balançait encore à lui faire confiance.

— On ne prête qu'aux riches, ne put-elle s'empêcher de commenter dans un souffle, en se détournant.

Tu parles qu'à la Légion il n'en avait pas trucidé, des gens ! Elle était sûre que sous son tricot il était tatoué.

— Au lieu de râler encore et toujours, intervint Gérard, tu pourrais au moins les remercier. Tout seul, je n'aurais pas pu désarmer le « petit-cousin » !

Il se pencha pour ramasser le pistolet que Philippe Michel avait laissé tomber dans la bagarre.

— Dire que tu ne jurais que par lui ! C'était ça, le fils idéal que tu rêvais d'avoir ?

Sur le « ça », il avait touché dédaigneusement du pied le policier ligoté, qui ne broncha pas.

Voir l'arme entre les mains de Gérard la rendait nerveuse. Luce lui fit signe de la poser.

— Ce que je rêve d'avoir, c'est un fils qui a un peu plus de plomb dans la cervelle et qui prend sa vie en main au lieu de faire des caprices d'enfant jaloux !

Non mais, il ne croyait tout de même pas qu'il allait avoir le dernier mot contre sa mère, ce *gafet* !

Mais cette fois il ne se laissa pas démonter. Le pistolet toujours en main, il farfouilla calmement dans la poche du pantalon de grosse toile bleue qu'il avait absolument voulu pour son dernier anniversaire en prétendant que c'était celui que portaient les cow-boys, et en sortit une enveloppe froissée. Il la brandit sous le nez de sa mère.

— Tu vois ça ? Le facteur me l'a donnée ce matin à l'épicerie et c'est pour te la montrer que je suis rentré plus tôt à la maison. C'est la réponse des pontes de l'école d'ingénieurs à qui j'ai envoyé mon dossier. Ils m'ont accepté. Je ferai la rentrée à Toulouse après les vacances.

La foudre tombant à ses pieds, ou la Fine soudainement devenue gentille, n'aurait pas davantage stupéfié Luce.

— Ingénieur ? balbutia-t-elle. Dans quoi ?

— Dans l'aéronautique. J'ai bien réfléchi et je veux travailler sur les avions.

Et pour la première fois de son existence, Luce Colomine ne trouva rien à lui répondre. Son fils avait eu le dernier mot.

Ses yeux lui piquaient. Elle étreignit Gérard sans un mot et en profita pour essuyer furtivement ses paupières. Il ne manquerait plus maintenant qu'elle se mette à pleurer comme une vieille fille sentimentale !

Roca toussota pour s'éclaircir la gorge.

— Excusez-moi d'interrompre ces émouvantes embrassades, intervint-il, mais nous avons encore un point à éclaircir : en finissant de monter l'escalier tout à l'heure, nous avons tous les trois entendu les aveux de ce triste sire quant au nombre de ses victimes. Mais notre témoignage suffira-t-il à le faire condamner ?

— Surtout que moi, il vaut mieux que je n'apparaisse pas, renchérit Gimenez. Je n'ai pas envie d'attirer l'attention sur mes activités...

Luce avait retrouvé tout son aplomb. Son fils allait être ingénieur, le fantôme qui hantait ses nuits avait désormais un visage et ne pouvait plus faire de mal à quiconque, elle avait eu raison contre cet imbécile de Bosc, qui soit dit en passant allait sûrement faire une drôle de tête quand il saurait pour son protégé, sans oublier les langues de vipère du lavoir et tous les saints Thomas qui l'avaient crue folle, bref tous les nuages qui pesaient sur sa vie s'étaient enfin dissipés. Rien ne pouvait à présent l'arrêter...

Elle s'approcha de la table de nuit dont elle ouvrit le tiroir en grand. Elle en sortit la grande enveloppe de papier kraft et un, deux et trois calepins soigneusement étiquetés « Collioure ».

— Maniaque comme il est, je suis sûre que ce vilain monsieur a tout noté de sa belle écriture dans ces carnets. Il a sûrement planifié tous ses meurtres dans des tableaux tirés à la règle ! Avec les pistolets et le poignard que j'ai trouvés dans l'armoire, cela devrait suffire à convaincre les plus dubitatifs !

Tandis que Gimenez remettait, toujours d'une seule main, Philippe Michel debout, Roca et Gérard enfournaient une à une les pièces à conviction dans le sac en nylon noir.

Après réflexion, Luce leur tendit l'aiguière qu'elle était allée vider dans le lavabo, cachée derrière le rideau d'une petite alcôve. La rose à la main, elle prit le cadre en cuir où Griselda la « simplette » souriait pour l'éternité.

— Pauvrette, soupira-t-elle. Son destin n'aura été qu'une suite de tragédies, jusqu'après sa mort.

Impulsivement, elle glissa la fleur et la photo entre les mains liées du jeune policier. Leur contact sembla le faire sortir de sa torpeur. Il les agrippa pour les serrer contre son cœur et, de sous son bâillon, grimaça à l'adresse de Luce un sourire reconnaissant. Se souvenait-il qu'il avait été à deux doigts de la tuer ?

Gimenez dénoua la ceinture qui lui entravait les chevilles et poussa le jeune homme vers l'escalier.

— Dire qu'on ne saura jamais si c'était véritablement sa mère ! soupira Luce en leur emboîtant le pas.

Elle s'arrêta sur la première marche et se tourna vers Roca.

— Et si c'était le cas, le gamin s'est-il seulement rendu compte qu'en tuant les violeurs de Griselda il avait du même coup assassiné son père ?

Epilogue

Deux ans après...

Les dents de la pelleteuse mordirent avidement le flanc blanc bordé d'un liseré jaune et rouge de la dernière barque. *La Pérouse*, éventrée, s'ouvrit en deux avec un craquement sinistre. Ils sursautèrent douloureusement. Certains détournèrent le regard tandis que l'engin repoussait les débris sur ce qui restait du *Camille* et du *Coligny*. Riri le cantonnier, qui venait d'allumer le feu sous les coques, s'écarta précipitamment. Les flammes léchaient déjà les planches où un reste de peinture s'écaillait. Timidement d'abord, puis avec gourmandise, enfin avec voracité. La chaleur fit reculer les badauds les plus proches. Luce n'avait pas eu le cœur de descendre sur la plage pour cet ultime sacrifice. Adossée au vieux rempart, juste à côté de la porte qui menait à la rue de la Prud'homie, elle préférait rester à distance, c'était déjà assez dur comme ça. De là, elle pouvait voir, de dos, le *padri*, Joseph Py, entouré de tout le conseil municipal. Le nouveau maire de Collioure avait dû se résoudre, la mort dans l'âme, à prendre cette décision difficile mais indispensable. Les barques, qui ne sortaient plus depuis des années, pourrissaient sur les galets jusqu'à devenir dangereuses. Les jeunes chevelus qui y dormaient l'été, les enfants qui y jouaient aux pirates pouvaient passer au travers des planches vermoulues. Joseph Py avait donc fait venir une pelleteuse pour entasser les épaves les unes sur les autres et Riri venait d'y jeter sa torche allumée.

La fumée du brasier montait haut dans le ciel, piquant les yeux qui n'avaient pas besoin d'elle pour être pleins de larmes. Luce s'obligeait à les garder grands ouverts, fixés sur les bateaux à l'agonie. Si elle les avait fermés, comme pourtant elle en mourait d'envie pour effacer de sa rétine ces images insupportables, elle aurait eu l'impression de trahir et son père et son grand-père et tous ses aïeux.

Gérard se glissa auprès d'elle. Il avait tenu à être là et, séchant les cours, il avait débarqué du train la veille au soir. Contrairement à ce que Luce avait espéré, il n'avait pas coupé ses cheveux, mais tous ses condisciples de l'école d'ingénieurs étaient coiffés comme lui. En tout cas il travaillait comme un fou, jusqu'à tard le soir. Il finirait par s'user les yeux, à ce régime-là. Il serait bien avancé quand il lui faudrait des *llaunes* !

— Où est ton père ? chuchota-t-elle.

— Il est resté à la maison, répondit-il sur le même ton. Il a dit qu'il ne voulait pas voir ça.

Personne n'osait parler fort. Les gens se taisaient ou échangeaient des commentaires à voix basse. Quelques visages bouleversés se cachaient derrière un mouchoir. On se serait cru à un enterrement.

— Maître Casas vient de téléphoner, souffla Gérard derechef, la main devant la bouche pour ne pas rompre le silence religieux qui accompagnait les barques dans leurs derniers instants.

— Que voulait-il ? demanda-t-elle en l'imitant.

— Il a reçu un appel du procureur : il n'y aura pas de procès, Philippe Michel s'est pendu dans sa cellule hier soir.

— Oh, mon Dieu !

Le cri du cœur de Luce avait percé le voile du murmure mais aucun de ses voisins ne se retourna, persuadés qu'il était suscité par l'écroulement des planches calcinées vaincues par les flammes.

— Le pauvre gamin, reprit-elle un ton plus bas.

— Tu as toujours eu un faible pour lui…

Décidément, il n'avait toujours pas digéré l'histoire du « petit-cousin ».

— Ce gamin était perdu, sans famille, c'est vrai il me faisait pitié. *Nafres hi ha que no es curen*, il y a des blessures qui ne guérissent pas.

— Puisque tu aimes les proverbes, répliqua-t-il, acide, tu aurais dû te méfier : *home ros, home verinos*, homme blond, homme venimeux ! Tu vois, moi aussi j'en connais.

Luce se passa une main accablée sur le visage.

— Ce n'était pas entièrement de sa faute…

Son fils se tourna vers elle, les yeux écarquillés.

— Parce que tu l'excuses, en plus ! Tu oublies qu'il a failli te tuer !

Elle soupira :

— Même maintenant, j'ai du mal à le croire. Il aurait pu se débarrasser de moi vingt fois. Tiens, quand il m'a suivie à Consolation, soi-disant pour me protéger. C'était facile, il lui suffisait de me pousser dans la pente et de me frapper à la tête avec une pierre. Tout le monde aurait cru à un accident. Je crois qu'à sa manière il avait de l'affection pour moi.

Gérard leva les yeux au ciel. Il ne comprenait pas l'acharnement de sa mère à défendre ce tueur récidiviste.

— Même quand il a pointé son pistolet sur toi ?

Il accompagna sa phrase d'un geste éloquent, le doigt frappant entre les deux yeux, pour figurer l'arme et sans doute aussi signifier à Luce qu'elle perdait la tête si elle se faisait encore des illusions.

Elle haussa les épaules.

— J'aime à croire qu'au dernier moment il n'aurait pas appuyé sur la détente…

Il ne restait plus sur la plage que des braises rougeoyantes. Les badauds commençaient à se disperser. Chacun rentrait chez lui, le cœur lourd. Quelque part un peu orphelin, lui aussi. La pêche était morte à Collioure.

Remerciements

Je dois un grand merci à toutes les grands-mères, grands-tantes et *padrines* catalanes qui m'ont inspiré « ma » Luce et à qui j'ai emprunté sans vergogne bon nombre des dialogues de ce livre. Mauvaise langue et mauvaise foi, la dent dure et la main leste, mais un grand cœur, telles sont les aïeules de mon Roussillon natal. J'espère qu'elles prendront ce roman pour ce qu'il est : un affectueux hommage.

Merci également à tous les Colliourencs qui m'ont aidée et en particulier la famille Desclaux, saleurs d'anchois, Louis Baloffi et Pere Mateu, témoins des grandes heures de la pêche, Jojo Pous, ami des artistes et « maître » des Templiers, Roger Brousse, responsable de l'archiconfrérie de la Sanch, François Bernadi, qui a si bien fait vivre le Collioure d'antan qui était le sien dans ses livres *Le Vin de lune* et *Le Temps des Mongols* en particulier, Michel Moly, ancien rugbyman et maire de la ville, et Henri Francès, chargé de la communication à la mairie.

Merci encore à Gildas Girodeau qui tente avec d'autres de ressusciter les barques catalanes, à Christian Xanxo, historien, qui a travaillé notamment sur l'évacuation de Collioure à Port-Vendres par les Allemands, et Jordi Sureda-Llobet, historien de Catalogne du Sud, spécialiste de la procession de la Sanch et de la *creu dels improperis*.

Merci, comme d'habitude, à Gérard Jacquet pour son *Petit Dico d'Aqui*, sans lequel mes livres n'auraient pas la même saveur.

Un merci tout particulier (vraiment particulier !) à Daniel Jackson et à toute l'équipe de Stargate SG1 sans qui je n'aurais jamais pu finir ce livre dans les temps.

Et bien sûr plein de bisous à mon père, ma famille, mes amis et surtout mon fils Hadrien pour qui il n'est pas toujours facile d'avoir une maman romancière, spécialement au lycée !

Composé par Facompo
à Lisieux, Calvados

Imprimé en juin 2013
par Black Print CPI Iberica
à Barcelone

POCKET - 12, avenue d'Italie - 75627 Paris cedex 13

Dépôt légal : juillet 2013
S20258/01